招魂

·完结篇·

九鹭非香

著

湖南文艺出版社
HUNAN LITERATURE AND ART PUBLISHING HOUSE

博集天卷
CS-BOOKY

愿许良人，执手同行，
朝朝暮暮，白首不离。

黑暗消散，彩色的明镜林出现在他的视野里。

而同时出现在他视野里的还有伏九夏。

奔向他、呼唤着他名字的伏九夏。

她带着灼灼阳光而来，

一如幼时扑到他怀里的那朵最大、最艳丽的夏花，

为他带来幸运、美好与那难以言喻的、所谓的……意义。

目录

在腐朽了夏花的土地上，总有新芽会破土而出。

第十一章

生死一线

一片浓稠的黑暗中，渐有风声入耳。

风声越来越大，我仿佛被狂风拉扯着，飘飘摇摇，向前而去。

离开黑暗，四周尽是鹅毛大雪，这时，我变成了大雪中的一片，被狂风裹挟着，向前飘去。

我飘过一片冰雪森林。森林中，每一棵树都如冰锥一般耸然而立，直插天空，让森林变得犹如监牢，可怕至极。

我穿越无数棵树，最终飘到一片冰湖之上。

湖中，好似万年不化的坚冰上，一个身着黑甲的男子正跪坐在血红色的阵法之中，他低着头，佝偻的身子不住地颤抖。

他浑身都是伤口，鲜血一丝丝地从伤口飘出，在他周身变成诡异的红色丝线，一条条皆注入地上的阵法。

他口中呢喃着阵阵咒语，咒语邪异，既宛如佛语，又好似魔咒。明明只有他一人在吟诵，却使整个冰雪森林都在震颤。

"……召吾主神，出此极渊，献吾永生，甘奉永劫……"

随着他的咒语，像红色丝线一样缠绕在他周身的鲜血流得越来越快。

"启……"

伴随着男子最后一道声音，他脚下的阵法散发出诡异的猩红光芒。

下一瞬，地上的阵法发出一声嗡鸣，宛如晨钟，一声声，一阵阵，带着节律，宛如海浪，层层荡开。

这时，一个极小的、仿佛沙砾一样的黑点从阵法之中升腾而起。

随着它的升起，周遭的气浪越发汹涌可怖。

在那黑点彻底离开地面的时候，气浪犹如巨大的海啸，澎湃而出，以摧枯拉朽之势将四周所有毁去。

雪雾翻腾，变为白色的蒸汽，所有雾霭退去，那白雾之中，只有一丝水滴大小的黑色火焰在空中飘浮、燃烧。

而召唤出这黑色火焰的男子已经在刚才的气浪之中被刮去了浑身皮肉，只剩下一具枯骨，以虔诚祭奠的模样立在原处。

黑色火焰安安静静地飘浮在空中，片刻，火焰开始震动。

震动之时，地上的阵法升腾出黑色的气体，气体又凝聚为丝线，钻入那具枯骨之中，以诡异的姿态缠绕着枯骨，直至搭建了枯骨上的筋络、内脏以及皮肉。

它将这个男子……复原了。

与方才不同的是，这个男子皮下的经络皆非血色，而是变成了一条条黑色的脉络。而他的眼睛也已经被染成了一片漆黑。

是邪祟……

却并非一般的邪祟。

吾主昊一。

这个名字一在我的脑海闪现，便有钟声撞入我的耳中，令我神魂皆震。

昊一……

远古邪神之名。

哪怕在昆仑的教习之中，夫子也只敢让我们从书中看着这两个字，而不敢吟诵出口。

邪神昊一，诞于极渊，不死不灭。

数千年前，八方诸神齐心协力，终将邪神封于深海极渊。如今世上的邪祟之气不过是邪神残存世间的最后一缕气息。

那一战之后，八方诸神折损殆尽，如今在这天下，算上昆仑主神西王母，不过只剩下十位主神。

若邪神逃出极渊，世间将再无主神可令他沉寂。

而这人却在此处，称这黑色火焰为吾主昊一。

难道邪神已经重新临世了吗……

我看着那火焰，心生震惊与恐惧，而就在我感到害怕的这一瞬间，我的心脏仿佛被一只手紧紧握住，我感受到了身体的存在，紧接着，浑身传来剧烈的疼痛，身体不由得蜷缩起来。

刹那间，四周的白雪退去，面前的场景也被黑暗吞没。

我一抬头，那团如墨一般漆黑的火焰便占据了我全部的视线。

火焰在我身前跳动。

我失神地看着它。

我看见它四周生出了无数黑色的邪祟之气，其气息化为蛛丝，从四面八方而来，触及我的皮肤。

那些蛛丝拉住我，仿佛傀儡师拉住了一个傀儡。

我低头一看，已经有蛛丝粘在了我的胸膛上，我眼睁睁地看着它们似有生命一样钻入我的皮肤，感觉我的心脏被它们纠缠着。

剧烈的疼痛侵袭着我的五脏六腑，让我整个人想要蜷缩起来，但四肢上缠绕的蛛丝却将我整个身体拉扯开。

心脏剧烈收缩，身体却在无限延伸，我感觉自己的身体仿佛要被撕裂了！

我咬住牙，忍着痛，用最后一丝神志重复心中的一句话，我几乎将这句话变成了信念。

而当我重复这句话时，我身体的疼痛果然减轻了一些。

火焰在我身前跳跃，它渐渐幻化成一个人形，黑暗包裹着它的全身，令它面目难辨。

它似乎有些好奇我颤抖的嘴巴在说什么，它走向我，将耳朵轻轻靠近我。

"梦见……"

它离我更近。

"梦见什么都别害怕。"

我五指收紧，握成拳头，咬牙忍住所有撕裂的疼痛与对未知的恐惧，手臂用力扯断黑色蛛丝，径直挥拳砸向它。

谢濯那声"别畏惧"成了这一瞬间我耳边萦绕的唯一声音！

一拳挥出，宛如打在了棉花上。

但面前的人形却消散了。

抓住我心脏、束缚我四肢的蛛丝也在这一瞬间尽数退去。

我跪倒在地，仅仅这一拳便几乎耗尽了我所有的力气。

我不停地喘息，而面前，黑色的邪祟之气再次凝聚，我正厌烦于这玩意的没完没了，但一抬头，却看见这邪祟之气凝聚成了一个女子的模样。

这女子的眉眼莫名地透露出一种让我熟悉的感觉，但我却完全说不上来其中的原因。

邪祟之气凝成的女子双手交握，放在身前，神态倨傲，她居高临下地看着我，打量我。

"第二次了。"

她开口说话，声音确实缥缈虚幻，让人听后分不清男女，一如……此前那个百变之人……

又是他吗？

"你到底是……什么人？"

她不回答我，只是自顾自地说着："能挣脱这般控制的人不多，你真想成为第二个谢濯？"

谢濯的名字让我耳朵一动，我抬头看她。

她看见我的眼睛，似乎颇觉有趣地微微勾了一下唇角："每一次邪祟之气入体，他都要与我争斗，看来，你是真的一点也不知道。"

他瞒得很好，我一点都不知道。

我感受到心脏一疼，不是因为被攻击，而是因为单纯的心疼。

五百年间，有多少次这样的折磨与痛苦都是在我不知道的时候结束的？

又有多少次醒来，他要掩盖所有，一如平常地面对我？

而我呢？

我都是怎么回应他的？

"心疼他？"

面前的女子微微偏了偏头，打量着我的神色："你赢了第二次，我送你一个礼物。"

她说着，手一挥，四周的黑暗退去，我再次回到了冰雪森林的冰湖之上。

湖上还跪着那个被黑色火焰复生的男子，他对着面前的黑色火焰恭敬地叩拜，声色麻木空洞："雪狼族，有异女，契合吾主，可诞一子，堪为躯壳，能助吾主，重临人世。"

雪狼族……

我心头一颤，猛地望向身边那人。

但在我转头的瞬间，周遭场景陡然变化，我还没看见身边邪祟之气凝成的人，就已经出现在了新的场景之中。

这是……一个部落。

部落中，男男女女被召集到了一处，有的人手里抱着小孩，只是这里的小孩身后都有一条尾巴，或大或小，表示着他们的身份——雪狼族。

而此时站在雪狼族人前面的是那个被邪神复生的男子，此时，他双目的黑暗已经消失不见，若非眉心多了一团黑色的火焰纹印记，他看起来与寻常人并无两样。

"族长？"雪狼族中的一人询问男子，"您召集我们于此处……"

没等那人将话问完，被称为族长的人一抬手，直接从人群里面抓了一个女子出来。

待见到这女子的面孔。

我悚然一惊。

这……这不就是刚才那百变之人变出来的女子吗？

我转头寻找那百变之人，却看不见他的踪影，而我就像一缕游魂飘在空中，看着下方发生的一切。

"邪神选中了你，"雪狼族族长对女子说，"你将为邪神诞下一子。"

女子震惊万分，其他人也是错愕不已。

人群中，一个男子抱着一个小孩冲了出来："族长？！邪……邪神是什么？阿羽她已经与我结过血誓，我们已有一子，为……"

"哧"的一声。

突然，一道黑气划过，在所有人的注视下，那男子的脑袋径直滚落在地。

男子的身体立在原处，而他怀里的孩子溅了满脸鲜血，似乎没有反应过来，只呆呆地看着断掉的颈项与冒出的血。

现场鸦雀无声。

然后男子倒在了地上。

小孩也跟着倒了下去，他没哭，他还是没有反应过来发生了什么。

此时，被那族长抓住的阿羽陡然发出了一声凄厉的惨叫，她开始号哭起来。

她疯狂地挣扎着，想要挣脱族长的手，奔到与她结了血誓的丈夫身边。但族长非但没有放了她，反而在她肚子上轻轻一点，邪祟之气大作，如龙卷风一样将女子包裹住，眨眼钻入了女子的身体。

邪祟之气消失了，族长松开手，女子无力地摔了下去。

"邪神需要的躯壳将由阿羽诞出，从今日开始，雪狼一族于天下收集邪祟之气，供奉吾主。"

及至族长的话说出口，下面的人群中才有人反应过来。

"我们不能供奉邪神！"

"族长?！为何？"

"不可令邪神重临！……"

黑气蔓延，将所有的声音湮没。

我的耳边再次被狂风充斥，我依旧呆呆地看着前方，一时没有回过神来。

"你明白了吗？"百变之人的声音这时在我耳边响起，"谢濯不过是一副被制造出来的躯壳。"

狂风呼啸，拉扯着我，我好像又变成了一开始的那一片雪花。

我飘摇着飞过冰湖，飞过一片冰雪森林。

最终，我落在了一个小男孩的肩头。

他有着长长的尾巴，还有两只毛茸茸的耳朵立在头上。

"阿娘。"

我看见他追逐着前面女子的脚步，听见他磕磕巴巴又奶声奶气地唤着："我的名字，是哪个字？啄？镯？灼？他们……他们……不与我……说……"

在小男孩前面，一个女子背对着他走着，丝毫没有回头的意思。

小男孩锲而不舍地追了上去，又短又小的手伸向空中，想要抓住前面女子的衣袖。

"啪"，小手被狠狠地拂开，小男孩跌坐在地。

他抬头，面前的女子正是阿羽，她的头发竟已花白，面容十分沧桑，她颤抖的声音中流露出对小男孩的厌恶与憎恨。

"滚！

"不要靠近我！

"你是污浊之子！

"你叫谢浊！"

阿羽的声音还在我耳边回荡，而我却陡然惊醒。

近处是一片迷雾，远处是不死城的城墙，城墙上，不灭火已灭。

天亮了……

我正坐在一处房梁上，侧眸扫向一旁，谢濯靠在我的颈项边。

我感觉脖子被他咬住了。

似乎是察觉到我醒了，他想抬头。

我一言不发，抬手摁住了他的头。

他有些错愕，愣在了我的肩头。

我一只手将他抱住，另一只手摸索着，抓住了他本来扶住我肩膀的手。

我将他的手紧紧握住。

"没关系，你可以靠近我，你不是一副躯壳，也不是一个错误，更不是污浊之子。"我说，"你叫谢濯，是我的……"

我哽住，说不下去了。

是我打偏了不周山，剪断了红线，赌咒发誓地与他说，我们和离了……

我忽然想到剪断红线的那日，谢濯眼中的光点熄灭得悄无声息。

那光点，于那日而言，仅仅是我不走心的一瞥，于今日而言，却成了扎进我心尖的针，刺痛着我的整个胸腔。

我将谢濯微微推开。

他愣愣地看着我，似乎没有从我方才那句话的余韵中走出来。

"谢濯。"我唤他的名字，然后将他的手紧紧握在掌心。

"不和离了。"我说道，"我们，不和离了。"

他黑色的眼瞳盯着我。

那眼瞳里全是我，是面色苍白的我，是唇角颤抖的我，是满脸泪痕的我。

我将本来绑缚在我们腰间的绳子解下，将一头在我的手腕上绕了三圈，另一头又在他的手腕上绕了三圈，然后用嘴巴咬住一头，用力一拉，绳子结结实实地绑住了我俩的手腕。

"红线！"我胡乱抹掉脸上不停落下的泪，双眼迷蒙，望着他，"我自己接上！"

谢濯没说话。

他低头看着手腕上的绳子，像是有些不敢置信，又像是有些小心翼翼，他转了一下手腕。

绳子绑得结实，哪儿会被他这样一个轻轻的动作弄断，但他还是用另一只手捂住了手腕上的绳结。

他沉默着，垂着头，低着眉眼，睫毛在他眼下投下了一片阴影。

我看不出他在想什么，便随着他的呼吸等待着。

"伏九夏……"

他唤我，我抹干眼泪，提着心，望着他。

"红线……已经断了，"他说，"接不上了。"

不管什么时候，我在谢濯面前总是话多的，但此时此刻，我却什么都说不出来。

我看着谢濯动了动手指，轻轻地将我为他绑好的绳子解开。

他将绳子握在手里。

他看向我的眼神里平静无波："梦里的事不必当真，你不用因为看见了什么，便开始同情我。"

他以为我在同情他。

他解开了绳子，说着拒绝的话，但不知道为什么，我看着他这般模样，仿佛又看到了梦里的那个小孩……

他伸出的手什么都没抓住。

"不死城里，邪祟之气横行，你的情绪波动会变大，你必须保持冷静。"他近乎冷漠地说着，"忘记梦里的事情，无论看到了什么，都别再回想了。"

我看着谢濯。

我不知道谢濯在灵魄深处与邪神的意志对峙了多久，才能有此刻的平静。

我也不知道我心中对谢濯这澎湃的感情到底是因为爱还是因为他口中的同情。

更不知道我是不是真的被邪祟之气影响了，或许梦里的事情都是假的。

我毫无头绪，一片懵懂，却做了一件事。

我握住了他的手。

不让他的掌心再空落落的了。

谢濯又愣了一下，他的目光从我们相握的手移向了我的眼睛。

"还是，别和离了。"我轻声呢喃。

"不喝酒不吃辣的原因我知道了，瞒着我事情的原因我也知道了，如果我们可以坦诚相待，如果我们可以继续携手，那么……和离便没有必要了。

"我们解决完这边的事，就回到五百年后，好好的……"

没等我将话讲完，谢濯径直将手从我的掌心抽了出去。

我抿紧唇角，紧紧地盯着他。

却见抽出手的他，呼吸微微有些急促，仿佛用尽了力气一样。

他避开我的目光，转头看向远处，过了许久，才说出一句话。

"天亮了，趁白日，我们多赶一些路。"

他不由分说地将我拉了起来，熟稔地把我背在背上，用绳子绑在我们的腰间，一如来不死城的那一路。

我低头看了眼腰间的绳子，在他耳边穷追不舍地问："所以，我们可以不和离吗？"

他刚将我与他绑紧，就又听到这么一句，似乎觉得今天逃不过了，于是正面回应了我。

"现在不是谈论此事的时候。"

"那什么时候是？"

他又沉默下来。

许久之后，他缓缓开口："治好你……之后。"

我双手抱住他的脖子，他向前一跃，带着我，没用功法，却轻轻松松地从这边房梁跳到了另外一面断壁上。

而我却在这起落的瞬间，看到了我飘起的衣袖里面的手臂。

我吓了一跳……

衣袖里，我的手臂上全是凸起的黑色经络，比之前严重百倍。

现在确实……不是谈论此事的时候。

"我这个梦又过了多少天？"

我记得上一次在雪原上醒来，谢濯跟我说，我失去意识了半个月。这一次……

"三天。"

三天，带着神志不清的我，躲过邪祟与修士，谢濯应该……很不容易吧。

"幸好……只有三天……"我话音刚落，胸口猛地传来一阵刺痛，这痛感仿佛让我回到了梦中。

我咬牙忍住，不想让赶路的谢濯分心，但我们离得如此近，他又怎么会感受不到。

"调整呼吸，"他一边赶路，一边告诉我，"不要去注意某一处的疼痛，任气转意流。我们离内城墙已经不远了，别怕。"

我向前望去，不死城里面的内城墙依旧巍峨高耸。

谢濯背着我在城中疾驰。

颠簸与疼痛中，我有些恍惚地开口："我引渡的邪祟之气，你之前身体里没有。"

初遇的时候，谢玄青伤重，但身体中全无这些邪祟之气。

我问谢濯："从什么时候开始的？"

他没有回答。

直到我说："让我分分心……"

"荆南首的事情之后便有了。"

荆南首……在属于我们的时间线里，食人的事情是在我们成亲后不久开始频频发生的。

那时候，昆仑的人以为有人消失是因为邪祟在作祟，然后流言蜚语四起，说是与我成亲的妖怪吃人，之后，失踪的人越来越多，流言蜚语也越发厉害，直至上门砸我府邸大门的人被吃之后，所有人认为食人者便是谢濯。

我们被西王母禁足，再之后……谢濯便消失了很久。

"你被冤枉后，背着我出去，是去抓荆南首了？"

"是。"

"你回来之后，满身是伤，是不是与他交手了？"

"是。"

"他是被你抓的？"

"嗯。"

"你藏得真严实。"

那一次，他雨夜归来，什么都没有与我说，带着一身的血，回到房间，关上房门，布上结界，我在门口敲了一夜的门，他都没有出来。

那时我不明白，谢濯为什么要这么对我，那是我第一次对我们的婚姻产生动摇。

结果是他在房间里疗愈自己的伤……

"他不好对付，你身体里的邪祟之气是拜他所赐？"

"他确实不好对付，但我身体里的邪祟之气并非全部因为他，他只是一个引子，开了一个口子。"

言及至此，我想到了谢濯身上那些我根本不知道的伤口。这也是他从不在我面前脱衣服的原因。

在那之后，他不知道与多少邪祟交战过，不知道染了多少邪祟之气，日复一日，年复一年，直至如今。

一时间，在身体的剧痛中，我竟然感受到了心脏因他而产生的收缩。

"五百年……"我问，"你都是这么煎熬过来的吗？"

谢濯沉默了许久。

"没有煎熬，"他说，"这五百年不煎熬。"

骗人。

这么痛，怎么会不煎熬？

每天夜里这么挣扎，怎么会不煎熬？

面对我的不解和质问，他什么都不能说，怎么会不煎熬？

我不明白，时至今日，他怎么能这么平静地说出"不煎熬"。

但他在我剪断红线的那天夜里，却拿盘古斧劈开了时空，说要回到过去，说要弥补过错，说要杀了我。

情绪失控，形神颠魔。

不管他承不承认，我想，那一天晚上，他肯定是煎熬的……

我收紧抱在他脖子上的手。

我心想，相思树下，虽然月老的小童子告诉我，不要剪断红线，剪了就再也接不上了，但若能回到五百年后，我一定要想办法把它接上。

"伏九夏，保持清醒。"谢濯许久未听到我说话，许是以为我疼晕过去了。

"我是清醒的。"我回答他。

从未有过的清醒。

他安心了，继续向前而行。

手上倏尔传来一阵刺痛，我定睛一看，原来那皮下凸起的黑色经脉似乎承载不了我身体里的邪祟之气，竟直接撑破了我的皮肤，爆了出来。

邪祟之气从我的手背上流溢而出，似乎比整个不死城里面的邪祟之气还要浓厚。它飘散在空中，让不死城里面出现了异样的响动。

我用另一只手捂住被撑破的皮肤。

"谢濯。"我看着越来越近的内城门，心想自己做了一辈子的仙人，御剑驰风不在话下，而现在却要受制于这地面，这么近的距离，却仿佛怎么也到不了。

"我们不和离的话，好像说晚了。"我看着身边四散的黑色气息，周遭空气里的躁动与声音越来越明显。或许是邪祟在跟着我们，又或许是城中的修行者准备斩杀我们。

"要不你放下我吧。"

我不想连累他。

"盘古斧还在你身上吧。"

这五百年，或许我已经足够折磨他了。

"或许你回到五百年之后还来得及。"

他一言不发，转手便将寒剑祭出。

脚步未停，在一个街角处，一个邪祟按捺不住扑上来的时候，他抬剑一斩，直接将那邪祟斩成一团黑气。

他没有回答，却已经回答。

我心中叹息，我知道，他也是个倔脾气。

谢濯背着我再次一跃，重新跳到了残垣断壁的顶上。

上了顶，我看见下方有无数人在小巷里面穿梭奔逃，一场恶战眼见要打响。

忽然，我们身后下方巷子中传来一阵熟悉的马蹄声。

是我之前听到过的声音！

我转头一看，巷中果然有一玄甲将军提枪而来，还是那天夜里的人！

我心头一紧，想到那日他斩杀邪祟的模样，而今日我手上又流出那么多邪祟之气，在邪祟眼中，我是个什么东西我不知道，但在这将军眼中，他若是个正经的修行者，必将我毙于枪下！

而在我看来，他的身法有没有谢濯厉害我拿不准，但肯定能打十个我这样的，若被此人缠上，必不能善了，谢濯还背着我，而人家可是被马背着的！

"放我下去。"我心想，谢濯背着我跑肯定是跑不过四条腿的，如果放我下去，谢濯与这将军一战，或许还能博得生机……

我心中的想法还没有成熟，便见斜里一个浑身褴褛的人张着血盆大口扑向了我与谢濯！

忽然，银光闪过，扑向我们的人直接被一杆银枪穿透，钉死在了一旁。

我错愕，转头看向身后，却见那玄甲将军纵身跃上房顶，拔出插在房顶上的银枪，往前疾步奔行数步，又翻身跃下，直接坐到了下面追随而来的战马背上。

动作一气呵成，清爽利落！

他与谢濯并行，只是谢濯在房顶上，而他骑着马奔跑在巷子里，路上遇到的看着隐约有些不对劲的人尽数毙命于他的枪下。

若此前我还有迷茫，那此刻，我是真的看明白了。

"他是真的在帮我们。"我问谢濯，"不是说不死城敌我难分，那这帮我们的是谁？"

谢濯终于看了一眼下面的玄甲将军。

他皱了皱眉："不确定，可能是……不死城的主神。"

我呆住，这座不死城……还有主神的?!

"不死城的主神……会不会被邪祟之气所感染？"我问谢濯，"可以信他吗？"

"不能信。"谢濯说得很坚定，一如他从未停下的步伐，"不死城建立之初，因怕受邪祟之气的影响，北荒鹊山主神以命为祭，舍去己身，炼化魂力，成一缕灵识气息，类同邪祟之气，可入不同肉体，愿以另一途径，抵御邪祟。"

炼化自己……我看向下方的玄甲将军，心头震颤。

"为了不让邪祟之气感染自己，干脆舍去肉身……他变得和邪祟之气一样，可以掌控他人身体了吗？"

"他会寻找神志清明之人，助其抵御不死城中的邪祟气息，直至那人也被吞噬，沦为妖邪。

"然后他再换一个人……"

我恍然想到了此前在不死城外看到的那扇巨大的门，门上题字"诛尽邪祟，不死不休"。

我以为只是一句誓言，没想到竟有他山主神为了奉行誓言而献上所有。

"那为何不能信……"

话没问完，我心里便已经明白了。

北荒鹊山的主神把自己也变成了一缕气息，他不会再受到邪祟之气的蛊惑，但他的气息进入谁的灵识、与谁一同并肩作战，无人知晓。

也可能是邪祟假扮他，也可能是……

现在与之共同作战的这个身体已经濒临崩溃……

所以谢濯说的是——"可能是不死城的主神"。

在这城中，没有信任。

"可他为什么帮我们？"

"来不及探究了。"

谢濯话音刚落，纵身一跃，落到前方的一块空地上。

而他刚刚落到地上，忽然旁边冲出一个面容癫狂的男子，他带着满满的杀气，大喊着直接冲我杀了过来！

谢濯抬剑一挡，"叮"的一声兵刃相接的脆响，紧接着传来的是一记银枪破空而来的声音！

在我尚未反应过来的瞬间，面前的男子直接被那记银枪穿胸而过，但是……

并非如之前那样，男子的身体里没有邪祟之气飘散出来。

他的身体里溅出了温热的血液，溅到了我的脸上、谢濯的脸上，还顺着我们的颈项滑进了衣裳里面。

真正的邪祟被斩杀之后，会化成邪祟之气飘散开来。

城中被误杀的修行者会流出温热的血液……

我瞪大双目，看着面前的男子倒在了地上。

他是来杀我的，他以为我是邪祟。

男子的胸口破了个大洞，不停地流出鲜血，他在地上抽搐着，然后双眼失去光芒，停止了所有的动作。

过了今晚，他或许……也会被邪祟挂在外面的城墙上，成为邪祟对修行者的……

羞辱。

谢濯告诉过我不死城的情况，我也看见了巨墙之上的尸首，以及城墙下的白骨，但当一个真实的修行者为了除掉他以为的邪祟而被误杀时，我的心绪复杂难言。

他若在昆仑，或许是蒙蒙，或许是吴澄，或许是我手下的兵，或许是路边与我擦肩而过的人……

我咬紧牙，死死捂住手上破开我皮肉翻涌的邪祟气息。

谢濯一言不发，带着我继续向前奔进。

前面，不死城的内城墙越来越近，我转头看向身后的玄甲将军，他骑着马，停在了被银枪穿胸而过的男子面前。

他勒马，低头看着地上的男子，一人一马，在满是迷雾的城中静默而立，宛如哀悼，但不过片刻，他手握紧了银枪，提拉缰绳，再次打马而来。

我无法想象，如果他真的是不死城的主神，如果他信奉"诛尽邪祟，不死不休"的信条，那他此刻到底以什么样的心境面对自己对"战友"的误杀。

这不是第一次了吧，对他而言，或许也不是最后一次。

不死城中，只要邪祟难以分辨，对峙、误杀、猜忌就永远不会停止。

这不死城分明就是一座死城。

令人绝望。

心念至此，不过瞬间，我便看见自己颈项间再次升腾起了黑色的邪祟之气。

我知道，我颈项上的皮肤一定也跟手背一样，被身体里汹涌的邪祟之气冲破了。

"不要被挑动心绪。"谢濯依旧执着向前，他在控制自己的情绪，我感觉到了，"伏九夏，还没到你死的时候。"

我想要抬手捂住自己的颈项，却只觉得浑身无力，甚至连身体上的痛觉都几乎消失了。

我再也抱不住谢濯的脖子，身体不受控制地往下滑。

谢濯一只手探到后背将我托住，将身体俯下，另一只手拉了拉腰间的绳子，将我与他绑得更紧，让我得以被他驮在背上。

但他这样的动作会让他行动受限，前进的速度明显慢了下来，此时，若是再有邪祟袭击，带着这样的我，谢濯的功法很难施展开来。

身后的追兵没有停下，甚至前方还有拦路的敌人。

前后受阻，进退两难。

而我逐渐模糊的眼睛却看见了前面的内城墙，城门尚完好，依旧紧闭，明明近在咫尺，可剩下的这段路，对我和谢濯来说，却变得那么遥不可及。

"谢濯，"我用尽最后的力气，在谢濯耳边低语，"你还有灵力……放下我，自己走，别整'我不要我不走'这一出，不值当。"

"我说了，还没到你死的时候。"

他还是不愿放下我。

身后，铺天盖地的邪祟之气越来越近，前方，拦路冲出来的人也已经清晰可见。

谢濯倏尔停住了脚步，他往身后看了一眼。

那骑着马的玄甲将军帮我们斩杀了几个冲得最快的邪祟，黑色气息在他周身飘散。似乎察觉到了谢濯的目光，他望了过来。

玄甲之中，头盔里面，似乎只有一片漆黑，我看不见他的脸，但谢濯似乎与他对上了眼神。

忽然，谢濯转身向那玄甲将军走去。

玄甲将军似乎也明了他的意图，银枪横扫，逼退紧紧贴住他的邪祟，骑着马飞快地奔向我们。

我看出了谢濯的意图，咬牙开口："万一……"

"赌一把。"

谢濯带着这样的我是绝不可能突围的，但若能借玄甲将军的马匹一用，或许我们还能抵达内城门。

在入城前，谢濯可谓是千叮咛万嘱咐，让我不要相信城中的人，但及至此刻，为了我，他却说……赌一把。

若这玄甲将军是个邪祟，但凡他在谋划这一刻……我和这样的谢濯，在如此前后夹击的情况下，便再无生机。

我无力地趴在谢濯的背上，任由他背着我前行。

其实，他本可以不冒这个险的，他完全可以自己走。

理智告诉我，我应该让谢濯权衡，得劝他走，有一线生机总好过双双赴死。

但在他坚定地带着我走向未知的选择之时，不知为何，我却有一种莫名的心安，好像他在用行动告诉我，不管前面是什么修罗炼狱，他都会随我一同踏破。

很奇怪，在邪祟叫嚣、黑气升腾的一瞬间，我贴着谢濯，仿佛听到了一个安静又温和的声音，这声音不停地在我耳边吟诵着一句话——

愿许良人，执手同行，朝朝暮暮，白首不离。

我想了很久，想起了五百年前，红烛光里，谢濯与我相对而坐，我们握着对方的手，轻声诉说着这句誓言。

只是后来时间太久，我几乎要将这句誓言忘记了……

我用尽所有的力气收拢指尖，在他后背抓住他的衣裳。

谢濯面前，黑色的马裹挟着风飞驰而来，我看着面前手持银枪的玄甲将军，像是看着一个审判长。只是我的心绪已然平静。

我与谢濯暴露于银枪之下。

在迷雾细微的光芒之中，高头大马之上的玄甲将军犹如一个神魔难辨的塑像。

我依旧看不见他盔甲之中的面容，只看见他高高举起了手中的银枪。

我睁大双目，画面在我眼中变得又慢又长，而在现实里，却只听"唰"的一声，银枪擦过我与谢濯身边，插入地里，玄甲将军翻身下马，却是从另外一个方向下去的。

他没有杀我们。

他将马给了我与谢濯。

谢濯背着我，再无丝毫犹豫，直接利落地翻身上马。

"拿枪。"

我终于听到了玄甲将军的声音，低沉浑厚，犹似战鼓之声。

原来，他刚才将银枪扔到我与谢濯身边，是想让我们拿他的枪？

我转头看他，他却已经背过身去，直面追来的诸多邪祟。

我们拿了枪，那他用什么？

我心里刚这样想，骑在马背上的谢濯伸手便将插在地上的银枪拔了出来，转而将手里的剑直接扔向玄甲将军。

玄甲将军头也没回，凭借风声，一只手将谢濯扔去的剑握住，没有任何废话，他提剑上前，直接与身后追来的邪祟战斗起来。

谢濯也没有丝毫耽搁，他把我圈在怀里，手握银枪，打马向前，朝前方的城门奔袭而去。

两人交会不过片刻，赠予坐骑，交换武器，默契得让我感觉他们过去似乎一起并肩作战过不止一次……

但没有给我询问的时间，我也没有询问的力气，我在马背上颠簸着，被带着继续向前。

前方，不停有拦路的"人"冲出来，我无法简单称呼他们为邪祟，因为……我根本分不清他们是什么。

谢濯骑在马上，挥舞着手中的银枪，近前者皆被斩于枪下，他没有一丝怜悯和犹豫。

我模糊的眼睛已经很难分辨眼前被杀的"人"身上溅出来的是黑气还是鲜血。

无论如何，有了大黑马，我们行进的速度快了很多。

内城墙越来越近，大门越来越清晰，相比外面已经破损的外城墙，内城墙显得过于崭新，门也没有丝毫破败，它依旧似大山一样巍峨，巨大的阴影给我带来沉重的压抑感。

我们越靠近内城门，追来的邪祟便越是疯狂，嘶吼声、尖叫声不绝于耳。

在我已经对周围的厮杀与惨叫声感到习惯的时候，忽然，谢濯打马一跃，似乎跳过了一座小小的桥，我周围所有的嘈杂都消失了，只有身下一直平静安定的大黑马不安地呼吸的声音。

我努力转过头，看见我们已经跨过了一座小小的木桥，桥下有一条早已干涸的河床环绕着内城墙。小河本应该起到阻拦作用，却因为干涸而发挥不了任何作用了。

这是……城内的……护城河？

我心觉奇怪，但更奇怪的是……

"谢濯……"我看见身后所有躁动的邪祟都诡异地停在了小桥的那边。他们瞪着眼、张着嘴，没有发出声音，但正是因为没有声音，此刻的安静却更加惊悚。"他们在怕什么？"

他们追了我们一路，总不可能是怕我和谢濯吧？

他们为什么不敢靠近内城墙？

谢濯没有回答我，反而拉着我下了马。

他一只手将我抱住紧紧扣在怀里，另一只手则把银枪穿到了破旧的马鞍上。

他拍了拍马脖子。"物归原主。"

大黑马一声嘶鸣，转头便飞速奔去，一路上，马蹄踏飞所有靠近它的人，渐渐地，它的身影消失在了不死城内的迷雾之中。

谢濯目光清冷，看了眼城中诡异地停下脚步的邪祟们，随后带着我转身向前。

"它送我们这一程已经够了，出了城，它就回不去了。"谢濯一边走向巨大的紧闭的内城城门，一边回答了我刚才的问题——

"他们害怕内城墙里圈禁的东西。"

我不解。

只见谢濯抬起了手，他掌中灵气涌动，自从来到不死城，这是他第一次动用灵力。

在他掌心灵力的催动下，我看见谢濯衣裳里一直贴身戴着的那块石头飘了出来。

石头上泛起幽蓝的光芒，宛如月色流转。

内城墙紧闭的城门缝隙里也倏尔亮起了同样的光芒，只听"咔"的一声，城门震颤，在轰隆巨响之中，微微开了一条缝隙。

缝隙里传来了风声，雪花被狂风卷着飘入城内。

在感受到外面的寒风之后，身后的邪祟瞬间如鸟兽散，我与谢濯身后再无追兵。

谢濯收了掌中灵力，颈项上的石头也落了下去。

他迈步向前。

城门太大，只打开一条缝隙，便足以容纳我与谢濯走过。

城门厚重，走过罅隙，天光被短暂地遮蔽，黑暗宛如一条水帘，洗涤过我与谢濯周身。

待出了城门，身后又是一声轰隆巨响，巨大的城门紧紧关上。

面前是仿佛永不休止的风雪。风雪里，隐有令人牙酸的"咯吱"声传来。

我向前一看，不由得胆寒。

面前，一个通体漆黑、浑身疯狂散发黑气的"人"正在啃食另外一个"人"。他已经咬破对方的皮肉，牙齿在骨头上不停地啃。

且这样的"人"……不止一个。

风雪之中，无数的"人"在互相撕咬，他们在吃掉对方时，身后可能也挂了好几个正在啃食他们骨肉的"人"。

"咯吱咯吱"的声音让我感觉仿佛踏入了无间地狱。

"他们……"

"伥鬼。"

谢濯回答我。

我只在昆仑的书上见过这两个字，据说是邪神消失后，世上再也没有出现过的邪物。他们是完全被邪祟之气吞噬的、不能再称为人的东西。

不死城圈住的就是这样的东西吗……

伥鬼们似乎感受到了不一样的气息。他们纷纷停下动作，慢慢转过头来，他们的眼睛在眼眶里乱转，有的伥鬼脸上长满了眼睛，他们齐刷刷地看向我与谢濯。

他们磨着牙，那声音听得我心里直发毛，有伥鬼迈出了一步，在他身后，无数的伥鬼跟着迈步向前，冲我与谢濯走来。

离开了不死城，前方则是数不清的伥鬼大军。

"谢濯……"我吊着最后一口气，苦笑，"你到底是带我求生还是求死？"

谢濯没有回答，他周身蓄积着灵力。

我知道，他说的该使用灵力的重要时刻终于来了。

伥鬼的脚步越来越快，他们有的从地上爬行而来，有的从空中扑向我们！对他们来说，可能太久未见新鲜的血肉，一时之间，无数伥鬼宛如阴云，铺天盖地而来。

而在这样的环境里，我更加无法控制体内翻涌的气息，我的皮肤开始不停地破裂，黑色的邪祟之气飘散出去，犹如丝带在空中飞舞，仿佛要迎接这汹涌而来的伥鬼大军。

转瞬间，伥鬼扑到我与谢濯身前，地面、空中无一不充满杀机。

此时，谢濯周身光芒弹出，形成一个淡淡的蓝色结界，那结界呈圆形将我们包裹其中。

我仰头看他，只听到一个轻轻的"定"字。

光芒犹如晨钟，涤荡而出，一时之间，伥鬼的尖叫声不绝于耳，不过眨眼，面前所有的伥鬼都化作黑色之气飘散开去。

我愣了愣神。

啊……就这？

传说中的伥鬼死得是不是太容易了一些？还是谢濯的力量太可怕？

我仰头看向谢濯："你的灵力……"

"够。"

他只说了一个字，便带着我御风而行。像是已经精确地计算过路线，他笔直向前，没有任何迂回。

风雪在我们身边飘过，我周身留下的邪祟之气在空中飘成蜿蜒的丝带。下方，伥鬼们仰头看向空中，在我们身后形成长长的追逐队伍，但在谢濯御风前行的路上，他们都被远远甩下，不一会儿便不见了踪影。

周遭的风雪渐停，前方出现了一片森林。就在我们越来越靠近森林时，莫说地上的伥鬼，就连空中的邪祟之气也不见了。及至森林边缘，空中气息陡变，圣洁得堪比西王母所住的殿宇。

即便在昆仑，我也从未感受过如此干净的气息。

森林静谧，林间树干似冰，树叶似雪，是一片纯白的森林……

这片森林，我在梦里见过，是雪狼一族的故乡，在这里，雪狼族族长召回了邪神灵魄，强行令谢濯母亲诞下了谢濯。

邪神将他当作容纳自己的躯壳。

族人将他当作邪神的恶果。

他的母亲视他为污浊之子。

我看着谢濯，他面容坚毅，似乎周围的环境没有勾起他对过去的任何回忆，他没有不适，只是坚定地向他的目标而去。

穿过森林，行至一片似乎永远都结着冰的湖面。谢濯终于停下了脚步，他将我放到了冰面上。

估计我身上的皮肤已经没有好的地方了，圣洁的森林里，只有我身上还在散发着邪祟之气，只是这些气息飘到空中便被撕碎了。

如今停了下来，我才清晰地感受到身体的衰竭。邪祟之气好像将我的五脏六腑吞噬了一样，我已经出气多，进气少了。

我想，或许还是晚了一点吧。哪怕谢濯有通天的本事，大概也救不了我了。

及至临近死亡的这一刻，我张了张嘴，颤抖着，沙哑着告诉谢濯："你得在墓碑上写亡妻……伏九夏。"

是亡妻，不是前妻。

到最后，我想强调的只有这件事。

说和离是我错了，剪红线我也后悔了。

谢濯半跪在我身边，自打将我放下后，他的手指便开始在我身边画着什么。

此时，听到我这句话，他手上动作一顿，有些哭笑不得地看着我，然后他站起身来。

我已经没有力气再睁开眼睛了，闭上眼睛之前，似乎迷迷糊糊地看他掏出了一把斧子。

斧子破旧，上面有裂纹，但我还是认出了，那便是盘古斧。

谢濯……又要劈开时空了吗？

我来不及看到后面的事情，终于彻底闭上了眼睛。

世界陷入了死寂的黑暗。

第十二章

同归于尽

好像又是一场梦。

只是与我此生做过的所有梦都不一样，这个梦是有温度的。

冰冰凉凉，却并没有让我感到难受，像是谢濯掌心的温度，清凉得恰到好处。

我目之所及的地方是一片混沌，但又与被邪祟之气掌控时的混沌不同。

在这混沌里，那百变之人没有再出现，只有一道声音若有若无地在我耳边萦绕。

他说："曾经有人告诉我，要热爱自己的生命，热爱这人世间，我从不明白如何热、为何爱……

"前不久，我明白了……"

冰冰凉凉的气息在我的身体里面游走，仿佛抚摸过我周身所有的血脉与皮肤。

"……这便是欢喜与热爱。"

话音落在我心尖，逆着这冰凉将我灼痛。

我的心尖收缩，几乎是下意识的，我伸出手想去抓住这说话的人，但在我用尽全力，挣脱了像绷带一样捆绑我全身的力量，终于探出指尖的那一刻……

混沌退去，刺目的光芒照入我的眼睛。

我的手伸在半空中。

"谢濯……"

眼前空无一人，只余清风一过，撩动我的指尖，带来一片橙红的落叶，从我的指尖缝隙轻轻穿过。

落……叶？

我坐起身来，探看四周，一时只觉迷茫。

这是哪儿？

虽然周围也是森林，但与我昏迷前见到的景色不同，白雪森林仿佛被火焰染上了颜色，目光所及，皆是橙红的枯叶，枯叶带着秋意，簌簌而下，在整个林间飞舞。

"沙沙"声中，四周更显空寂。

"谢……谢濯？"

我唤着谢濯的名字，试图从地上站起来。

我以为会很吃力，但……很奇怪，我身体里此前那腐败的、破碎的感觉全部神奇般地消失了，甚至我感觉此时的身体比之前健康的时候要轻盈许多。

我低头一看，脚下有一个已经没有光芒的阵法，而阵法下也不是那个冰湖了，而是实实在在的一片土地。

太奇怪了。

我怎么好了？怎么在这儿？这儿又是哪儿？现在又是什么时候？是还在五百年前，还是回到了五百年后？抑或去了别的什么奇奇怪怪的时间？

"谢濯？！"

我在林间大声呼喊谢濯的名字，但是除了沙沙的落叶声，并没有任何声音回应我。

他去哪儿了？

忽然，脑中一阵抽痛，我眼前模糊且混乱地闪过一个画面。

画面里，谢濯跪坐于我身侧，他周身都是澎湃的黑色气息，双瞳已然全部变成了黑色，他挥手自我身下的阵法中抽出一柄纯白的剑，然后没有丝毫犹豫，他将剑刃刺入了他自己的心房！

我陡然回神。

脑中画面消失，而我却愣在原地。

我刚才看见的……是什么？

是幻觉吗？还是真实发生过的……

我再次看向脚下的土地，方才我看到的那个画面里，这下面还是冰湖，只是那冰湖上的阵法与这地面的阵法一模一样……

我伸手去触摸地上的阵法，阵法很轻易地被我抹掉了一截，仿佛这根本不是什么阵法，而是小孩捣蛋，拿树枝在地上画出的奇怪的图案。

而我心中的不安却越来越重。

"谢濯！"我转身看向四周，喊着他的名字，然后迈开脚步，在深秋的林间到处寻找他。

但他就是不见了。

我寻遍了林间，一开始只是跑着，然后用起了灵力，我御风而行，在红得如同燃烧的火般的落叶林中穿梭，我的嗓子都喊哑了，却一无所获。

终于，我来到了森林的外围。

到了外围，我终于确定，这森林就是谢濯带我的那片冰雪森林，因为远处耸立的不死城的内城墙在宣告着，这是一片被圈禁的土地。

但这片土地与我来时又有很大的不一样。它那纤尘不染的干净没有了，仿佛只是一片世间最普通的森林。

远处的不死城也不一样了。那城上空萦绕不绝的邪祟之气不见了。

我思索片刻，心想或许谢濯往不死城的方向去了，他去那边取什么东西，或有什么事情要做，就像过去五百年里一样，他瞒着我，一言不发地离开，然后带着沉默与神秘回来。

只是我现在知道了，他离开是因为他要去斩杀邪祟。

现在他一定正在不死城里面战斗。

我御风而行，速度极快，在能使用术法的情况下，从这里到不死城不过眨眼工夫，我进入不死城也根本不用通过城门，直接从内城墙的上方飞了过去。

这内城墙比我之前看到时要破败不少，好似……经历了更多时间

和离 完结篇

的洗礼一样。

我飞到不死城中，停在高处，我想搜寻城中邪祟聚集的地方，我猜谢濯若是在，也一定会出现在那样的地方，但我的目光扫过，却发现城中并无任何地方在战斗。

残垣断壁仍在，只是城中……

城中更奇怪了。

我看见了很多人，他们从城中的残垣断壁之中跑了出来，都在向着外城墙的方向跑去。

似乎没有了忌惮与猜忌，他们飞奔着、踉跄着，脚步不停，疯狂地奔向外城墙，哪怕与人擦肩而过，哪怕有人撞到了一起，他们都没有看对方，而是争先恐后地往外城墙的方向跑去。

我落下去了一点，终于听见了风中他们的声音。

"邪祟消失了！"

"不死城外的风雪结界破了！"

"我们可以出去了！"

"不死城活了！"

呼喊声中，有人痛哭流涕，有人声嘶力竭，有人颤抖着只知道向前。

一如他们呼喊着的话，这之前我看到的死气沉沉的城一下就活了起来，每个人争先恐后奔向外面的世界。

只是……邪祟怎么会凭空消失？

我额角又是一阵抽痛，脑中再次浮现出模糊的画面，我看见浑身散发着黑气的谢濯双手紧紧握住穿透他胸腔的剑刃。

他神色坚毅，没有丝毫犹豫。

"吾以吾身容你，亦以吾身葬你。"

言语落下，黑气倒灌，空中所有黑色的邪祟之气尽数被收于谢濯体内，在一声轰隆之后……我脑中的画面消失了。

这一下，我觉得手脚、背后都忍不住地发凉。

我意识到了脑海中那些模糊的画面可能是什么，但我不愿意相信。

我心绪不稳，难续法力，只得慌张地落在地上，我看见修行者不停地从我身边跑过，他们每个人脸上都带着对离开的渴望。

对许多人来说，可能一场浩劫终于结束了。

我摇摇晃晃地站起身，看着他们，然后逆着他们的方向，往不死城里面走着。

可能只是梦一场，可能只是我魇着了，谢濯或许还在，他那么有本事，能以妖怪之身用盘古斧来来回回地劈开时空，能用结界挡住昆仑所有仙人，他那么厉害……怎么……

怎么选择了同归于尽这种方式？

我脚下一踉跄，直接跪在了地上。

有修行者从我身边跑过，一脚踩在了我撑在地上的手背上。

手背麻木了很久，之后传来痛感，它提醒我，周遭的世界都是真实的。

忽然，有一道阴影停在了我的身前，身影轮廓熟悉，我慢慢睁大眼睛，随后猛地抬起头来。

"谢……濯？"

来人一袭黑衣，戴着木制的面具。

面具背后的眼睛似乎正在打量着我。

"你走反了，"他开口，声音陌生，"离开不死城，往那边。"

不是谢濯。

我心头失落，但又燃起了一点希望，我撑住身体站了起来，准备拦住他，因为他是目前唯一一个注意到我且愿意与我说话的人。

我有些着急地跟他比画着询问："你有没有看见一个男子，穿着黑色衣裳，与你一般高，他肩上、腰上都是血，他带着伤，伤口处的衣服破洞都是横向的……"

那是谢濯带着我向前的时候，被邪祟的武器划伤的……

"他脸色有些苍白，眉眼是这样的……"

我还想在空中画出谢濯的眉眼，面前的人上下打量了一眼我身上的衣服，竟然直接开口道："伏九夏？"

我愣住。

他认识我？

和离
完结篇

黑衣男子静默片刻，抬手摘下了面上的木制面具，他面容清秀，我很笃定，我从未见过此人，但他却在摘下面具之后，微微对我颔首。

"五百年前，有过一面之缘，你或许不记得了。"

我不明所以地看着他："五百……年前？"

脑海中，昏迷前我看到的画面浮现出来，谢濯掏出了盘古斧，原来他真的劈开了时空，带我回到了五百年后……

而在回想到这件事的同时，忽然，我脑中一阵剧痛，许许多多不属于我但属于夏夏的记忆蜂拥而至，记忆像流水一般疯狂地灌入我的大脑。

我看见过去作为夏夏的我是如何与来自五百年后的自己沟通的，还看见夏夏与谢玄青在老秦的翠湖台密室里面生活时，两人是怎么相处的。

夏夏和谢玄青经历了与谢濯和我完全不一样的事情，他们一起对付了荆南首，将昆仑食人上仙的事情解决掉了。

只是在与荆南首最后一搏时，夏夏还是遇到了如历劫一样的危机，谢玄青也如历劫时一样，给夏夏喂了血。

他们，或者说我们，还是成亲了。

与我不同的是，夏夏对谢玄青的爱要保持得更久一点。

久了一百年。

她知道谢玄青出去是为了对付邪祟，所以她对他的不告而别通通选择原谅，但谢玄青与谢濯一样，对为什么隐瞒只字不提。

夏夏不理解，她知道谢玄青是雪狼妖，知道谢玄青离开是去对付邪祟，但为什么谢玄青的忽然消失和忽然回归都没有缘由呢？为什么一定要对她隐瞒行踪呢？

谢玄青和谢濯一样，面对夏夏的疑惑没有任何解释。

夏夏问也问了，逼也逼了，但谢玄青还是闭口不言。

时间久了，第三百年、四百年、五百年……

夏夏变成了我，谢玄青也变成了谢濯。

我们又一次走上了和离的道路……

然后便是谢濯拿盘古斧劈开了时空，我与他消失在了现在的这个时空里，再然后，我带着所有的记忆出现在了这里。

我捂住脑袋，接受了所有的记忆，然后抬头望向前方巨大的内城墙，我又看向背后百丈高的外城墙。

我只觉得这两道城墙像是两副套在我与谢濯身上的枷锁，只要邪祟还在、不死城还在，谢濯就必须保守秘密。

这是主神们定的规矩，也是谢濯不想让我知道的关于这个世界的真相。

只要这个秘密还在，他与我、夏夏与谢玄青便会在人性的驱使下，走上同一条道路。

直到他带着我来到不死城，我才明白所有的前因后果，明白他对我的沉默与隐瞒原来都是无法宣之于口的守护。

我的胸口紧紧地揪了起来。

好一会儿，我才缓过来，抬头看向面前的人。

"你是那个骑马持枪的玄甲将军。"

"你记得。"

于我而言，不过是片刻之前的事情，我当然记得……

"我乃不死城主神，霁。"

果然，那时候谢濯没猜错。

不死城主神献祭己身，化为灵魄，不停地寻找与自己神志契合的人，在不死城里对抗邪祟。五百年时间，到如今，他也不知道已经换过多少身躯了……

我没有让自己继续深想。

"我在找谢濯，"我告诉他，"五百年前，你也见过他。"

主神霁点了点头，神色似有些怀念："我不知道在五百年前见过他。"

他的话里似乎还有故事，但现在我也没有心思追问，只道："你现在有看见他吗？"

主神霁沉默下来，他看着我，没有说话，眉宇间仿佛有悲悯之色。

我想到了之前脑海里面的画面，忍不住有些颤抖起来："你……见过他吗？"

"天下邪祟之气消失，不死城外风雪结界洞开，谢濯应当是身亡了。"

我愣在原地。

我像被这句话冻住了，从五官、四肢、内脏到脑髓。

"身……亡？"

一时间，我竟然无法理解这个词的意思。但脑海里却像走马灯一样，不停地闪过那些混沌的画面。

冰雪森林里，谢濯浑身黑气，他说着"吾以吾身容你，亦以吾身葬你"，然后用剑刃刺穿了自己的心脏。

这个画面闪过，一时间，我只觉得自己的心脏仿佛也被穿透了一样。

谢濯说了一万遍，等他回来，他要杀我，但为什么现在他却在我混乱的脑海里，把剑刃刺向了自己的心脏？

我捂住胸口，深呼吸着。

主神霁看着我，开口道："邪祟之气突然消失，哪怕猜到是谢濯所为，我也有许多困惑。你若要回昆仑，我可与你同行，前去见见西王母。"

我将他的话听到耳朵里，却半天没有反应过来。

直到远方不死城内城墙上的火亮了起来，我看着那就算邪祟消失了也没有灭的火光，忽然道："我不回昆仑。"

我看了看自己的手，仿佛指缝间还有谢濯的温度。

"或许谢濯还在这里，哪怕他不在不死城，也可能在森林里，或者离开了不死城，在北荒哪个地方，我得去找他……"

主神霁没有说话。他似乎已经笃定了谢濯身亡一事，我看见了他眼中的悲悯，可他还是心怀慈悲，没有戳穿我。

我无法在他这样的目光下多待哪怕片刻。

我越过主神霁的身边，继续往不死城里面寻找着。

于我而言，不过睡了一觉，那个可以劈开时空的谢濯怎么就死了呢？

和离之前，我做好了与他生离的准备，我可以随时与他分开，这辈子都不再见面，可我从来没想过会与他死别。

谢濯怎么会死了呢？

不死城的邪祟之气已经散开，可是行走间，我却觉得面前似有比之前更浓的迷雾，掩盖了我眼前所有的路，让我全然看不清楚。

"谢濯，"我呢喃着前行，"你带我来的，你得带我回去。"

空荡荡的不死城里，连风声都没有回应我。

我没有找到谢濯。

我在不死城里、不死城围住的森林里，还有不死城外的风雪中都找过了，我甚至找了北荒的很多地方，但是……我没有找到谢濯。

不知是过了一个月、两个月还是三个月。

我的时间仿佛定格了，每天我不吃不喝，只知道不停地走着，逢人便打量，从一开始的找谢濯变成找这人身上有什么与谢濯相似的地方。

可我找不到任何一个与谢濯相似的人。

到现在我才明白，谢濯于我是多么特别，特别到万千世界，我想寻与其相似的眉眼都寻不到。

最后我回到了那个森林，雪狼族生活的地方。

这里的时间仿佛也定格了，一直都在画一样的深秋里，橙红的落叶在我的眼睛里染进了唯一的色彩。

我又在森林里待了许久，直到……西王母来了。

我有很长很长时间没有见过过去生活里的人了。此刻见到西王母，我却有种见到了家人的熟悉与亲切，而在短暂的熟悉与亲切之后，我望着西王母，就像昆仑里最无助的小仙一样，我上前拽住了西王母的衣角，我祈求我的主神："帮我找找谢濯吧。"

我嘶哑地、小声地恳求："我把他弄丢了，您帮我找找他吧。"

"九夏，回昆仑吧。"西王母沉沉地叹了口气，她摸了摸我的脑袋，说，"谢濯生前，身上有昆仑的印记，他在外与邪祟战斗的画面都会传回留存，我本是为了研究邪祟之气……"

我愣愣地看着西王母。

她神色无奈，又有些哀伤："他牺牲之前，昆仑的印记也将画面传回来了，你回去看看吧。"

我终于还是回去了。

我从来不知道，在昆仑的主殿后还有一个隐秘的殿宇。它藏在西王母主位上的一个灵石阵法里。

西王母将我带入里面，隐秘的殿宇里只有一块巨大的石头。

石头被劈成了镜子一样的平面，西王母领着我，站在了石镜前面，她在镜面上轻轻画了一个阵法，是昆仑的印记术法。

然后石镜上慢慢升腾起了一阵迷雾，迷雾在我身侧盘旋，最后凝聚成了人与物的形状。

通过这些迷雾勾勒出的人物形态，我终于再一次看见谢濯了。

石镜通过迷雾还原了那日的景象。

"印记无法带回五百年前的景象，只能带回你们回来之后的场面。"西王母如此说着。我看见迷雾还原的画面里，空中还残存着时空裂缝的痕迹。

谢濯让我躺在地上，那时的森林还是一片雪白，树干似冰，树叶似雪，地面更似被冻成坚冰一样的湖面。

我躺在冰湖之上，谢濯单膝跪在我的身旁。

在我们身下的冰湖上有一个阵法，从我现在的角度看去，我看出了这个阵法是什么——引渡邪祟之气的阵法。

此前，谢濯邪祟之气入体，我不忍看他被折磨，于是将他身体里的邪祟气息引入自己体内，由此，他才开始带我上路，前去不死城。

之前他一直说，要去一个能治好我的地方，有能治好我的办法。

我相信了他，便没有多问。

而现在我终于知道了，哪儿有什么能治好我的办法，他不过是打算把我体内的邪祟之气再次引渡回去罢了。

只是……为什么一定要到这个地方呢？

像是要回答我的疑惑。

谢濯催动了身下的阵法。

阵法旋转，我身上的邪祟之气开始往谢濯身上飘去。

然而，这邪祟之气并不像之前我引渡时那样简单，它们似乎很不愿意从我的身体里离开。尽管之前它们已经冲破了我的经脉与皮肤，但当它们被吸入谢濯身体里的时候，还是那么不情愿。

而谢濯在我身下画的阵法力量强大，似乎由不得邪祟之气逃逸。

它们逐渐被抽出我的身体，然而，在它们离开的同时，我身上的血液也随着黑色的邪祟之气被谢濯吸入。

谢濯在……抽走我浑身的血液？

我刚意识到此事，就看见另一边，在我另一只手腕上有一股白色的气息涌了进去。

这气息似乎来自这净土一样的冰湖。

谢濯一边抽走我浑身的血液与邪祟之气，一边让这冰湖的气息填充了我身体里的每一寸血管……就好似在给我……

换血。

见此一幕，我低头看了看自己的手腕。

我手腕的皮肤上并无伤痕，甚至比之前还要细嫩一些。

"我收回血誓了。"铺天盖地的邪祟之气灌入谢濯的身体，而他却像没事人一样，看着地上昏迷的我，一如往常说"地上凉""别喝酒"一样，平静地说着，"我不在了，血誓对你来说是个负担。"

我站在谢濯身边。此时，他只是被迷雾勾勒出来的一个曾经的痕迹了，但我看着他，干涸的眼眶终于开始发酸，发涩。

"曾经有人告诉我，要热爱自己的生命，热爱这人世间，我从不明白如何热、为何爱……我未曾遇见热烈，也不知'喜欢'是什么模样，所以你问我是否爱你，我不知道，我难以判断。"

黑气不停地灌入谢濯的身体，汹涌的邪祟之气衬得他的面容冷静得不自然。

"但前不久，你将这邪祟之气引入身体，你与我战了半个月……"他微微低头，"你不知道，哪怕你再厉害十倍，也是打不过我的。"

我听他此刻还如此较真地说这种话，觉得有些好笑。

我当然打不过他，过去五百年的婚姻里，每次我气不过与他动手，他都是让着我的。

"你变成邪祟了，我该杀你，哪怕放了你的血，违背血誓之力，我也该杀你，但我……那时我终于明白了，我不杀你，不是因为有血誓，而是因为我不想杀你，甚至……"

他说着，伸出手，握住了昏迷的我的指尖。

"一想到此事，我便会疼，比违背血誓还要疼。"

他抓着我的手放到了他的胸膛，让我的掌心贴着他的心口："可你是个恶人，你都感受不到。"

他看着我，眼中像是委屈，又有点埋怨："言之凿凿说喜欢的是你，口口声声要和离的还是你，剪断红线，你动作都没停顿一下……"

"……对不起……"

"真疼……"

我捂着嘴巴，望着迷雾中的他，沙哑地说着抱歉，一时间，除了这句话，我脑中空白一片。

"或许，你消失了，就不会疼了。我那时便是如此想的。所以，我要杀你，要毁了血誓，我折腾了这么久……"

谢灈将我的手从他心口拿下，他轻轻抚摸着我掌心的纹路。

"终于发现我错了。"

"我怎么可能斗得过你？"他苦笑，似认命，"屠刀都在你手里。"

"或许这便是欢喜与热爱。"

我站在谢灈面前，泪如雨下，一句话也无法从喉咙里挤出来。

漫天邪祟气息，我却在他的眼神中看见了留恋。

我只觉得面前这一幕荒谬至极，曾经谢灈做的全是护我的事，但关于"爱"这一个字绝口不提，而如今，谢灈做着他说的"斩姻缘"的事，口头说着的却全是关于"姻缘"的话。

我身体里所有的邪祟之气与血液都被谢灈吸入了他的身体中。如今留在我血脉里的是这片冰湖里最纯净的天地气息。

我与谢灈的关系在那一刻被他自己断得干干净净，但在我的灵魂里，我们的羁绊却再也无法斩断。

纵使生死，哪怕轮回。

黑色的邪祟之气全部隐于谢灈的身体之中。

他静默下来，再也不谈及关于"我们"的话，他没有停下，而是抬手将五指摁在我身下的阵法之上。

阵法光芒霎时散开，光芒更盛。

谢濯扩大了吸纳邪祟之气的阵法！

这么大的阵法！他想干什么?!

错愕间，我看见远处无数邪祟之气蜂拥而来。所有的邪祟之气都灌入了谢濯的身体之中。

谢濯的神色变得痛苦。

他单膝跪在地上，但很快，他便似支撑不住了一样，跪坐于地，十指撑在地面阵法上，无数的邪祟之气铺天盖地地向他涌来。

"谢濯……"

我伸出手想去拉他，但我一动，身下的迷雾便跟着升腾翻飞。

我帮不了他，这是过去的画面，这都是过去的事了……

"便是那一日，全天下的邪祟之气都消失了。"西王母在我身后轻声道，"谢濯将天下邪祟之气都融于己身。"

我错愕道："怎么会？怎么可能？他怎么可能做到？"

西王母看着我："你们回到五百年前，可是经历了什么？此前，我们一直在寻找解决天下邪祟之气的办法，但毫无头绪，这一次谢濯归来，便似找到了方法，定是他在你们去的那个时空里参悟到了什么。"

我愣愣地看向西王母，又看了看面前的迷雾。

我摇头："他什么都没有与我说。"

"罢了，如今看来……"

随着西王母的话，我看见迷雾勾勒成的谢濯已经变得浑身漆黑，双眼不见眼白，他挥手，自阵法中抽出一柄纯白的剑。

与我脑海中的画面一样。

他将剑刃刺入了自己的心房，然后转动剑刃，口中吟诵："吾以吾身容你，亦以吾身葬你。"

"不……"

我知道之后会发生什么，我再难控制自己，扑上前想要抱住谢濯。

但谢濯却在我的怀里变成迷雾轰然散开。

四周的迷雾也跟着轰一声，瞬间改变了模样，所有的邪祟之气消失了，与之一起消失的还有冰雪森林里面的冰雪。树干恢复了颜色，树叶也变成了我醒来时见到的秋意浓重的模样，冰湖也变成了寻常的土地。

我怀里空荡荡的，哪里还有谢濯的影子。

及至此刻，我终于意识到，也终于承认，谢濯……是真的离开了。

我是真的永远也再见不着他，抱不住他了。

我跪在地上，再也难以忍受，失声痛哭起来。

"九夏，"西王母声带怜悯，"谢濯用自己的生命将天下所有的邪祟之气都送入了他脚下的那片大地，还了世间一个安稳。这是他用生命换来的太平，你应该振作起来，替他把太平守下去。"

替谢濯把太平守下去……

西王母给了我一个过高的期待，我觉得自己可能是无法完成这个目标的。

我从西王母的秘密殿宇里回来后，大病了一场。

病中，我的大脑一直昏昏沉沉，像是在梦中。

在我住的这个院子里，我与谢濯相处的所有画面像走马灯一样一遍又一遍地在我眼前出现又消失。

我几乎没有好好养病，偶尔会在树下睡着，偶尔会在房顶上醒来。

但更经常的是，我会坐在院子门口，像过去很多时候一样，撑着脑袋，看着院外的那条路，等着一个归家的身影出现。

病中，有时候幻觉让我看见谢濯回来了，但幻觉很快又消失了。

我想，可能就是这时不时出现的幻觉，让我下意识地不想让自己的病好起来。

但病到底还是好了，在那冰湖之水灌入血脉之后，我的灵力提升了好几阶。哪怕是我这样随意折腾自己，我的病也好了。

留在我血脉里的冰湖之力好像是谢濯残存在这个世界上的痕迹，它支撑着我，像他过去在的时候一样，告诉我——

"地上凉，别吹风。"

"好好养病。"

"不要放弃。"

我就在自我意识与身体意识的拉扯下，拖拖拉拉地好了起来。

可哪怕身体好了，我也对外面的世界充满了抗拒，我懒得出门。

蒙蒙和其他的友人陆陆续续来找了我好多次，但我都避而不见。他们想安慰我，于是想了个办法。

他们将外面的事情都写成文字或画成画，折成纸鹤，然后催动术法，让纸鹤飞进我的房间里，落在地上。

我下床的时候，脚不小心碰到纸鹤，纸鹤便会展开。

我看见他们说，现在天下没有邪祟之气了，所以，虽然盘古斧跟谢濯一起不见了，但昆仑也不再需要结界了。

昆仑彻底开放，里外的人可以自由进出。

现在昆仑生机勃勃，东、西市比任何时候都热闹。

他们还说，有从北荒回来的人告诉他们，这世间有个地方叫不死城，城里的人守住的秘密是什么。

天下所有懵懂的人终于知道，曾经他们是怎样被隐瞒的，也知道了曾经他们怎样被保护。

然后人们便开始争论，有人说，他们应该知道世界的真相；有人说，主神们做错了；还有人说，各山主神们将意外知道真相的人都关进了不死城，这手段是非常恶毒的……

于是，外面关于主神们是否应该为过去的不死城而赎罪这事开始吵得沸沸扬扬。

西王母与各山主神都保持了沉默。

有好多人都参与了讨论。但唯一没有争议的是，他们都认为，消除了邪祟之气的谢濯是英雄。

他们想给谢濯立碑、著传，甚至有人在西王母面前提过，要给我什么荣誉……

因为我是谢濯的……遗孀。

我的友人们劝我走出去看看，他们说虽然现在大家嘴上不停，但这个世间还是很美好的。

我还是没有出去。

我把纸鹤全烧了。

我的朋友们想安慰我，我知道，他们很好，他们真挚、善良。如今昆仑也比之前更加安稳。甚至我的身体也比之前健康。

我知道这全是好事。

可一想到这所有的好都是用谢濯的命换来的，我便再难睁眼去看这世间的美好。

直到一日清晨，我床榻边站了一个男人。

"全昆仑都在说，谢濯死了，伏九夏也难过得快要跟着去了，我本来不信，没想到，还当真是这样。"

秦舒颜这个老狐狸来了。

我躺在床上，瞥了他一眼，翻了个身，当没看见他似的，继续闭眼休息。

"啧啧，"老秦感慨，"瞧瞧你这模样，谢濯见了，不得将你拉起来，里里外外地数落一遍？"

"他瞧不见了。"我在被窝里闷闷地回答了一声。

老秦不说话了。

在我回来的这个世界里，我和谢濯的现在是由夏夏和谢玄青的过去演变而来的，虽然结果是一样的，但过程却不相同。

夏夏和谢玄青可以说是通过老秦搭上的线，他们……或者说我们，这个时空里的我们，在老秦给我们找的密室里暗生情愫，然后一起对付了荆南首，最后成亲。

我们也一直与老秦交情匪浅，所以如今老秦对我比我过去所认知的那个时空要熟络许多。

床边一直有老秦扇着扇子"呼呼"的风声，过了许久，他叹了口气，开口道："带你去见个人，去还是不去？"

"不去。"

"谢濯的故人。"

我睁开了眼，坐起身，转头看向老秦。

老秦面上的笑有些无奈："谢濯应当是不愿你去见那人的，但你总得找到继续生活下去的理由吧。"

　　自从回来后，我第一次离开了家。

　　老秦带我来的地方是一个地下的熔岩洞穴，洞穴墙壁、地面皆有鲜红的熔岩在流动。

　　我从未来过这个地方，但看着却有些眼熟。

　　思来想去，有一段记忆浮现在我的脑海里，是我和谢濯某次回到五百年前的记忆。那时，一个名为渚莲的人攻击了我，谢玄青去找渚莲算账，而这一幕正好被躲在角落的谢濯看见了。

　　我刚好又通过阴阳鱼联系上了谢濯，便也经由谢濯的眼睛看到过这个地方。

　　仔细想想，那时，渚莲袭击我之前，我是被一个昆仑的士兵带入险境的。

　　那个士兵……

　　如今想来，那个士兵与不死城里面的邪祟一模一样，在外表上根本看不出他被邪祟之气感染了……

　　当时谢玄青与渚莲的对话也是每一句都透露着古怪。

　　渚莲让谢玄青杀了自己，但谢玄青却直接拒绝了，说他不会杀渚莲。但他也说……他会护着我。

　　回忆过去，我低下了头。

　　那时，我并没有认真地去思考过他会怎么护着我、会护我到什么地步……

　　如今，我知道了，却也晚了。

　　老秦本来一直沉默地在前面带路，及至要走到前方熔岩最多的地方时，他终于停顿了一下。

　　老秦回头看我，神色凝肃："那个人知道的关于谢濯的事比我们任何人都多，但他和谢濯是敌人。"

　　"我知道，"我说，"他说过，只要有机会，就会用最残忍的手段把我撕碎给谢濯看。"

　　老秦眉梢一挑，可能是万万没想到我可以平静地说出这句话。

"你见过他了？"

"渚莲是吧，算是见过。"

老秦饶有兴致地拿扇子敲了敲自己的下巴，换上了一副看戏的神色，领着我走了过去。

地面熔岩鲜红，宛如撕裂石窟，露出了大地的鲜血，在流淌的熔岩旁边，有一个黑色的牢笼，长发披散的男子静静地坐在里面。

似乎是听到了我与老秦的脚步声，他耳朵动了动，睁开了眼睛。

这不是我第一次见他，但或许是这些时日我太想念谢濯了，我在他的眉眼间找到了几分熟悉的影子。

他与谢濯……有些相似。

渚莲见了我，微微咧开了嘴角，一言未发，只一个笑容，便让我的心里有些发寒，一阵奇怪的战栗从灵魂深处冒了出来。

我在害怕。

但我很清楚地知道，我并不怕他，我怕的是他身体里面某种奇怪的气息。

这气息让我想起了不死城中的绝望，还有我被邪祟之气感染时，那混沌梦境里面的惊惧。

"你来了。"

我遏制住心头的惊惧，皱眉问："你知道我会来？"

"谢濯死了，你迟早会来找我的。"他轻笑，低声唤我，"弟妹。"

听见这个称呼，我倏尔心头一颤，想起了曾在梦境里看过的那段过去——

雪狼一族的族长唤回邪神灵魄，为了让邪神得到一副躯壳，族长挑中了谢濯的母亲，而那时，谢濯的母亲还有丈夫与……孩子。

我错愕地望着面前的渚莲，但见他在那牢笼里慢慢坐直身体，随后猛地向前，一把抓住了黑铁牢笼。

牢笼的栏杆被他撞出巨大的声响，在洞穴之中回荡。

"真可惜，"渚莲露出万分遗憾的神色，他直勾勾地盯着我，"谢濯死早了，我多希望你能在他面前被撕碎啊。"

他说着，似乎想象到了那个画面一样，开心地、近乎癫狂地笑了起来。

他的笑声不停地在耳边回荡，让我的心脏跟着震颤，我皱眉盯着他，只见他的情绪又陡转直下，戛然而止。

"太可惜了，"他看着我，低声轻叹，似乎真的在惋惜，"他到最后也没被逼疯。"

我望着渚莲，一言未发，径直迈步向岩石上的牢笼走去。

老秦有些意外，想要拦住我。

我挥开他的手，两步跨到了牢笼前面。

渚莲透过牢笼的黑铁栏杆，冷冰冰地望向我，他双瞳的颜色要比谢濯浅上许多，是浅浅的灰色。

他眼中像是有旋涡，能将人心中最深处的恐惧都勾出来。

我面对着他，抬起手……

我的指尖几乎不受控制地在颤抖，但我还是将手伸入牢笼中，一把抓住渚莲的衣襟。

在渚莲错愕的目光中，"哐"的一声，我将渚莲整个人拉到牢笼前，让他的身体与牢笼撞出巨响。

我瞪着他，咬牙切齿："你都对他做什么了！"

愤怒压制了我身体里其他的情绪，我拽着他的衣领，又拉着他往牢笼上狠狠撞了一下。

"说！"

"哐哐"两声，渚莲被撞得不轻，他咳嗽着，说不出话来。

我身后的老秦似乎也看呆了。

过了半晌，老秦开口劝我："呃……你要不……先让他喘口气？"

我拽着渚莲衣襟的手由于用力过猛而有些发抖，片刻之后，我控制了自己的情绪，狠狠甩开了他。

渚莲身体虚弱，被我一甩，他踉跄退后两步，直到撞上了栏杆后的山石，这才稳住了身形。

他被我打了，非但没有生气，反而有些好笑地看着我。

"弟妹，你与他成亲这最后一百来年的时间里，我可没看出你对他有这么深的感情。"

此言一出，我沉默了一瞬。

"我与谢濯如何，你怎会知晓？"

"外面有我的眼睛。"渚莲顿了顿，"或者说，外面有邪神的眼睛。"

我的神色沉了下来："你与那邪神灵魄也有关系？"

"当然。"渚莲直言不讳，"数千年前，我族族长以上古禁术召回邪神灵魄，经邪神授意，我族族长挑选族中契合邪神气息的女子，令她诞下为邪神准备的躯壳，以便邪神重归人间。"

渚莲说的这些，我已经在梦境中看见过，想到那些画面，我沉默不言。

"我的母亲为邪神诞下躯壳，从那以后，我族于天下收集魂力，供养邪神躯壳，以便他日后能承载邪神之力。"

以全族之力供养谢濯……

此时我终于明白，为何谢濯会有那么强的力量，足以以妖之身驱使盘古斧，劈开时空……

他从小就是作为承载邪神之力的躯壳来培养的。

"如此往复百余年，却有一日……"渚莲嘴角的笑意消失，神色阴沉下来，"谢濯强行引邪神灵魄入体，癫狂之中，屠戮全族，包括……我和他的母亲。"

我喉间一紧，想到了之前谢玄青和我说过的——屠全族，杀至亲，都是真的。

我静默不言，渚莲继续道："那日，我恰巧外出，待归来之时，看见的便是尸山血海里状似癫狂的谢濯，他已经屠尽全族，而且他想杀我！"渚莲低头，捂住了脸，好似十分害怕一样，可怜巴巴地说着："我逃了许久，逃了很远，终于逃离了北荒，但他还在不停追杀我……"

我沉着脸，打断他："谢濯不会无缘无故地屠戮全族，也不会无缘无故地追杀你。"

渚莲放下捂在脸上的手，也不装可怜了，他望着我，脸上露出了一个诡谲的笑容。

这个笑容看得我有些胆寒，我似乎透过他又看到了那个梦境里永远在变化的百变之人。

"你还真是了解谢濯啊。他追杀的确实不是我，而是……"渚莲顿了顿，又阴恻恻地一笑，"我身体里的邪神灵魄。"

我呼吸一滞。

邪神灵魄在他的身体里?!

看见我害怕的神色，渚莲开怀大笑起来，似乎令我惊惧是一件让他极痛快的事情。

"邪神灵魄已经消失了，"老秦从我身后走来，用扇子拍了拍我肩头，"天下邪祟之气都已经消失了。"

是了，邪祟之气已经和谢濯一起消失了。

我望了老秦一眼，定了定心神。

牢笼里面的渚莲好似笑够了，他老神在在地看向我："谢濯杀了全族的人，包括他的母亲，那时，谢濯许是想跟身体里的邪神灵魄同归于尽，但我去得正是时候，邪神灵魄逃入了我的身体。"渚莲手中把玩着他披散的长发，状似无所谓地说道："然后，我便带着邪神灵魄逃走了。"

我身侧拳头握紧："是你将邪祟之气从北荒带了出来，散于天下。"

"是我。"提及此事，渚莲有些嘲讽地一笑，"谢濯还与北荒主神共同建立了不死城，妄图将我、邪神灵魄和日渐壮大的邪祟之气困在北荒……"

"他确实做到了。"老秦打断了渚莲的话，"谢濯与主神霁确实做到了，不死城的内城墙困住了伥鬼，外城墙圈住了邪祟，即便还有邪祟之气泄漏人世，被感染的人也极其容易分辨。"

老秦看向我，神色清明且坚定："谢濯不是他所说的'妄图'，他是真的做到了。"

我听闻此言，心中情绪复杂难言。

不死城是谢濯与主神霁建立的，所以谢濯能在风雪之中找到不死城的位置，带我进去，还能打开不死城内城的城门。

他那时困住了邪祟，现在又除尽了邪祟。

他救了我，也救了这人间，且不止一次……

而直到如今，我才知晓真相的其中一页。

"他做到了？"渚莲一声冷笑，"我不是依旧带着邪神灵魄逃出来了吗？"

"然后，谢濯便一直在世间追杀你。"我联系上了这些事情，"直到五百年前，你逃到昆仑，谢濯追你而来，他与你一战，随后将你封印在此处……"

渚莲听着我的话，他似乎想到了什么，张了张嘴，最后却闭上了，他笑了笑，只点头道："对。"

"他也受了重伤，然后，他才会遇见我……"

"是。"

渚莲微笑着，神色带着玩味："邪神灵魄在我的身体中，与我一同被封印，虽然邪神力量虚弱，但依旧可以通过外间邪祟之气知晓你们发生的所有事，你可知，你与谢濯缔结血誓那天，我与邪神有多高兴。"

我沉默不言。

渚莲道："我的身体始终无法承载邪神之力，只有在谢濯的身体当中，邪神才能真正回归。在你之前，谢濯没有弱点，所有的族人都被他杀了，他对人间没有半点牵挂、留恋……"

但是……

"但你出现了。"

我出现了。

"谢濯便有了弱点。"

有了牵挂、留恋。

还有舍不得、怕失去和想守护。

"要让谢濯成为邪神的躯壳，就必须抹杀他的神志，摧毁他的心魂，逼疯他，让他放弃抵抗。五百年前，我与邪神找了无数机会，想让邪祟之气进入他体内，但谢濯没有留下任何缝隙给我们。可是……"渚莲那么温暖又开心地笑着说，"你有。"

我有。

我是昆仑的守备军将领，我要去巡视、值守、训练……

我爱聚会、好食辣、喜饮酒……

我脾气不好，常动肝火，在事情繁多时，常常难以入眠。

"昆仑真好，给你真性情，让我们有那么多可乘之机。"渚莲蛇一样冰冷的声音在我耳边环绕，"谢濯也一直拼尽全力维系着昆仑的好。我们给不了他的邪祟之气，可以给你。五百年间，夜以继日，谢濯为了保住你，从你身上引渡了多少邪祟之气。"

所以，在不死城的时候，谢濯咬我的脖子，咬得那么自然而然。这是他平日里瞒着我，做过无数次的事情。

所以，那些让我厌烦的"地上凉""别吃辣""少喝酒"都是他无法宣之于口的担忧与在意。

所以，五百年间，他在我身边学会了害怕、紧张、小心翼翼。

"邪祟之气在他的身体里积累得多了，邪神每夜便会与谢濯在梦中撕扯。"渚莲有些可惜地说着，"我一直期待着，有一日，邪神会告诉我，谢濯已经放弃了抵抗，他的神志败了，心魂不守。可他没有。到如今，他死了，也没有败。"

"若要论最接近目的的那一次，或许……便是此前，你与他和离的那个夜里。"

但闻此言，我浑身的血液仿佛倒流。

"他离疯魔便只有一步之遥了。"渚莲叹息一声，似乎更加可惜了，"没想到，他带着你回来后，竟然把天下的邪祟之气都清除了。真可笑，邪神为了重返世间，逆天而行造出来的躯壳却成了世上唯一能战胜他的存在。"

我沉默无言地抬起手，看着自己的手腕。

手腕上空荡荡的，曾经系了五百年的红线早已不见。

渚莲歪头打量着我的神色，他渐渐目露悲伤："你这么难过，谢濯竟然看不到，真是可惜。"

我只觉得心脏被猛地一抓，疼痛之后，却是难言的愤怒。

我抬头望向渚莲，伸手便使了术法，一把将他吸了过来，擒住他的颈项，死死捏住他的咽喉。

"好啊！杀了我！"渚莲非但不惧，反而大笑，"杀了我！谢濯不杀我！今日，由他护了一辈子的你来杀，也好！动手！"

"九夏……"老秦在一旁沉声开口，"谢濯不杀他……是因为他答应过那个给他生命的人。"

我看向老秦。

他说的是谢濯的母亲吗？那个雪狼族的女子。

也是渚莲的母亲。

"哪怕屠尽天下人，也不可杀渚莲。"老秦叹息，"谢濯从未违背过自己的承诺。"

是，谢濯从未违背过自己的承诺。不管是对我，还是对任何人。

我沉默了许久，松开了手。

如今渚莲好似已经没有了任何灵力，他坐在地上，任由头发散乱，面容狼狈，他捂着脖子，不停地咳嗽。

我不再看他一眼，转身离开了熔岩洞穴。

外间，昆仑山风徐来，我在日光下走着，却觉得周遭的一切都好不真实。

昆仑的雪化了，花开了，遍野生机，满目灿烂。

夏日就要到了。

我听到身后传来脚步声，是老秦走在我身后，我望着面前的生机，沙哑地开口："之前，我一直以为昆仑是桃源，可现在我才知道，昆仑从来不是桃源，而是谢濯将这里变成了桃源……"

"九夏，"老秦道，"渚莲想让你难过，所以告诉了你这些事情，但是我带你来，却是想让你知道，谢濯为了守住你都做了些什么。

"你不能欺负他看不到了，就浪费他曾经的守护。

"他不只想护住你的性命，更想让你永远如夏日烈焰，不曾见阴霾寒冷。"

老秦的声音很轻，却入了我的心间。

"我知道了，"我低下头，看着自己空荡荡的手腕，"我知道了……"

我的命是用谢濯的命换来的。

我得替他守住自己和世间……

第十三章

邪神再现

见过渚莲后，我调整好了自己的状态。我重新承担起了上仙的职责，统管守备军。

昆仑也一直很好，平静、安宁，平安地度过了春末和一整个夏日，然后迎来了初秋。

然后……这世间，慢慢发生了变化。

曾经，西王母和众主神隐瞒不死城的存在，在世间遍布老秦这样的眼线，将意外发现世间真相的人抓入不死城中。

从我回来后，关于这件事，昆仑内外便一直吵吵闹闹，争论不休。

最开始，坊间在争论，而后，上仙们也开始有了分歧，有的仙人认为，主神们没有做错，而有的仙人则认为主神们无意间也杀了许多无辜之人，他们的过错堪比邪神。

我从来没有在此事上议论过一句，也责令守备军中不得议论此事。

我见过不死城中的惨象，以我一人的角度无法评判主神和谢濯当初隐瞒全天下的举动是对还是错，我只能让守备军固守着现在的和平。

但分歧不会因为沉默而消失。

昆仑或者说这世间情况突变，是在一个再普通不过的午后。

西市里的小贩与一个顾客因为分歧而动起了手，最后小贩失手将那顾客打死了。

小贩从愤怒之中冷静下来后，陷入了惊惧，然后他便——

疯了。

他在西市接连打伤了数十人，我接到报告时本还奇怪，一个普通的小贩为何能在西市闹出这么大的动静，却没有被旁人制服？毕竟能来昆仑的绝非普通的小妖地仙。

而当我带着守备军赶到的时候，我明白了。

小贩被人们团团围住，人们都充满戒备地看着他，但无人敢上前一步，因为那小贩此时双目漆黑，形容可怖，他身上散发着的黑色气息是所有人都再熟悉不过的……

邪祟之气。

小贩被诛杀了。

我动的手。

他在我的剑下化作一缕黑烟，转眼消失，而我握剑的手却久久不能将长剑收入鞘中。

我意识到一件可怕的事情——邪祟之气又重回世间了。

我将此事禀报了西王母。

西王母听闻之后，神色也有些变了，她让我重启昆仑结界。虽无盘古斧镇守，但昆仑结界可将围绕着昆仑的无数阵法相连，临时撑出隔绝外部的屏障。

她让我严禁昆仑之外的人进入昆仑，也命令其他上仙严查所有下属身体里的魂力内息。

然后她告诉了我一件更可怕的事情——

"前些日子，北荒主神霁传来信息，"西王母望着我道，"他说，不死城的外城墙上出现了新的尸首。"

我猛地咬紧牙关，只觉胃中发寒。

"他本以为是对主神此前行事不满的人做了这样的事，如今看来……是邪祟重归。"

我垂下眼睑，身侧拳头握紧："邪神没有彻底消亡。"

我定了定神："渚莲一定知道些什么，我去会会他。"

西王母点头："叫上秦舒颜，你们小心些。"

于是，我又一次带上老秦来到了那熔岩洞穴。上次离开时，我本以为此生不会再踏入这个地方。

待我们到了洞穴门口，我便隐约发现事情有些不对。

熔岩洞穴门口传来的气息竟然比之前要干净许多，这干净的感觉……好似之前那冰雪森林，将所有的杂质都剔除掉了一般。

我与老秦对视一眼，立马往洞穴里面走去。

再见渚莲，我愣住了。

如今，他浑身雪白，从头发、睫毛到身上的每一寸肌肤几乎都是透明的。我能清晰地看见他皮肤之下涌动的鲜血。

真神奇，他的血竟然是红色的……

"渚莲。"老秦冷着脸迈步上前，他隔着牢笼用扇子一扇，蜷缩在地上的渚莲便被无形的力量牵扯开了，老秦打量了他一眼，"你做了什么？"

"不是我做了什么，"渚莲一脸委顿，话音也有气无力，看着像是快要消失的模样，但他的嘴角还带着笑容，"你们应该问，邪神做了什么。"

"不要说废话。"老秦面色如冰，千年的狐狸在此时竟现恶相，"我知道你一心求死，但我手里有的是让你生不如死的法子。"

渚莲闻言，好似听到了什么笑话，干咳着笑了："不用逼我，我也会告诉你们的。"他看向了牢笼外的我："弟妹，来。"

老秦回头："小心有诈。"

我给自己掐了个护体的诀，上前了两步。

渚莲道："谢濯脖子上戴着块石头，你知道吧？"

我沉默。我当然知道，那是谢濯从不离身的东西，甚至在他痛定思痛决定斩姻缘的时候，有一次决定动用那块石头，还引发了不少事情……

"数千年前，我族族长召回邪神灵魄的那个上古禁术便是借助山河之力，将那片山河的污浊尘埃全部聚于一处，唤回了那一点点邪神灵魄。于是，那方土地便成了这世间最干净的净土。以至此后千年，任何邪祟伥鬼踏上那片土地，便会被那股力量灼烧驱逐。"

我看向身后的熔岩洞穴，只见洞穴地面的色彩慢慢褪去，一如渚莲现在的身体状态……

和离
完结篇

我咬牙看向渚莲："你想学那雪狼族族长，献祭自己和这片土地，换回邪神灵魄?！"

渚莲轻笑："我哪儿来那么大的本事，我说了，是邪神。"

他继续道："谢濯脖子上戴着的石头便是从那片土地里取出来的。他借助石头的力量，做了不死城外的风雪结界，也借助那石头的力量，将我封印在此处。

"后来，他将天下邪祟之气尽数纳入己身，然后将所有的污浊还于山河。所以，天下的邪祟之气便消失了，那块石头也消失了，他的封印自然也消失了……"渚莲瞥了一眼牢笼，"所以他们才用这破铜烂铁困住了我。"

"既然这破铜烂铁能困住你，便证明你确实是废人一个。"老秦冷漠道，"我再问你，如今的邪祟之气是从何而来的?"

"莫急呀，"渚莲盯着我，轻笑道，"在谢濯带你穿梭时空之前，无论是谢濯、西王母，还是其他主神，都不知道这件事。所以他们没有办法清除天下的邪祟之气，但谢濯回了一趟五百年前，便找到了办法，你不好奇，他是什么时候找到的吗?"

我望向渚莲，脑中却不停地思索着我与谢濯回到五百年前时都折腾了些什么。

一回想，我便发现，我们这一路走来基本上都是在一起的，唯一一次分开，是他第二次劈开时空时，他比我先一步找到了谢玄青，然后布局、受伤，紧接着来坑我……

在那几天里，谢濯安排了吴澄来拦夏夏，联系了秦舒颜，让秦舒颜带了个女狐妖去救谢玄青。

以及……他受了伤。

按照原本的情节发展，应该是谢玄青追杀渚莲来到昆仑，谢玄青与渚莲一战，两败俱伤，但他还是将渚莲封印在此处。然后他去了雪竹林，与我相遇。

但因为我们回到了过去，改变了过去。所以，谢濯为了达到不让夏夏与谢玄青相遇的目的，插手了谢玄青与渚莲的战斗。

我不知道他做了什么，但他成功地把谢玄青弄到了一个冰窟里，又成功地封印了渚莲，而后受了伤，跑到雪竹林里面来与我相遇了……

谢濯唯一没有与我在一起的时间便是那短短几天。

他是在那段时间里参透了什么吗？

渚莲看着我深思的神情，嘴角的笑越来越诡异："你想到了吗？是什么时间。"

我盯着他："你到底想说什么？"

"五百年前，谢濯与我一战，在紧要关头，有一黑衣人参战，而他用的招数与谢濯如出一辙。我若与谢濯一直缠斗，便没有机会反击，但黑衣人来了，他打断了谢濯，给了我喘息的机会，我听从身体里邪神灵魄的指令，借大地山河之力，凝出邪祟之气，攻向黑衣人。那是我唯一一次用了邪神的术法。"

我静默地盯着渚莲，心中的迷雾仿佛在渚莲的话语中一层一层慢慢拨开。

"但我的身体到底承载不了邪神之力，黑衣人虽然被我重伤，但他还是趁我力竭，将我封印在此。"

然后受伤的黑衣人，也就是五百年后的谢濯，来到了雪竹林，与我"重逢"。而谢玄青在谢濯的安排下，被那个女狐妖所救。

但最终，天意引导，谢玄青还是遇见了夏夏。

"我被封印之后，不知道黑衣人是谁……"渚莲的话将我拉了回来，他咧着嘴，恐怖地笑着，"但你以为，我身体里的那位也不知道吗？"

他身体里的那位……

邪神，那时候便知道了黑衣人是五百年后的谢濯？

"他早就知道了！那个时间，这个世界上有两个谢濯，一个是普通的谢濯，一个是来自未来的谢濯。他一直在等，一直在等今天！"渚莲近乎疯癫地说着，"邪神知晓，谢濯看见了邪神禁术之后，一定会参悟到如何让天下邪祟之气消散的办法。所以，他一直在等，五百年里，他一直在等谢濯回到过去，他知道一旦谢濯回去了，一定会选择牺牲自己，消除天下邪祟之气！"

听闻此言，我与老秦皆是浑身一颤。

邪神早就知道了谢濯会做什么，他早就料到了谢濯会与天下的邪祟之气一同消失，也就是说，他比谢濯多做了五百年的准备……

"这五百年里，我在这封印里时时刻刻都想死，不是因为我输给了谢濯，而是因为邪神一直都在改变我的身体。他借由外面的邪祟之气在逼疯谢濯，又在我的灵魄里折磨我。他想得可周全了。谢濯疯了，他便用谢濯的身体回归人世；谢濯没疯……死了，那就由我……"

渚莲说着，面色更加苍白起来，在我与老秦的眼皮底下，他身体里流动的血液开始变白。

忽然，我感觉脚下大地一颤，外面传来轰隆之声，我腰间昆仑守备军的腰牌忽然碎裂。

我知道，是昆仑临时布的结界……破了。

"由我变成他重回人世的契机……只要有一点……"渚莲的声音变得干涩，仿佛生机即将被抽干，"邪祟之气便永远不会消失，它在你们心里……只要一勾，便没人能逃过邪神的劫难……"

老秦收回折扇，但牢笼里面的渚莲已经通体变成了白色，他脚下踩着的土地以及四周洞穴——所有的颜色都在随着他一起褪去。

这里逐渐变得与冰雪森林一样干净。

"所有人都将成为他的容器，而这世间却再无谢濯了……"

空中，渚莲留下最后一句话，终于，再无声息。

我望着变成一块冰雕的渚莲，心中五味杂陈，心绪难言。老秦一把拉住我的胳膊："不能在这里待着！"

老秦拉着我，将我飞快地带离了洞穴。

我们御风飞到洞穴外，只见眼前的昆仑结界从空中开始破碎，而在昆仑结界外，已有漫天沙尘一样的邪祟之气铺天盖地而来。

渚莲最后一句话仿佛诅咒一般，在我耳边一次次回响。

"所有人都将成为他的容器，而这世间却再无谢濯了……"

我与秦舒颜没有耽搁，立即回去见了西王母。

老秦将渚莲所言尽数禀告。

西王母闻言，也不由得低头感慨："千年来，我与其他主神皆未参透邪神是如何回归的，原来他是借了山河之力……谢濯回到过去，得此机缘见到邪神术法参悟此道，也是天意……"

"西王母，"老秦有些心急，不由得打断了她的感慨，"我与九夏归来之时，见外间邪祟之气已经喧嚣翻腾，几欲压碎昆仑结界，若是谢濯参悟此道后，能吸纳天下邪祟之气，将其还于山河，那我们是否也可以效仿？"

西王母点了点头："你们各自归位，管好昆仑，我会通过石镜与诸神联系，共议此事。"

老秦颔首，立即转身离开。

我却顿了顿脚步，看向西王母："谢濯以己身为载体，容纳天下邪祟之气，而后在那片冰雪森林，与邪祟之气同归于尽，您……"

"我只是做该做的事，与谢濯或已故去的诸神一样。"

西王母说得平淡，我听在耳中，却觉得厚重。

我知晓，不该再言语了，于是转身离开，去做自己该做的事。

从那日开始，我严令昆仑守备军日夜值守，并要求他们每次值守之前，一定要由同伴为其探查灵魄，以保证他们灵魄清醒，未染邪祟之气。

每日，我都在昆仑结界的各个连接之处巡视，见众将士修补昆仑结界，再次为昆仑竖起一道保护屏障。我不敢有丝毫懈怠，既要盯着结界外的邪祟之气，也要提防着身边的战友，生怕他们忽生邪祟气息……

不过十来日，还未与邪祟做任何战斗，我的精神便有些支撑不住了。

我尽量不让自己去思考，过去的谢濯到底是怎么度过这样的日子的，但每当闭上眼，稍稍放松一瞬的时候，我便会恍惚间看见谢濯站在我身边。在外面，他很少把目光放在我身上，他总是在戒备，在警惕，在替我看。

如此焦虑地过了一个月，像是末日的审判终于来临一样，昆仑上空的临时结界终于破了。

众多连接的阵法炸裂，守阵的仙人们或多或少都受了伤，更有甚者，直接被邪祟之气感染了。

我虽盯住了身边的阵法连接处，却也分身乏术。

在所有人惊慌至极时，我看见一个巨大的阵法从昆仑之巅展开，西王母吟诵咒语的声音通过风传入每个人的耳朵里。

此刻，昆仑的主神正在履行她的职责。

正如之前所说的那样，她效仿谢濯，以一个巨大的引渡阵法，试图将所有的邪祟之气都引入自己的身体。

我与无数昆仑的仙妖一样，在如此巨大的神灵之力面前，只能祈祷。

邪祟之气铺天盖地而来，聚集到了昆仑之巅，被感染的人身上的邪祟之气也陆续飞出，向着同一个地方而去，似乎一切灾难即将终结。

但很快，我发现邪祟之气流向昆仑之巅的速度变慢了。

事情有些不对，我曾在那石镜里面看见谢濯吸纳天地间的邪祟之气的场面，一切都发生得很快，甚至吸纳的速度越来越快，如同一个旋涡，让所有的邪祟之气都没有逃逸的可能。

但此刻昆仑之巅上，情况明显不太妙。

仿佛是在印证我的猜想，昆仑上空的巨大阵法猛地破碎，昆仑之巅上的引渡之力迅速消失，所有的邪祟之气宛如汇聚起来的海浪，从昆仑之巅汹涌而下，瞬间淹没了整个昆仑。

一时间，我仿佛又回到了那座不死城，所有人都被淹没在黑色的邪祟之气中。

有军士被包围在过于浓厚的邪祟之气中，皮肤瞬间被吞噬，变成全黑，双眼也没了眼白。

很快，周围只剩一片厮杀之声。

在如此浓厚的邪祟之气中，我昆仑的将士竟然直接变成了伥鬼。

没给我多余思考的时间，一个化为伥鬼的将士直接冲我扑杀而来，我抬起手用剑斩了他，另外一个方向又有一人直接冲了过来！

那人我认识……

是蒙蒙。

我愣住了。

面对已经毫无理智的蒙蒙，我手中的剑没有挥向她。她扑上来，试图用长出来的尖锐爪子一把掏出我的心脏，却在挨着我的一瞬间，白光一闪，蒙蒙如同被灼伤一样，整个手掌都化为了黑烟。

她哀号着退后几步，转身跑入了邪祟之气形成的黑雾之中。

我看着自己的掌心，皮下微微散发着白光，正是此前谢濯为我洗掉血誓时引入我身体里面的那冰湖气息的颜色。

或许这就是我能保持清醒的原因。

及至此刻，谢濯留在我身上的痕迹依旧在保护我……

没有时间多想，我收敛了所有情绪，转身向着昆仑之巅而去。

我想，若是西王母还在，我若能找到她，说不定还有拯救昆仑的办法……

邪祟之气浓郁，遮蔽了我的视线，我东闯西摸，终于来到了昆仑之巅，然而昆仑之巅上的场景却让我心神震颤。

不止西王母一位……

主神霁和其余十数位主神都在！

整个天下，所有的主神都在这里了。原来方才的引渡阵法并非西王母一己之力完成的，而是……

每位主神似乎都在阵法破碎时受了伤。他们皆坐卧于地，有人在调整内息，有人已然面露灰败之色，西王母在阵法一侧，见我前来，她抹掉唇角的鲜血，吃力地抬了抬手。

我明白她的意思，立即走上前。

主神们也都看着我，见我尚清明，似乎都有些诧异。

"引渡阵法碎了，引天下邪祟之气非谢濯不可。他是邪神打造的身躯，唯有他才能做成此事，邪神算对了。"

我闻言，心头大寒。

我转头看向其余诸位主神，见他们面色悲悯，仿佛已认了这终局。

"别无……他法了吗？"

"谢濯在你的身体里为你留下了极净之力，保护你不被邪祟之气所染，你走吧，寻一处偏僻净土，留下希望。"

我静默，看向其余诸位主神，他们似乎也觉得西王母所言是最后的办法，但当我看向主神霁时，他微显淡漠的眼瞳里却有不一样的神色。

"或许，除此之外，还有其他希望。"

我与其余主神都看向主神霁，他沉默片刻："寻回谢濯。"

我当即开口："如何寻?!"

"回到过去，阻止和离。"主神霁道，"伏九夏，你若能在和离前夕阻止自己，并与谢濯再行商议消除天下邪祟之气的办法，或许这个世间还能有别的走向。"

我愣住。

一时间，昆仑之巅也静了下来。

"我回去，"没有任何犹豫，我应了下来，甚至有些激动，"我可以阻止自己。"

有别的主神在我身后开口："方才助力引渡阵法，我们身体中已无多少魂力，如何开辟时空隧道，将她送回过去？"

主神霁望着我，直言："确实，没有盘古斧，我等魂力不足，无法送你回去，但若我们效仿邪神，只将你的灵魄送回……"

我当即便明白了主神霁的意思，立刻点头："可以。"

现在没有盘古斧，主神们的魂力又不够，无法将我的身体送回过去，但要将我的灵魄送回过去却是没有问题的。

而且主神霁也曾为了对付邪神主动献祭肉身，以灵魄寻找契合的身体，在不死城里与邪祟战斗到如今。在如何剥离肉身与灵魄一事上，他肯定是所有主神里最明白的一个。

"九夏，"西王母迟疑地开口，她皱眉望着我，"毁去肉身，仅留灵魄，你知道这意味着什么吗？"

"我知道。"

西王母继续道："仅以灵魄回到过去，要在短时间内找到一个契合的身体几乎不可能，而你若用自己的身体，便意味着你将与过去的自己抢夺一个身体，你们一定会有一个消失。你不一定会赢，也不一定能把我们想要带给谢濯的信息带给他。"

"我一定能赢，"我告诉西王母，"我一定能赢过以前的自己。"

我与谢濯多走了一遭，见过了不死城，经历了生死，所有的事情不会只在我的生命里路过。

我一定能赢过之前的自己，因为我有杀了"她"的决心。

我不会输。

西王母看着我，最后劝了一句："若你这般离去，也是希望。"

"昆仑守备军没有逃兵。这不是您告诉我的吗？而且……"我看着西王母，"一个人面对这样的世界，不叫希望。"

西王母未再多言。

我望向主神霁："请您助我毁去肉身。"

主神霁点了点头。

接下来的事情就很简单了。

主神霁在我身体周围画下阵法，教我吟诵咒语，我看见自己的身体一寸一寸地在阵法之中融化，在撕心裂肺的疼痛里，我的身体宛如初春消融的冰雪，无声地没入阵法之中。

我没有叫，没有喊，直至变成了一团白雾一样的光球飘浮在空中。

我能感受到这世间的风以从未有过的角度，穿过我的灵魄。

很神奇，脱离了躯壳，我仿佛更接近这个世间的本质。

阵法在我身体上发出光芒，主神们围绕着我，空中慢慢开启了一道缝隙。

与谢濯劈开的那道缝隙不同，这缝隙里仿佛带有神明的祝福与慈悲。

我慢慢向上升起，离缝隙越来越近，忽然，下方阵法光芒更盛，我上方的缝隙中似乎也传来了呼呼的风声。

我尚不知道发生了什么事，便听下方有主神惊呼："时空隧道的力量似乎太大了。"

"是她灵魄的力量出乎意料！将时空隧道推前了！"

嗯?!

哪怕只是处在灵魄的状态，我也有些慌了。

他们这是什么意思?!

"以我们现在的魂力控制不了了!"

"她会被送到数千年前……未知时间，难寻地点……"

我几乎已经飘到了时空隧道的缝隙处，但闻这话，我只想将自己的身体重新凝聚好，抓住主神的衣襟好好问问他们："你们到底靠不靠谱?! 这也能错?!"

但根本没这个机会。

我被时空隧道的缝隙吸了进去，在那之前，我忽然看见主神霁正仰头望着我，他一向慈悲近乎冷漠的神色终于起了一丝波澜，他似乎想通了什么事情，怔怔地看着已经飘入缝隙的我。

他嘴角动了动，我隐约看见他启唇问我："原来是你?"

何意?

我不明了，也问不了。

时空隧道的缝隙带着我这团光球飞快地穿梭，仿佛过了一瞬，又仿佛过了许久，周遭风声渐消，光影没去。

我出现在了一片静谧的雪林里。

我的灵魄之体终于再无穿梭时空之后的那种无力与撕扯感。

没有疼痛的束缚，我很快就飘了起来。

我也很快就发现，我如今出现的这个地方竟然是雪狼族的故乡，那片冰雪森林……

在林间，有篝火闪动，但四周却是诡异的寂静，在寂静之中，月色之下，我终于听见一声啼哭撕裂了林间的寂静。

我向着啼哭的方向飞去，风穿过我，树叶划过我，我仿佛被感召一样，越飞越快。雪狼一族在林间的居所，几乎都是简单的帐篷，我掠过他们身边，没有任何人能看到我，直至飞到了主帐前。

我曾在梦里见过的那个雪狼族的族长抱着一个婴孩，从主帐里走了出来。

我呆呆地看着那个婴孩，见他在月下啼哭。

"从今往后，我雪狼一族务必诚心供奉邪神躯壳。"

雪狼一族的族长将婴孩放到雪地上，随后从自己的身体里凝出魂力，融进了婴孩的胸膛。

　　随着他的动作，外面站着的雪狼族人或咬牙，或隐忍，还是纷纷凝出了身体中的魂力，向婴孩供奉过去。

　　在一团团魂力的供奉下，婴孩睁开了眼睛。他躺在雪地上，却丝毫没有冷的感觉，他伸出手在空中无意识地抓着。

　　我看着他，飘到了他的身前，他的手从我的灵魄里面穿了过去。

　　一时间，我以灵魄之体似乎感到了泪意。

　　谢濯，原来命运是想让我在这里遇见你。

和离
完结篇

第十四章

少年谢濯

终于再见到了谢濯，我对命运充满感激，但感激……很快就变成了惆怅。

我看着面前小小的谢濯，想叹气，却没有嘴，更没有气……

我，伏九夏，一团灵魄，来到这里已经三年了！

三年！时光流逝，白驹过隙，当初还是婴孩的谢濯已经长成了一个小朋友，虽然还是小小的，但比我见他第一面的时候大多了。

想当初，我刚见过婴孩谢濯，便想着在雪狼族里面找一个与我灵魄契合的人，进入一副身体，虽然不知要对这样的谢濯说什么，但哪怕……能抱抱他，碰他一下，也好。

但是我寻遍雪狼族，愣是没有找到一个与我灵魄契合的人！

于是我不得不去了更远的地方。

可我区区一团灵魄，没有形体，不会术法，只能努力地乘着风，飘飘摇摇地前行。

我从雪狼族的森林里飘出去，飘到了还没有建立不死城的北荒。当我在北荒飘了一圈，试遍了我遇见的所有人依旧无果之后，我觉得自己耽误不起了。不知道谢濯那边是什么情况，我很担心，也确实想见他……

于是我又飘回了雪狼族的森林里。

再见到谢濯，他长大了很多。

雪狼族上下夜以继日地用魂力供奉他，他比一般的小孩长得都快，心智也成熟得更早。

他似乎已经能意识到自己和别人有什么不一样了。

我回来后，每日都跟着他飘着，他感知不到我的存在，雪狼族的任何人都感知不到。

在每日接受供奉的时间结束后，小谢濯总喜欢离开他的帐篷，他会从雪狼族人聚居地的东边走到西边，再从西边走回来。

我就陪在他身边，从东飘到西，又从西飘回来。谢濯所行之处，没有任何人阻拦，也没有任何人与他搭话，只是偶尔有小孩会在他路过之后，在他背后窃窃私语，然后，小孩们就会被自家大人带回去。

每当这时，小谢濯都会回头去看那些人。

特属于小孩的大眼睛会望着那些躲避他的人，可那些人甚至连眼神都不会与他有接触。

小谢濯便会默默地眨两下眼睛，然后伸手去抓住某种东西，或是地上的石头，或是旁边通体雪白的树干，他会拿石头敲自己的脚，也会用头轻轻磕一下树干。

他似乎想确认一些事情——

他是真的存在的吧？

他们是看得见他的吧？

他们是看得见他的。只是他们选择看不见他。

虽然每日都来给他供奉魂力，但所有人对待他更像是对待一个不得不供奉的神像，他们畏惧、戒备，害怕神像背后的力量会在某个不知道的时候降罚于自己。

小谢濯却并不知道这些事情，他只知道自己似乎和别人不一样，而在这些人中，有一个人与别人不同……

那个人就是谢濯的母亲——谢灵。

因族长之命，每天雪狼族每个成年的族人都要给谢濯供奉魂力，包括谢灵。

但魂力难得。

邪神杀了与她结有血誓的伴侣，并且，自他被杀那天起，谢灵与他的孩子渚莲就病了，缠绵病榻，从不离开自己的帐篷。

谢灵要用魂力供养渚莲，还要分出一份魂力供奉谢濯，没了伴侣，她便无法像其他的雪狼族人一样，可以留一人在家照看生病的孩子。她得外出，不知是用什么办法寻来魂力，堪堪维持自己的生活。

她恨谢濯。

所以，她与别人不同。

每当她归来时，谢濯总会"正好"走到她归来的地方。

谢灵不会无视谢濯，她会憎恶地看着他，然后快步向渚莲所在的帐篷走去。

谢濯时常会在触到谢灵的眼神之后一愣，然后吃力地追上谢灵的步伐。直到快到渚莲的帐篷时，谢灵才会停下脚步，回头瞪向谢濯。

"滚，这不是你配来的地方。"

然后谢濯便会停下脚步，看着谢灵走进帐篷。

他会在帐篷外站很久，一言不发，也不知道在想什么，到一定时间后，他会乖巧地离开，然后走到谁也不会去的那片冰湖上。

他看着冰湖上自己的倒影，小声地说："今天，她又看见我了。"

我看着小谢濯，心绪无限翻覆，难以平静。"我一直都看着你的。"我在心里默念。

空中开始簌簌落下雪花。

小谢濯没有抬头，他还是看着脚下的冰湖："我是能被看见的。"

"你当然是能被看见的。你不是一个人，你一直都被注视着。"

我多想回答他，多希望他能听见。

此时，雪花不停地从我的灵魄中穿过，我倏尔心生一个念头。

我飘到空中，在无数的雪花之中穿梭、寻找，我随着风，撞击了数百片雪花……

终于！

我的灵魄触到了一片雪花，不再是空荡荡的，没有回应，我感受到了雪的冰凉，终于，我的灵魄成功地撞入了一片雪花之中！

我以雪花为载体，从空中落下。

太久没有实际的存在感，我有些无法掌控自己。

但或许，雪花本就该随风而来，自由无羁。

我只能听从缘分的安排，任由无形的力量带着我，飘摇着擦过小谢濯的头顶，又摇晃着从他眼前滑过，然后在他胸前落下。

他的目光似乎落到了我"身上"，我用尽全力，让雪花在空中晃了一下，画出一条不同寻常的弧线。

我不知道他看没看到，也不知道他会不会留意，我此时此刻只想用自己所有的力量告诉他——

谢濯，我在。

似有上天垂怜，他好像听到了我的声音。

他抬起手。

我落到了他的掌心。

小小的掌心，却比我温热许多。

我开始在他掌心融化。

我在逐渐消融的雪花里，注视着谢濯的眼睛。

他黑色的眼瞳清澈，还未掺入之后的深沉与幽晦。

他眨着眼，看着我在他掌心消融。

我多想告诉他："我能看见你的，谢濯。总有一天，你会遇到一个人，满心满眼都是你。

"她会变，但她也会回来。"

但我什么都说不出来，直到雪花彻底消融，我的灵魄飞了出来。

小谢濯还盯着自己的掌心，雪花彻底融化后的水留在他小小的掌心里，他看着掌心的水滴良久，小小的脑袋里不知在思索些什么。

片刻之后，他站起了身，小心翼翼地将掌心里的水滴握住，然后揣进了兜里。

水滴被揣进兜里，肯定很快就被衣服吸走了……我想着，却听到小谢濯嘴里念叨了起来："小雪花，飘啊飘。"他往回走："小雪花，飘啊飘……"

他看起来似乎比来时要开心一些。

可能接住一片奇怪的雪花已经足够让一个小孩开心起来。所以，就算我那么复杂的心意没有传达到，此时此刻的我也觉得知足了。

毕竟他开心了。

"小雪花，飘啊飘，小雪花，飘啊飘……"

这句话成了谢濯接下来几天里闲来无事时嘴里念念有词的话语。他好像真的感受到了那片奇怪的雪花带给他的"偏爱"和"关注"！

我受此启发，开始寻找我身边一切我的灵魄可以附着的东西。

我突然发现，之前或许不是找不到与我灵魄相契的人，而是我根本没有准备好怎么与他人灵魄相契！

当时走得急，主神霁没来得及教我，也有可能对主神霁来说，找到灵魄相契的人然后进入其身体，可能是像吃饭喝水一样容易的事。

但我不是主神，我只是个上仙！

我的灵魄……还不够强。

我那三年的"鬼打墙"白打了！

发现这件事情之后，我开始训练自己的灵魄，从雪花到石头再到木桩，从轻的、小的到重的、大的，雪狼族领地里所有的东西都被我试了个遍。

我在训练自己的过程当中，也尽量地去靠近谢濯。

当谢濯接受族人供奉魂力的时候，那气氛是静谧又压抑的，他坐在主帐的阵法上不能动，族人们也从不抬头看他，总是匆匆供奉了自己的魂力后，便立即离开。

小小的帐篷中，人来人往，却没有任何一个人与他言语。

我学会了操控自己的灵魄，进入旁边燃烧着的蜡烛中。

烛芯燃烧，我能感受到自己浑身的血液像被烧干一样的灼痛，但我还是会让自己的火焰在不经意的时候蹦出奇怪的形状，一会儿用火焰蹦个心形，一会儿蹦支羽箭，再蹦个月牙。

没有事干的小谢濯很快就被烛火吸引了目光，他眨巴着眼睛看着我，我忍着身体的剧痛，用火焰跳舞给他看。

火焰在他眼里映出了光亮，他不说话，但脑袋总是跟着火焰的苗子摇来摇去。

我看着他的模样，心里只觉得满足，丝毫不怕这痛了。

但很快，一帐篷的雪狼族人都以为我是根坏蜡烛，芯不好，火焰噼里啪啦的，蹦得人眼睛疼。于是，有人过来把我掐灭了。

我的灵魄再也支撑不住，顺着蜡烛被掐灭的烟飘了出来。

和离 *完结篇*

我飘出来后,小谢濯的目光还顺着缭绕的烟雾看了好一会儿。

然后接下来的几天里,小谢濯的口头禅变成了:"小火苗,跳啊跳,小火苗,跳啊跳。"

有了这两次给他带来乐趣的经验,我更有干劲了。

我会变成他路过的山石、摸过的木桩,也会化为吹过他身边的风、滴过他脸颊的雨。

有一日,外面的暖风吹进了雪狼族的森林,算算日子,该是盛夏了,但这片森林还是覆盖着冬日的雪白。

外面拥有动人色彩的夏花,随着暖风,吹入了森林。

夏花在林间飞舞。我如愿钻入了一朵最大最美的花朵里,我学会了控制自己。我乘着风,穿过无数雪狼族人,躲过许许多多想要抓住我的手。

我找到了小谢濯,他正在冰湖边盘腿坐着,看着远处雪狼族的人们用外面的夏花玩闹。

我掠过他的眼前,一头扎进他的怀里。

我很大,很艳丽,分量不小,重重的一朵。落入他怀里时,甚至发出"噗"的一声轻响。

小谢濯看着我,有些愣神。

他握住我,左右打量。

追着我而来的几个雪狼族小孩在看见谢濯之后停下了脚步。

他们窃窃私语:"啊,飘到了他那里了。"

"是他拿下了今年最漂亮的一朵花。"

"他是今年最幸运的人了。"

"可我阿娘明明告诉我,谢浊是我们这儿最不幸的孩子!"

谢濯闻言转头看向那几个看起来与他一般大的孩子。孩子们接触到他的眼神,立即像风一样跑开了。

谢濯低下头,又将目光放到了我身上,他轻轻触碰花瓣,既有点不可置信,又有点小心翼翼。

我在夏花里,仰望着他。

我想:谢濯,我这样做,会不会稍稍让你感觉好一点?

若暂时无人善待你，至少我能给你夏花与暖风的温柔。

我在这朵夏花里面待的时间达到了我的历史新高！

那日夏花飘满林间后，谢濯将我带回了他的帐篷，他拿了一个壶，将我插在里面，似乎想把那日的幸运留在身边。

谢濯每日出门会抱着壶，带着我，到处溜达。

或许是喜欢夏花，喜欢那日的幸运，又或许是想让周围的人通过这朵花看见他。

瞧瞧他，也是一个幸运的孩子了。

只可惜，没有人告诉他，插花是要在壶里装水的。

有些好笑，有些可悲……

我尽了自己的全力，吸取天地之精华，想要挽留"我的生命"，帮谢濯留住这份幸运，但我还是以肉眼可见的速度在枯萎。

小谢濯似乎看懂了我在枯萎。来这儿好久了，也陪着小谢濯走过好多日子了，我第一次在他脸上看到了着急。

他抱着壶带着我出门的时候，看到了其他族人那天捡的花，它们都精神奕奕的，他想要上去询问，但没人愿意跟他说话，多数时候是他还没走过去，其他人便已经离开了。

我以为谢濯没办法了。

那天晚上，小谢濯一直盯着我，他没有睡觉，一直熬到了第二日族人来给他供奉魂力的时候，他开口问道："花枯了怎么办？"

帐篷里的所有人都愣了一下。但大家似乎已经习惯了沉默与回避，没有人回答谢濯，大家只是沉默地上前供奉自己的魂力，然后转身离开。

小谢濯见状，忍了又忍，复而开口："花枯了怎么办？"

沉默，依旧沉默。

但小谢濯仿佛较上了劲，每一个人来到他面前，他都如是问一句。

"花枯了怎么办？"

一个又一个人，所有人在他面前都保持沉默。

雪狼族的人之所以给他供奉魂力，是因为惧怕邪神，而邪神只需要他的躯壳，并不需要他开心。此时此刻，雪狼族的人用这样的沉默冰冷地表达着平日里积攒的恶意。

这份恶意我感受到了，谢濯应该也感受到了。

所以，他的声音越来越小，他在失落里渐渐绝望，每一句问话已经变了意味，仿佛从"花枯了怎么办？"变成了"你们是不是讨厌我？"。

每一次沉默都是一记坚定的耳光。

"是。"

"我们都讨厌你。"

这些声音我听到了，谢濯应该……也听到了。

"放水。"

两个字打破了沉默。

小谢濯猛地抬起头来。

面前，谢灵正将自己手中的魂力供奉出来。她没有看谢濯，仿佛刚才那两个字并不是她说的一样。

魂力飘入小谢濯的身体里，散发着微微的光芒，那光芒映入他黑色的眼瞳里，似乎在里面点了漆一般。

只有两个字，没有多余的语气、表情、动作。谢灵供奉了自己的魂力后，立刻就走了。

小谢濯的目光追随着她的背影看了很久。

在今日的供奉结束之后，小谢濯给壶中装上了水。

有了水，我似乎又能撑一段了。

看着我好像精神了一些，小谢濯很高兴，但我想，他的高兴应该不止于此。

那天之后，谢濯开始长尾巴了。他头上的耳朵也变成了毛茸茸的。

在北荒待了这么久，我知道，这是雪狼族的血统开始显现了，他进入了真正的成长期。

很多雪狼族的孩子十几年甚至几十年都到不了这个阶段。待到修行有成，狼耳和尾巴又会消失，返璞归真。

他们雪狼一族对谢濯日复一日的魂力供应，让他的身体异于常人，所以他才能用这几年的时间便进入成长期。

但我想，他一夜之间开始成长，应该是因为他的心智开始开窍了。

谢灵给他的一句回应似乎让他开始真正地对这个世间有了期待、好奇、憧憬。

那个唯一"能"看见他的人回答了他的问题，既没有回避，也没有憎恶。

这对小谢濯来说，已经很难得了。

他因此想更靠近谢灵一点。

他的"渴望"变大了。

之后，谢濯还是每日都抱着我出门，每日都会更早更巧地"碰见"收集魂力回来的谢灵。

他沉默地跟在谢灵身后，只是他已经学会了不等谢灵开口，就在最后的界线外停住脚步。

有一日，他在谢灵走进帐篷之前，嘴角动了动，到底是叫出了一声："阿娘。"

谢灵的背影顿了顿，她没有回头，也没有呵斥他，只是沉默地进入了自己的帐篷。

那日，谢濯在帐篷外站了比平日更长的时间。

他离开后，又去冰湖边，口中念念有词："阿娘，阿娘……"他会告诉我："花，她是我阿娘。"

我不知如何回应谢濯，只是任由自己的花瓣在风中飘舞。

第二天，谢濯又去找谢灵了，这一次，他在见到她后，便小声唤了一声"阿娘"。

谢灵没有理他，仿佛没有听到。

第三天，谢濯跟在她身后，说了"阿娘，花在水里还是会枯萎"这句话。

谢灵厌烦地看了他一眼，说了一句"滚"。

第四天，谢濯依旧去了，说了更多的话。

第五天……

我的最后一片花瓣也掉了，哪怕有水，我也是一朵无根之花。

我的灵魄从完全枯萎的夏花里面飘了出来，我看着抱着壶的谢濯，他低着头，不知道在想什么，过了许久，他还是带着壶走出了帐篷，我跟着他飘了出去。

他如往常一样，到处寻找谢灵。但今天谢灵一直没有回来。

于是谢濯便走到了谢灵每天都会进去的帐篷外。他看着帐篷，好像在猜测，是不是因为他今天出来晚了，谢灵已经进去了。

他思索了很久，像是下定了决心一样，他抱着壶，摇着毛茸茸的大尾巴，走向那个帐篷。

我以灵魄之体，只能在旁边看着他。

谢濯掀开门帘，帐篷里的摆设十分简单，只有桌椅、炭炉、水壶、一张床，床上还躺着一个将将到少年年纪的男孩——渚莲。

他咳嗽了两声，从被窝里探出头来。

"阿娘……"只唤了这两个字，渚莲便没再继续了。他看到了谢濯。

当然，谢濯也看到了他。

两个孩子眉眼长得相似，他们沉默对视。

谢濯看到了渚莲身侧的书本，床边放着一张仿佛有人坐过的矮凳。

渚莲的目光则从谢濯的耳朵移到了他的尾巴上。

我猜，此时他们一个想着陪伴，一个想着力量，各有各的羡慕与不可得。

渚莲的手在身侧握紧，他明显知道面前的人是谁："谢浊……"

而谢濯似乎也意识到了面前的人是谁，他看到了床边的桌上还有笔墨，他问渚莲："我的名字怎么写？阿娘教过你吗？"

渚莲抬手就将床边的书扔到了谢濯脸上。

书本砸了过来，谢濯只捧着壶站着，没有用手去挡，书脊正好砸在谢濯的一只眼睛上。我不知道这一下有多疼，只见谢濯抬起一只手捂住了自己的右眼。

"滚出去！"渚莲怒喝。

这时，外面传来急促的脚步声，谢灵冲了进来！

她看见帐篷中的情况，脸色当即黑青，一把拽住了谢濯的胳膊，正好是他捂住眼睛的那只胳膊，手臂弯曲的弧度方便了谢灵拽他。

谢灵直接将谢濯拖了出去，并甩开他。

大尾巴使谢濯找到了平衡，他没有摔倒，只是闭着一只眼睛，有些困难地用另一只眼睛看着谢灵。

谢灵正处在盛怒之中，她望着谢濯，仿佛彻底被激怒了一般，但她反常得一句话都没有与谢濯说，竟然直接转身向着冰湖的方向走去。

周围的雪狼族人听见了动静，有人围了过来，有人在窃窃私语："阿羽去的好像是族长闭关的方向……"

"邪神灵魄在族长身体里，阿羽这样去不会有事吧？"

"阿羽有分寸。这个谢浊，真是不该放他出来到处走的。"

"万一伤了渚莲……"

四周的言语像旋涡一般裹挟着恶意，汹涌而来。

我只恨自己没有一双手，无法堵住谢濯的耳朵。

但谢濯似乎没有受多大的影响，他只是揉了揉自己的眼睛，待恢复之后，他便顶着这些话语，朝着谢灵离开的方向而去。

我也追了过去，这次我比谢濯还快，率先找到了谢灵。

她果然如其他雪狼族人所说，在冰湖上那一片最阴暗的角落里，对着一个黑色的神龛似的木屋大喊着："将谢浊囚禁起来！将他关起来！"

黑色的木屋里没有任何回应。

谢灵怒火中烧，迈步要闯入木屋，可是就在踏上前的那一瞬，她被一股无形的力量直接弹开。

谢灵摔坐在地，木屋之中传来了低沉的男声："你的使命是供奉邪神躯壳，或者，今日你便身饲邪神。"

要么供奉谢濯，要么今日成为邪神的养分。

谢灵没再说话，她的指甲抠住地面，直至指甲翻了过来，在雪白的地上留下血痕。

她站起身，不似来时那般怒气冲冲，仿佛将滔天恨意都埋藏在了心里，然后转身离开。

我看着她的背影和四周的冰雪森林，一时间，曾经看到过的那段梦境与此刻鬼使神差地重合起来，仿佛是要重现那段我在梦里面看到过的画面。

冰湖远处，小小的谢濯追了过来。

而谢灵却好似没看到他一样，风一般从他身边走过。

"阿娘，我不去了，"谢濯追逐着谢灵的脚步，大声告诉谢灵，"我不去了。"

他知道自己做错事了。或许并不知道为什么，但他会道歉，他道歉时也与别的孩子一样。

不一样的是，他得不到原谅。

谢灵背对着他走着，走得很快，没有回应。

谢濯一路跟随，他仰头看着谢灵的脸，在沉默中，询问着谢灵："我只想知道，我的名字，是哪个字？"

他想认识自己。

他想知道，自己为何而来。

"啄？镯？灼？他们……他们……不与……我说……"

谢灵的衣袖在空中飞舞。

谢濯伸出手，似乎想去够一够她的衣袖。

"啪"！

他的手被狠狠拍开。

这一声比我在梦里听见的响亮多了。仿佛打在了谢濯还未长开的脸上。

谢濯眼里看到的，是谢灵脸上毫不掩饰的厌恶与憎恨。

"滚！你是污浊之子！不要靠近我！你只会带来不幸！"

谢濯待在原地，直至谢灵走远，消失不见。

之前被回应时他眼中点亮的光，在此刻也熄灭了。

我看着这样的谢濯，很心疼，也很害怕。

我怕他以为，夏花的花瓣掉光了，他的幸运就结束了。

从那以后，谢濯变得不爱出门了。

他不再追着谢灵走了，好像也不喜欢外面的风与花了，似乎从那天之后，他变得孤僻起来。

每日，族人来给谢濯供奉魂力，他接受完仪式之后，便会坐在自己的帐篷里发呆，一坐便是好几个时辰，连动都不带动一下的。只有偶尔摇一摇的大尾巴告诉我，他还活着。

我看在眼里，心里着急又无助。

我知道，外面的风无法穿透那门帘吹到这帐篷里来。

我必须找一个可以灵活活动的身体来容纳我的灵魄，这样我才能让自己再次抵达谢濯的身边。

我又开始像无头苍蝇一样乱撞。

与我灵魄相契的人……我还是一个都没找到，但我与之前已经不同了！我的格局已经打开了，飞花与山石我都试过，这世间万物如此之多，我又何必将目光局限在人身上呢！其他生物，我都可以试试。

于是，在谢濯不离开房间之后，我也开始"不当人"了。

我试图"追逐"一只蚂蚁，也试图"闯入"一只蝴蝶的身体。

但无一例外，都失败了。

显然，进入一个本来就有灵魄的活物的身体要比进入山石飞花艰难许多，纵使这生灵原本的灵魄非常渺小，它们也有各自的坚持……

我花了很长的时间去寻找一个能与我契合的渺小灵魄。

时间长到几乎让我感到绝望。

我开始怀疑自己，我真的是这个世界上独一无二的灵魄，独特到几乎没有灵魄能与我契合吗？

放在从前，或许这事会让我感到骄傲，但现在，我只为自己的特别感到满满的焦虑。

而老天爷似乎就是要将我逼上绝路，才让我看到希望。

一日午后，我看着谢濯接受完供奉之后，便照常飘出了他的帐篷去寻找"活物"。

苍蝇、蚊子我也不挑了，遇上的都是我的有缘"人"。

我全试了！没一个成功……

失望之际，我在冰雪森林的边缘，倏尔听到了一声呜咽——一只小奶狗的声音。

我飘了过去，在冰雪森林的最外面，看见了一只毛色淡黄的小奶狗。

它趴在地上，十分虚弱，奄奄一息。它的眼睛几乎已经闭上，只是在用最后的力气发出一声声呼唤，声色哀戚，挣扎无助。

它有一条后腿好似天生残缺，在身体一侧无意识地颤抖着。

而在离小奶狗不远的地方有一只大狗，正在慢慢远去。

小奶狗的呼唤似乎让它有些于心不忍，它偶尔回头，但还是一步一步地走远了，最终消失在了森林外茫茫的天地间。

小奶狗被自己的母亲遗弃了，它几乎已经踏入了鬼门关。

我飘到了小奶狗身边，看着虚弱求生的它，只觉得它和谢濯一样，让人心疼……

就在我产生这个念头的一瞬间，我的灵魄接触到小白狗的身体，感受到了一阵温暖！

紧接着，我的整个灵魄便被容纳到了小白狗的身体里面。

虚弱、挣扎却温热的小狗身体……

我就这么……被它接受了。

我的灵魄与这个弥留之际的灵魄契合了?!

为什么？我不解，一时间找不到灵魄契合的关键。我不过是在看到它的那一瞬，想到了谢濯而已……

我不过是心疼它，一如心疼谢濯……

如是想着，忽然，身躯之内似有一股暖意流过，仿佛在与我的情绪共鸣。

就好像我的情绪被这个渺小的灵魄感知到了，它也在回应着我的感情，它也在温柔地安抚着我，它在告诉我，纵使它渺小挣扎，奄奄一息，也愿意为感同身受的我提供栖息之地、容身之处……

我倏尔觉悟，所谓的契合并非我此前对山石飞花那样，单方面地闯入、驾驭。

我也得对这个灵魄有所共情。

我若只存了利用它的心思，那当然谈不上契合。

转念之间，我也明白了，为什么主神霁能在封闭的不死城里找到一个又一个契合的灵魄。

因为……他以神明之身悟透了万物的苦，他与不死城中契合的每一个灵魄都感同身受。

所以经过数千年，主神霁才拥有了那双所有神明当中最悲悯的眼睛……

参悟此道，我忽觉灵台清明，虽然我很难说清楚如今这副身体的灵台在什么地方……但在这刹那间，我仿佛能清晰地感受到这个世间的脉络，感受到缝隙中万物求生之意，还有血脉里奔涌不息的前行意志。

我好像……更理解这世间了一些。

而就因这一份理解，我用小白狗的身体呼吸吐纳时，能敏锐地捕捉到天地间飘散的零散魂力。

我借着这魂力，用曾经在昆仑学得的术法，将这身体里的经络修补起来，然后我慢慢感到呼吸顺畅了，身体里的疼痛也渐渐减轻，我用小白狗尚健全的三条腿将身体支撑起来。

我踉跄走了两步。

很好，我寻到了一副灵魄契合的身体，我治好了这奄奄一息的身体！

我终于！

变成一只狗了！

我迫不及待地奔向谢濯的帐篷，用我仅剩的三条腿跑出了八匹马的速度！

谢濯消失后，我已经等了太长的时间，我太久没有真正地与他"相见"。

我此生从未如此急迫过。

我拼命地奔向他，穿过了森林，穿过了雪狼族人的聚居地，引起了不少族人的惊呼，直至一头撞飞帐篷的门帘，我几乎是"三肢"离地，飞一样跃进了他的帐篷，然后落在了他床榻边的地上。

我的三条腿稳稳地立在地上，仰头看着正坐在床边的谢濯。

现在，每天接受魂力的他已经很厉害了，他当然听到了我在外面跑过时闹出的动静，也能预判大概是什么体形的生物会在什么时间闯到他的面前。

但他看到我时，还是瞪大了眼睛，有些惊异，有些错愕。

我高高仰着头，目光一转不转地望着他，然后……我吐出了舌头，摇起了尾巴。

出于狗的本能！我完全克制不住！

我内心压抑太久的情感更是无法平息，我再难克制自己，终于三脚并用地爬上了他的床，虽然动作笨拙，姿势狰狞，但我到底还是爬上去了。

谢濯像是被我这只小奶狗吓到了，他呆呆地看着我，全然不知自己该做什么，一动不动地僵在原地。

"谢濯，谢濯！"我在心里呼唤着他，可是嘴里只发出了奶声奶气的"嗷嗷"声。

我用毛茸茸的头拱开了他抱在身前的手，三条腿用力地在他身上扒拉，直至把整个身体都拱进了他的怀里，让他的气息将我的身体环绕住。

"我终于又出现在了你的眼前。"

我在他怀里，仰头看着他，他也眨着眼睛看着我，然后他终于抬起了手，但他有些小心翼翼，不是害怕我，而是……好像怕把我摸坏了一样，他的手久久没有落下。

我站了起来，用鼻子顶了顶他的掌心。

湿润的鼻尖有些冰凉，像是在他掌心激起了涟漪，他微微缩回手去。

"不用怕，"我用前爪去扒拉他的手，"我摸不坏！"

我"嗷嗷"叫着，又用爪子扒拉了一下自己的耳朵："你看，现在我有跟你一样的耳朵了。"

"嗷嗷嗷！"

我又摇动着尾巴，尾巴像狂风里的落叶一样，快速地摇动着，在他腿上拍出了"啪啪啪"的声音。

我激动地告诉他："我还有跟你一样的尾巴了！"

"嗷嗷嗷！"

谢濯没有说话，但在看了我许久之后，他身后的大尾巴也跟着微微摇晃了起来。

你看，真好，今天，你又开心了一点。

我在谢濯怀里蹭了好久，他终于摸了我的头。

他掌心温热，动作轻柔，他的手掌还没有我记忆中的那么大，但轻抚的动作却那么熟悉。

在这一瞬间，我激动得热泪盈眶。

我把头埋在他的怀里不停地蹭，直到他用双手将我抱了起来。

"你是谁家的小狼？"他问我。

我"嗷"了一声，奶声奶气的，我告诉他："我是狗。"但他根本没听懂。

"你不能来我这里，"他说，"你阿爹阿娘会担心的。"

他平静地说出这话，让我更加心疼，我在他手里挣扎，想要再次扑进他怀里。

他似乎也怕把我抱坏了，连忙将我放到他腿上，于是我便用一条后腿撑着身体，用两条前腿趴在他胸前，伸长了脖子，仰着脑袋，伸出舌头去舔他的下巴。

除了表现得像只热情的小狗一样，我想不到现在这个身体还能做别的什么事情来安慰他。

谢濯被我一顿乱舔，有些招架不住，连连往后仰头，直到痒得不行，他笑了一声，我才停了下来。

"嗷嗷嗷！"

我对他说："笑一笑！"

"嗷嗷嗷！"

"谢濯，你就该多笑一笑！"

他看着我，我巴巴地望着他，他又摸了摸我的头，我又很熟练地在他的掌心蹭了起来。

他没说话，片刻后，面色又微微沉了下来，转头看向门帘。

"你该回去了。"他说着，把我抱了起来。

我挣扎，嘴里叫着："我真的是狗啊！我不是狼！不是你们这一族的！我要来的就是你身边，你让我回哪儿去?！"

谢濯当然又没听懂，他将我抱到了门帘边，蹲下身，看了我许久，然后双手捧着我的肚子，也没掀门帘，而是直接将我从门帘与地面的空隙当中送了出去。

门帘外，雪狼族的很多族人都看着这边，似乎对刚才屋里小奶狗一通"嗷嗷嗷"的叫声感到好奇，每个人似乎都在做手里的事情，但又都在关注着这里的动静。

"阿娘……"有个小孩悄悄地跟自己的母亲说，"谢浊没有活吃小狗。"

他娘立即捂住了他的嘴巴。

我看了众人一眼，又抓拉了一下地上的土，冲进了门帘里。

帐篷内，谢濯似乎打算回床上待着了，看我又钻了进来，他愣了一会儿。

"出去吧，"他说，"你不能待在我这里。"

看他又想过来把我抱走，我三条腿并用，蹦到了他的床上，他追过来，我便又跳到了地上。

这一瞬，我仿佛产生了胜负欲，绝对不能让他逮住我！

于是，为了躲避谢濯，我用三条腿在屋里疯狂"走位"，不停乱窜。桌下、凳子底下、床上，甚至连帐篷顶我都跳上去挂着了。经过好一通折腾，屋里被我俩翻了个遍。

终于，谢濯不追了，倒不是他累了，而是我累了，我缩在他的被子里，三只爪子牢牢地抓住被子，连嘴巴也紧紧地咬住被子，一副"你要是敢丢我，我就跟你的被子同归于尽"的架势。

一通追逐，谢濯连气都不带喘的，他只是站在床边看了我好一会儿……

"好吧，"他说，"等你阿爹阿娘找来，你再跟他们走吧。"

谢濯走到了床边。

我怕他诈我，还是紧紧地咬着被子。

　　但谢濯似乎特别懂我此时的心境，他没有靠近我，只是在床边蹲下，把脑袋放在床榻上，静静地看着我。

　　过了好一会儿，我放下了方才追逐时的戒备，也松开了他的被子。

　　他没打算赶我走了，我又往他那边钻了过去，我拿鼻子去碰他的脸，他便抬起手轻轻抚摸我的脑袋，我的尾巴不由自主地在身后摇了起来。

　　真好，谢濯。

　　此时此刻是你离开以来，我做梦也不敢梦见的好。

　　我在谢濯的帐篷里睡了一晚上。第二天早上，族人来给他供奉魂力，我一直趴在旁边，安静地看着。

　　我作为灵魄，已经陪着谢濯看过好多次这个画面，我也很熟悉谢濯接受魂力时的模样，所以我敏锐地察觉到了谢濯今天的情绪变化。

　　一开始的时候，他常常看向我，似乎有点不舍，怕下一个人就开口让他把我还回去。

　　但随着时间的推移，供奉魂力的人快要走完了，还是没有任何一个人对他索要我时，他又变得有些焦急、担忧。

　　他不停地打量每个人的神情，又不停地观察我的神情。

　　我猜，他一定在想，我是不是也被阿爹阿娘抛弃了，所以没有人愿意认领我。

　　为了不让他着急，我尽量表现得平静坦然，仿佛就是一只打着哈欠的困狗，对生活无欲无求。

　　直到所有人都离开，魂力供奉的仪式完了，谢濯才走到我身边摸了摸我的头："你是谁家的小狼呢？"

　　"汪，"我说，"我是狗。"

　　他很困惑："你为何会来到这里？"

　　"汪，"我蹭了蹭他的掌心，"为了来陪伴你啊。"

　　那天之后，我就在谢濯的帐篷里住下来了。

雪狼族的人从来不管我，对于谢濯的事，他们都尽量地做到了漠不关心。不用应付他们，我也乐得自在。

只是现在的谢濯让我有些发愁。

那一次在冰湖上，谢灵的话似乎对他冲击不小。

我找灵魄契合的身体找了一两年了，在这一两年里，谢濯愣是没出过帐篷。

我在帐篷里和他待了两天，觉得不能任由他继续自暴自弃下去，于是我想方设法地要将他拉出去，让他再去感受外面的微风与阳光。

但凭我这只身体残缺的狗，肯定是没办法硬将他拉出去的。

我想引诱他出去，我先是在帐篷里和他玩，当他玩得开心的时候，我便从门帘的缝隙跑出去，跑到外面，也不走远，就隔着门帘，让他能看到我毛茸茸的脚，接着，我会在外面叫："嗷!"邀请他出来。

但谢濯不出来。

我等了一会儿，便又会跑进去。

他会站在门帘边看着我，仿佛被下了什么禁令一样，手握着门帘，就是不掀开。

"嗷……"我扒拉了一下他的脚。

"我不出去，小狼。我就在这里，不出去。"

玩耍无法打动他，我更发愁了，但愁着愁着，机会又来了……

我饿了。

自打进入这只小奶狗的身体之后，我便学会了简单的呼吸吐纳，靠着天地间零散的魂力支撑了好多天，这道理如同修道入门一样，但我到底是只狗，时间长了，还是有些顶不住。

我的肚子咕咕叫着，嘴巴也感到有些渴。

我在屋里翻来翻去，想着要怎么告诉谢濯我饿，让他去外面给我找吃的。

因为谢濯是不吃东西的，每天族人给他供奉的魂力远远超过了他身体需要的能量。

我不能说话，也不能比画，终于，我看向了我曾经进入过的那根蜡烛……下面的烛台。

我跳上桌子，咬住烛台，放在桌子上敲来敲去，仿佛外面的乞丐在要饭。

谢濯站在桌边看着我，许久之后，他说："你喜欢玩这个？"

"嗷？"

你为什么这么理解？

谢濯把烛台横放在地上，就势一推，让烛台滚远。

我有些生气，把烛台叼了回来，放在地上"叮叮当当"地敲，他看着高兴，便又把烛台丢了出去。

我又巴巴地跑过去，屁颠屁颠地把烛台叼回来。

如此往复两三次，我怒了。

你逗狗呢！

"汪！"

我很生气，叫的这一声中气十足，三只脚离开了地面。

谢濯听了，眼睛都笑弯了。

"小狼，你真可爱。"

可你分明在把我当狗玩！

我累了，也不管那个烛台了，就地一躺，不动弹了。

帐篷里安静下来，谢濯蹲在我身边看着我："小狼？"

我"呜"了一声。

"你不玩了？"

"呜……"没力气了。

他似乎终于看出我没精神了，有些着急，他将我抱了起来，我的肚子也很配合地"咕咕"了几声。

"呜……"大爷饿了……

谢濯抱着我看了好一会儿。

"你是不是……饿了？"

谢天谢地！你终于明白过来了！

还好他之前喜欢去外面溜达，自己没饿过，但知道什么叫饿。

我立马回应了一声："嗷！"

他在屋子里看了一圈，他这里当然没什么吃的，于是他把目光投向了门帘之外。

我以为他会犹豫很久，因为之前无论我如何引诱，他都没有踏出去，但出乎意料的是，他只顿了一会儿，便抱着我掀开门帘，走了出去。

终于，外面的风与阳光再一次落在了谢濯脸上。

风很轻，阳光很暖，我仰头看向谢濯。

他再次看到外面的阳光和族人，神色有短暂的恍惚。

而外面的族人没有像以前那样忽视他，他们也看向了谢濯，对于一个一两年没出来的人，他们也感到了好奇。

谢濯只沉默了一会儿，便抱着我找吃的去了。

他脚步很快，没有过多地沉浸在情绪中，直接带我找到了喝水的地方，好像比起自己的情绪，他更在意我的饥渴。

"水。"他把我放在地上，用掌心从水缸里捧了水出来。

冰凉的水被他温柔的掌心捧着，我用舌头在他掌心舔起水来喝着，似乎是舌头触碰到了他的掌心，让他感到有些痒，他微微眯了眼睛。

"慢慢喝，当心凉。"

但闻这六个字，几乎刻在灵魄里的熟悉感萦绕而来，我不由得微微仰起头来看他。

微风中，逆光里，我恍然间发现，在雪狼族日复一日的供奉中，他已变成了少年，眉宇之间终于有了我熟悉的模样……

就这样，我以一只狗的身份，在雪狼族留了下来。

谢濯又开始每天出门了，只是他出门都是为了给我找水与食物。

我会尽量拖延他在帐篷外的时间，让他在外面多待一会儿，再多待一会儿，雪狼族没有人陪他，那便由我来陪他，虽然我身体残缺，只有三条腿，但这并不影响我行动。

时间久了，却让谢濯产生了误会，他以为我喜欢在外面玩，于是，他每天喂我的时候，都会有意无意地延长在外面的时间，而且他会尽量带我离开人们聚集的地方。

我以为自己在让他开心，他或许以为他在迁就着我。

但这都不重要，重要的是，我看见和过去一样的快乐神情越来越多地出现在了谢濯脸上。

他好像重拾了对未来的期待。

甚至因为开了窍，他也开始谋划一些未来的事情了……

谢濯开始在每天供奉魂力的仪式结束之后，偷偷地传给我一点点魂力，让我一直精神满满。

因为这一点魂力，我不仅不会饿了，身体里也开始有魂力在蓄积了。

我甚至觉得时日长了，说不定我能直接变成一只土狗妖，这样就可以长长久久地陪着谢濯了！

他做这个举动的时候没有任何解释说明，我也问不出来，不知他是有意想让我变成狗妖，还是单纯地不想让我饿着。

但不管他的目的是什么，我每天还是会装饿，然后带他出门遛遛……也可能他认为他在遛我。

不仅给我传魂力，他还有一些和之前不一样的举动。

我们出去的时候，偶尔会经过雪狼族族人居住的地方，有的族人会在自己的帐篷前教孩子，有的教他们识字，有的教他们做一些日常需要的东西，有的教他们修炼，毕竟没有谁会给别的雪狼族小孩供奉魂力。

以前，谢濯是尽量不打扰这些人的，这些人也不会搭理他。

但现在，谢濯会停下脚步，在他们身后观看。

今天在这家看了识字，明天在那家看了射箭。

对于这样的谢濯，雪狼族的大人们反应各不相同，有的族人看见他了，只当没看见，继续教孩子，而有的族人则会带着孩子换个地方继续教。

而谢濯面对这些人，反应也不一样。

有的人不避讳他，他反而不看；有的人避讳他，他则会悄悄跟上去多看几眼。

时间久了，我也发现，他会选择跟上去的那些人是教得好的。任由他看他也不看的人，是教得差的。

我惊奇地认识到，谢濯小小年纪，却也是有自己独特的判断力的！

另外，我也认识到这是一个多么聪明的孩子，与此同时，又觉得十分可惜，如果他有父母好好教他……

我又心疼他了。

于是，我开始……做贼了。

晚上，我偷偷跑去了一个族人的帐篷里面，找到了今天白天谢濯很想看却被这家主人合上拿走的一本书。

然后，我神不知鬼不觉地把书叼走了。

我变成了一只彻头彻尾的偷书狗！

我从帐篷里出来，飞快地跑回谢濯的帐篷，然后跳上谢濯的被窝，开始扒拉他："谢濯，你有魂力，你少睡会儿，起来看书识字了，我可以教你！"

"嗷……"我怕惊醒别人，只用嘴巴发出了气音。

"小狼，睡觉了……"

谢濯睡得迷迷糊糊，不愿意起来，我不能大声叫，又怕老是扒拉他，把他弄不舒服了，于是我走到他脸颊边一顿舔，终于把他舔醒了。

我不由分说，直接把书抛到他脸上。

谢濯眨巴着眼，迷茫地看着我。

看我干什么？看书啊！

"嗷！"

我把书叼起来，放到他怀里。

谢濯终于低下头看了一眼怀里的书本，这一看，他先是一愣，随即露出哭笑不得的神情来。

"你从哪里偷的？"

读书人的事情怎么算得上偷呢？窃书贼能算贼？

我用鼻子推了推书本，让他好好看。

谢濯看着书本，他很想翻开，但还是忍住了。"要还回去。"他说，"之前路过一个帐篷的时候，看见木木娘在打木木，说不让他不经别人的允许就拿别人的东西。小狼，这不可以。"

"嗷……"天亮前就还回去，你先看。

谢濯掀开了被子要下床，作势往外面走。

"嗷!"我叫得大声了一些，心里想着：你都被这么对待了，还顾得上这些!

我替谢濯委屈，便拦在了他身前。

谢濯脚步顿住，他与我对视片刻，窗外的月光透过门帘的缝隙洒在地上，谢濯沉默地看着我，然后蹲了下来。他没哭也没笑，面上似无波动，却摸了摸我的头。掌心温热，一如他的内心。

"我会用自己的办法学到这些。"

谢濯把书还了回去，没有惊动任何人。他身体里的魂力让他比好多雪狼族的成人都要厉害，而他现在才刚进入成长期而已。

他回来了，轻轻抱着我，继续睡觉，就好像什么也没发生。

我看着谢濯的睡颜，心里想到了一句俗话，三岁看小，七岁看老，原来这话竟有些道理。

原来谢濯从小就是这样一个人，沉默、隐忍，把温柔与坚韧藏在了灵魂深处。

后来，我便再不做"狗贼"了。

我尊重谢濯想要的生活方式，他可以晚上去偷，但他没有。白天，他在他人或默许或厌烦的白眼里，学会了自己成长所需要的所有知识。

他识字了，会在地上练字。

他学会一些招式了，会在无人的地方练习。

他还给我做了一条假腿，用自己打的匕首削好了木头，配好了榫卯，穿上了棉线皮革，给我套在了原本残缺的腿上。

随着时间的流逝，他学会了很多很多东西，也慢慢长成了真正的少年郎，外形模样几乎与我记忆中的那人别无两样了。

而我也早已从一只小奶狗变成了……

一只大狗。

是的，虽然谢濯每天都传给我一点点魂力，但耐不住这是只天生残缺的小狗，身体实在虚弱。

或许它的生命本该在被母狗抛弃的那一刻结束，我和谢濯以修仙之道给这只小狗强行续命，及至今日，还让它这身体健健康康的，已经算是逆天改命之举了。

变成寿数绵长的狗妖可能没什么希望了。我只想着在两三年后，这只狗彻底消亡之时，我要用什么样的模样来见谢濯，又或者，我要怎么安慰他失去小狗时的难过……

在我开始担忧未来时，雪狼族里面也渐渐开始发生变化了。

谢濯的成长期已经维持了七年，随着他的成长，邪神命令族人给他供奉越来越多的魂力，许多人甚至因为自身的魂力匮乏而患上了疾病。

整个雪狼族对谢濯和邪神的不满越来越多，但依旧没有人敢第一个站出来挑战邪神的权威。

雪狼族的情况对谢灵来说，更是雪上加霜，她不得不离开雪狼族地，去更远的地方寻找魂力，有时候甚至一两天都回不来。

因此，渚莲必须学会照顾自己。

渚莲开始时不时地离开帐篷。谢灵在的时候，会在帐篷外教渚莲射箭，让他自己可以去冰雪森林外捕猎一些小动物。

谢灵不在的时候，渚莲便会在帐篷外给自己煮食物，他没什么魂力，必须每天摄取食物。

这么多年里，整个雪狼族内，谢濯唯一没学的就是谢灵的箭。

他不是没遇见，而是刻意回避了，包括偶尔在林间遇到渚莲，他也刻意回避了。

在外人看来，谢濯好像对这对母子并无念想。只有我知道，他其实很想靠近谢灵，很羡慕渚莲。

因为……我看见他偶尔会在很远的地方驻足，目光就停留在谢灵的帐篷那边。

有时候他能看见谢灵，有时候看不见，只有渚莲待在那儿。

比起谢濯，渚莲显得又矮又瘦，面色苍白，若说是兄弟，他倒更像是一个常年被欺负的弟弟。

谢灵不在的时候，雪狼族人也会去关心渚莲，或赠予食物，或言语关怀。那也是谢濯从来没有得到过的东西。

每当这时候，我便能从谢濯的眼睛里看到失落。

以前我会插科打诨打断谢濯，到后来，我更加尊重他情绪低落的时刻。

我知道，这些事情是避无可避的。如果之后小狗的肉身消失，在我找到合适的身体之前，谢濯总要自己面对这些。

他要学会处理自己的情绪。

显然，他处理得很好。

他会羡慕，会失落，但很快就会转过头去，向他自己该走的路走去，或者俯身下来摸摸我的头。

我不能保证一定能安慰到他，但我能保证，当他把目光转过来的时候，我永远都在看着他。

我眼里一直都有他。

然后我就会看见谢濯黑曜石一样的眼睛里，眼神从迷茫变得柔和。

"小狼。"谢濯摸摸我的头。

我的尾巴在身后本能地甩动。

"我们去冰湖走走吧。"他说。

"汪。"我平静地回应着。

就这样，不用太多的语言，仿佛他的心绪便得以平和。

我们走在冰湖上，谢濯的情绪已经很平静了。我在他身边看着他，时常会想，如果我是谢濯，会变成什么模样呢？

我大概……会恨透了这个世界吧。

但好神奇，谢濯却走向了另外一个方向。

他得到的关注太少了，所以，哪怕只有我给他的那么一点点关注，哪怕这关注只是来自一只狗，他也满足了。他就这么把温暖放在了心底，锻炼出了坚韧又柔软的内心。

而我以前差点把这颗心毁掉了……

"小狼。"谢濯唤我。

我仰头看向他，方才他似乎调息了一番，掌心已经凝聚了一点魂力。

每天都是如此，他会自己凝聚魂力，然后传给我。

我仰头，准备静静地接受。

就在此时，忽闻羽箭破空而来之声，我转头一看，羽箭直接冲我而来，谢濯一只手在给我传送魂力，另一只手直接凭空握住羽箭箭身。

箭头已经碰到了我的狗鼻子，我吓得大气都不敢喘。

今天差点就离开这副身体了……

还未等我想完，紧接着又是一支羽箭破空而来，箭速很快，比前面那支杀气更浓重，电光石火间，谢濯用手中那支箭的尾巴拨了一下飞来的那支箭，第二支的箭尖歪了去，却听到"嘟"的一声——那是箭尖插入什么东西的声音。

我转头一看，羽箭带着谢濯给我做的假腿，已经在冰湖上滑行了一段距离。

刚才这箭要是射在我身上，现在飞出去在冰湖上滑的可能就是我的狗身体了吧……

我愣愣地看向羽箭的方向。

谢濯也收了掌中魂力，神色冷漠地看了过去。他的神情仿佛让我看到了不死城里的那个谢濯……

远处，箭射来的方向传来渚莲的声音，带着浓厚的怨气："整个雪狼族都将魂力供奉给你了，多少人因此患上疾病，而你却将魂力给了一只狗?!"

"我给的是自己的魂力。"

渚莲却不听，手中箭矢再次射出，谢濯用手中羽箭反手一打，那飞来的箭直接被打飞到了一旁，插了冰树之上。

渚莲身侧无箭，却依旧抬起手来，以他身体里的魂力为箭，直接凝出一道光芒冲我射来。

我和谢濯都没料到，这样的渚莲竟然能用魂力凝成羽箭!

谢濯反手将魂力凝成的羽箭击散，但有一缕魂力却在被击散之后，直接从地上向我射来。

我没反应过来，直至光芒穿过我本已残缺的腿……

剧痛霎时传遍了这副身体。

我没忍住，随着这副身体的本能，发出了一声凄惨的哀嚎。紧接着，我便咬紧了牙关，压住了喉咙里的声音，尽量不让自己叫得太凄惨。

我知道，谢濯……

我看向他，他果然面色煞白，呼吸停滞。

他会心疼……

"小狼……"他立即蹲下身，却不敢碰我，只在手掌里聚积魂力，而后将手掌覆盖在了我的伤口上。

他在帮我止血，但他的神情却让我感觉好似伤在他身上一样。

"呜……"我想告诉谢濯，我没事。但这时候，狗的叫声听起来更像在叫痛。

谢濯的手在我的伤口上颤抖："不痛不痛，马上就不痛了。"

他想安慰我，声音却那么无力。

此时，脚步声从谢濯身后传来。

我看着渚莲从谢濯身后走来，手中拿着一把匕首，他那因常年虚弱而苍白的脸上，一双眼睛显得尤其凶狠。

"他们根本就不该留你活命！他们早就该杀了你！"他如是说着，手中的匕首高高举起。

"嗷！"

我想提醒谢濯小心，可在我发出声音的同时，谢濯周身的魂力激荡而出，不过一瞬，直接将渚莲掀翻在地。

渚莲在地上滚了好几圈，停下来时，口中竟然直接呕出一口血来。

谢濯没看他，继续用魂力帮我治疗腿上的伤口，直至伤口止住了血。

"没事了，"谢濯摸了摸我的脑袋，然后将我抱起来，"我回去给你抹药。"

谢濯抱着我，将我的假腿捡了起来，随后往回走去。

谢濯没看渚莲，直接从他身边走过，但趴在地上的渚莲却仍旧不愿放弃，他一把抓住谢濯的脚踝。

"你根本不该存在，你不该来到这个世界，你就该死。"

谢濯的怀抱紧了一下，我仰头看向他，只见他嘴角紧抿，没说话，最终甩开了渚莲的手，直接迈步离开了。

谢濯抱着我，步伐很大，走得很快，路过的许多族人发现了谢濯的异常，大家纷纷投来目光，但没人上前询问一句。

谢濯就这样将我抱回了帐篷。

他把我放到床榻上，然后用自己做的药膏轻轻地抹在我的伤口上。药膏冰凉，还有些疼痛，我微微缩了一下，他看着我，皱着眉头开口道："忍一下。"

我便"嗷呜"一声，忍了下来。

"这几天别乱跑，少活动。"

几个字几个字地下命令，和记忆中的谢濯一模一样，什么"起来，地上凉"，还有什么"过来，在我身后"。以前，我全当他说的是废话，充耳不闻，如今回想起来，却更加心疼他。

这是谢濯知道的仅有的安慰和守护的字句了。

因为他自己从来没听到过，从来没被心疼过、守护过。他只知道从原本的事实出发，说着最常见的、最容易让人听厌的字句。

"谢濯……"我的心里酸涩不已，只得用脑袋去拱他的手，而他却把手收了回去。

"别动，还有药膏。"他一直在关注着我受伤的残肢。

其实在他的魂力治疗下，我的伤口已经愈合得差不多了，可他还是仔仔细细地用药膏给我涂抹了一遍，最后用布条和棉线帮我简单包扎了一下。

包扎伤口的时候，他神色专注，口中念叨着："再等等，马上我便能带你离开这里。"

我一听，心下微惊。我打量谢濯，却见他神色不似作假，他是真的在考虑离开……

"嗷呜……"我担忧地问询。

谢濯轻轻摸了摸包好的伤口，而后看我："外面很广阔，我听他们说过，比这里宽广得多。以后，我带着你，我们离开这里。"

一人一狗，去外面的世界过自由的生活，没有非议、排挤、冷漠，或许还能见到新的事物，认识新的朋友。

我感受到谢濯是有这样的期盼的。

或许，从他开了窍之后，他就开始谋划别的生活了。这样的日子太过泥泞、挣扎，他便想通过自己的努力，过上别样的生活。

他学知识，习功法，还学了制药、捕猎、做小工具，其实一切都是在为独自离开做准备……

但是，谢濯……他没有这样轻易地离开。

我是大概知道他的宿命的。

我听他说过，他灭全族，杀至亲，他……

他是毁了这个地方后才离开的。

之后到底会发生什么……

我猜不到之后的事，却在谢濯一遍一遍抚摸我的头顶和后背时，慢慢产生了睡意。

我在谢濯的怀抱里安安静静地睡着了，但当我醒来的时候，周遭却不那么安静……

一阵狂风吹来，仿佛要将我身上的毛都吹掉一样，迅猛地刮过我的背。

我迷茫地睁开眼睛，却见头顶的帐篷不见了，夜空里，饼一样大的月亮高高悬挂，薄纱般的光芒照在这片雪狼族的聚居地上。

我身边的谢濯也不见了，周围渐渐聚拢了雪狼族的族人们。

"阿羽……"

"阿羽莫冲动……"

他们都在劝，都往另一边围过去。

我从床榻上站了起来，转头向他们围着的方向看去。

我看见谢濯的帐篷被撕得七零八碎，本来帐篷里归置好的东西也都滚在了地上，陶器碎了，草药洒了，谢濯做来给我玩的一些小玩具全部掉了，有的被人踩在脚下，有的被人踢到老远的地方。

目光再向前看去，月色里，我从人群脚下的缝隙里，看见少年谢濯被人摁在了地上。

我瞳孔一缩，当即冲了过去！

"嗷！"

放开他！

"嗷！"

谁敢动他！

我叫着从人们脚下挤了过去，但我却看见将谢濯恶狠狠地摁在地上的不是别人，正是谢灵。

谢灵双目猩红，她的膝盖压在谢濯的胸膛上，让他动弹不得，她一只手掐住谢濯的喉咙，另一只手握着匕首抵在谢濯的脖子上……

那匕首正是白日里，渚莲用来杀谢濯的那一把。

我看着这一幕，有些呆住。

谢濯也呆住了，只是他与我不一样，他看着谢灵，黑色的眼瞳将谢灵和她背后的月亮看得清清楚楚。

他躺在地上，任由谢灵摁着他，任她把那把匕首放在他的脖子上。

谢濯不是不能动，我知道的，这么多年我看着他在学习，在练功，他是可以反抗的。他接受了全族人这么多年的供奉，他怎么可能反抗不了谢灵呢！

只是，他没有动。

他只是睁大双眼望着谢灵，一双眼瞳里全是绝望。

他眼中满溢的绝望，几乎要让我哭出来了。他仿佛在无声地问着谢灵，问着这个给他带来生命的人，他在问：

"我真的不该来这人世吗？"

"我真的是个错误吗？"

"您真的要杀我吗？"

而比起谢濯此刻的无声，谢灵的神情显得更加崩溃和激烈。

"你就是邪神之子！"她喊着，"我早该掐死你！我早该杀了你！"

仿佛是要坐实谢濯的绝望，她高高地举起了匕首，在全族人沉默的围观下刺向谢濯，而谢濯只是静静地看着刀刃刺来。

我再也无法忍耐，扑上前去！

我一口咬住了谢灵的手，她身形一歪，手中的匕首直接飞了出去。

但我没咬稳，这一扑之后，便是一个侧翻，摔倒在了旁边。

谢灵没了匕首，也不管我，像是疯魔了一样用双手掐住了谢濯的脖子，仿佛要把他掐死。

谢濯的面色从白至红，他没有闭眼，也没有反抗，只是定定地看着谢灵。此时此刻，他仿佛已然心死。

我在地上摔得很重，再次站起来时有些摇摇晃晃，我看向四周，想让围观的人去帮帮他。

但没有。

一个也没有……

他们一如既往地沉默且冷漠，他们就算有关注，所有的关注也都在谢灵身上，与谢濯毫无关系。

他们窃窃私语的声音在薄凉的夜里钻入我的耳朵。

"阿羽不会就这样把他杀了吧？"

"万一触怒邪神……"

"算了吧，他就这样死了也好……好过让他这样耗干我族……"

我不忍再听，又冲上前去，张嘴咬住了谢灵一只手臂的衣袖。

我拼命地用三条腿在地上蹬着，想把她的手拉开。

"呜！"我的喉咙里发出声音。

你别这样对他！

"呜！"

他在哭！你们听不到吗?！

他那么绝望！你们看不到吗?！

他也是人啊！你们不要欺负他！你们不要欺负他了！

"呜！"

我什么也说不出来，我的喉咙里只有呜咽。

我用尽了全身的力气也拉扯不开谢灵的手，眼看着谢濯的脸从涨红慢慢泛出了青色，我松开了谢灵，转头一口咬住了谢濯臂膀上的衣服，拉拽着他。

"你别放弃。"

"你反抗！"

"你别认输！"

"嗷呜！"我拉了一会儿，便放开他，又在他耳边叫，声色哀戚。

我的努力仿佛终于让他看见了。

他不再看谢灵，眼里有了我的影子。我疯狂地对着他摇尾巴，还舔他的手和胳膊。

"你别放弃，你别放弃。"

"嗷呜……"

谢灵似乎终于觉得我烦了，她松开了一只手，"啪"地将我推开。

她的力气对我来说是非常大的，我胸膛一痛，跟跄着摔倒在地，三只爪子上顿时有撕裂的疼痛传来。

我这才看见，在刚才拼命蹬地的拉扯中，我爪子上的皮肉已经裂开，地上都是狗爪里流出的鲜血。

我没有管我的爪子，只是抬头看向谢濯，跟跄着向他走去。

"我不放弃，谢濯，你也别放弃。"

"站起来，与这混账的命运斗到底！"

我爬向他，月色朦胧里，我似乎看见了谢濯眼角有光芒在闪烁，隐约间，仿佛是眼泪。

他唇角微抿，神色间有了坚定。

下一瞬，狂风拔地而起，以摧枯拉朽之势席卷着一切。

雪狼族都陷入了混乱之中，风把谢灵从谢濯身上吹开，我也要被吹到空中了。

仓皇之际，一只手揽住了我，将我抱在了他的怀中。

这么多年，这个胸膛的温度我已经很熟悉了。

"小狼。"谢濯面色苍白，身上缠绕着一圈圈光芒，是方才他用魂力使出术法后的余晖，辉光让他看起来宛若来自星辰间的神祇。

他说："我们今夜便走。"

第十五章

杀戮与救赎

月色下，辉光渐散。

谢濯的术法停歇之后，雪狼族聚居地中的所有东西都变得和谢濯的帐篷一样混乱，帐篷、木桩、锅碗瓢盆全都散落在地上。

有的族人摔倒在地上，互相搀扶着踉跄站起。

被狂风卷走的谢灵摔倒在了一旁，渚莲咳嗽着从另一个方向跑来，他因为白日里被谢濯打伤了，所以看起来比平时更加虚弱。

渚莲喊着："阿娘！"他慌忙奔到了谢灵身边，扶住了摔倒的谢灵。

谢灵也握住了渚莲的手，又怒又急："你来做什么，你的伤还未好！你……"

俨然一副母子情深的场景。

我在谢濯的怀里，想着谢灵刚才对谢濯做的事，心里有说不出的难过。我抬头望向谢濯，却意料之外地撞入了一双如夜空般幽深的眼瞳。

谢濯并没有再去关注谢灵与渚莲，他的目光只落在我身上，他想用指尖碰我的狗爪，但因为爪子上还有血，所以他没有触碰，而是将指尖落在了我的头顶，轻轻摸了两下。

"这就走。"

他说着，当真迈步离开，向着冰雪森林外行去，好似真的对这族中的事再无挂念。

而此时此刻，雪狼族的人依旧保持着沉默。

我转过头看向他们，没有一个人站出来阻止。他们都看着谢濯，甚至有人眼神中带着期许，期许着谢濯离开了，便能将整族的悲剧都带走了。

可雪狼族的悲剧根本不是来自谢濯……

仿佛要印证我的猜想，在谢濯还未走出多远的时候，雪狼族头顶的夜空之中隐约飘过了一丝黑色的气息……

气息如纱，将明月笼罩，让整个冰雪森林顿时变得阴森起来。

带着潮气的寒风从冰湖的方向吹拂而来，寒风之中，我看见了对我来说再熟悉不过的气息……

邪祟之气。

宛如一下回到了昆仑沦陷的那一夜，我望着气息传来的方向，不由得浑身战栗起来。

谢濯与雪狼族的其他人也感受到了空气中的异常，纷纷向气息涌来的地方看去。

风声由缓渐急，身边与空中的邪祟之气越发浓厚。

冰湖那边幽深的森林里慢慢传来了一阵脚步声，声音不徐不疾，随即，一个人影逐渐从黑暗之中走出来，在阴冷的月色下，站在了众人面前。

"族……族长？"有人疑惑地叫出了声。

自打谢濯出世，雪狼族族长命令所有人供奉谢濯，在他杀了几个不听话的人之后，整个雪狼族便再也没有敢违抗命令的人。

从那以后，雪狼族族长便一直在冰湖之中闭关不出，雪狼族族人也日日供奉谢濯，不敢懈怠。

而今日，这族长竟然出来了……

他停在原地，静默地站立，头发披散着，仿佛没有脊骨一样，躬身垂头，身形诡异。

风声中，我听不见他的呼吸声，只看见他身上汹涌而出的邪祟之气。那气息在接触到这片至圣土地时，又被撕得稀碎。

我记得谢濯曾与我说过，这片冰雪森林是世间最洁净的地方，后来我也通过渚莲知道，因为要复苏邪神，所以雪狼族族长借助山河之力，将这片地方所有的污浊气息尽数汇聚，这才召回了被诸神封印的邪神灵魄。

所以，这里本来是世上最不该有邪祟之气的地方，若有，那只能是来自那人本身……

他的身体之中源源不断地散发出浓厚的邪祟气息。

忽然，只听"咔咔"两声，仿佛是脊椎被拉动的声音，雪狼族族长抬起头来，他面色青白，宛如死尸，眼睛紧紧闭着，只有眉心一个黑色的圆点散发着诡异的猩红光芒。

他面对着众人缓缓抬起手来，不过五指一张！刹那间，我只觉得一股巨大的力量从天而降，径直将我的整个身体摁在了地上。

不只是我，整个雪狼族的人，包括谢濯，都被这巨大的压力瞬间摁在了地上。

森林静默，我贴着地，听见无数雪狼族人在呻吟，但没有一个人说得出话来。

谢濯也被摁在了地上，只是与所有人不同，他没有趴在地上，而是撑在我的身体上方，用四肢与身躯帮我撑出了一方天地。

"呜……"

我艰难地发声，与雪狼族其他人一样，在这种时刻，我只能从喉咙里挤出破碎的气音。

"咚、咚、咚"，脚步声渐渐靠近，在这样的情况下，每一声落步的声音听在我的耳朵里，都像是巨大的鼓槌落下，震得我心脏颤动泛疼。

靴子在我面前……或者说，在谢濯面前停下。

他停了许久，才开口问："吾之躯壳，谈何离去？"

但闻此言，我闭上了眼。

果然，谢濯没有这么容易离开雪狼族。

他说的是"吾之躯壳"，他不是雪狼族族长，而是邪神。

空气静默，所有人几乎连呻吟也不敢了。

巨大的压力中，邪神的声音仿佛是从每个人的心里传出来的一样，从胸腔延伸到大脑中，全是他的声音：

"雪狼族人谢灵、辞木、尹书。"

他报了三个名字，我便立即听到不远处传来了三声惨叫，有两声或许来自他说的其中两个人，还有一声来自渚莲，他声音破碎地喊着："阿……阿娘！"

我转不动头，不知道那边发生了什么，只听到邪神继续道："你们想联系北荒哪位主神？"

无人回答，只有渚莲呜咽的声音传来。

我这才知晓，雪狼族并不是无人反抗，他们是想去联系外面的人，告知外面的人这里发生了什么，也想通知外面的主神邪神重归之事，只是……他们被邪神发现了。

"雪狼一族，听我咒言，"随着邪神的话语传来，四周的压力仿佛变成了层层光芒，捆缚在每个人身上，"从今往后，口出言者，受剜心之痛。"

话音一落，四周压力顿时消失。我终于得以从地上站了起来。

我立即看向谢濯，只见谢濯卸下压力之后，身体倒在了一边，我踉跄几步走到他身边，用脑袋拱了拱他的头。

谢濯张了张嘴："小……"

只一字，谢濯的面色便猛地煞白，他紧紧捂住胸口。

我当场愣住，此时，身后传来无数雪狼族人的痛苦呻吟，我倏尔转头，但见雪狼族中，每一个人都捂着胸口，痛苦地在地上打滚。

口出言者……

受剜心之痛……

"我说话，会痛。"

"我一族受邪神诅咒，我说话会痛……"

一瞬间，我脑海中闪过此前谢濯与我吵架时说过的话，每次他说这种话的时候，我都在气头上，每次我都在心里暗骂他是个狗东西，每次我都没有把这种话当真。

原来……

这竟是……真的。

我看着身后陷入痛苦之中的谢濯，又转头看向面前呻吟着的所有雪狼族人。

邪神因为谢灵他们的反抗而处罚了雪狼族的每一个人。但他的处罚不是直接让他们不能说话，也不是杀了"背叛"他的人，因为我看见谢灵还在，她只是比其他人更虚弱一点。

邪神只是下了一个诅咒。

这个诅咒让雪狼族人还可以说话，还可以"背叛"，他们"只是"会痛而已。

邪神对雪狼族人下了诅咒之后，依旧高高在上地审视着地上的"蝼蚁"。

看他们能不能忍受这剜心之痛。

看他们还敢不敢反抗。

他不是在惩罚，而是在羞辱。

羞辱这经年未消的抗争，削弱他们的意志，折磨他们的尊严。

这邪神是个彻头彻尾的……恶鬼。

我恨得咬牙切齿，转过头看向邪神。

我在梦中见过他，却从未"真正"见过他。直至今日，我都不知道真正的邪神到底是何模样，他总是躲在不同的人的身躯里，寄居在他们神魂最阴暗的角落里。

他既是"恶"，也是"卑鄙"和"懦弱"。

如今我看见的也不是真正的邪神，他借着雪狼族族长的身躯，但显然，这个身躯已经承载不了他的力量了。他浑身佝偻着，哪怕刚给予了雪狼族诅咒，但他的双目依旧闭着。

他当然不会让谢濯走，也不会任由雪狼族的人反抗，他才是这一族真正的附骨之疽。

我心中恨意翻滚，而在这一瞬，他仿佛感受到了什么一样，将头微微偏向了我。

那双闭着的眼睛缓缓地睁开了。

不出意外地，那是一双全黑的眼睛，眼白被彻底吞噬。

我知道，他在看着我。

随后他对我抬起了手。我便感觉到身体慢慢飘了起来，一直往他手掌里飘去。

我想，即便是我以前的上仙之体，也是反抗不了他的，更遑论如今这一只小狗的身体。

我被他抓在了手中。

邪神用漆黑的双目打量着我。我不知道他能从我的眼睛里面看到什么。

我想起了来这里之前，渚莲曾说过，躲在他身体里的邪神与五百年后的谢濯交手了，然后邪神认出了与他动手的谢濯，不属于他的那个时空。

我不知道也不确定，如今我用灵魄来到这个时空进入一只小狗的身体，面前这个邪神是否能透过这副身体看穿我的灵魄。

在绝对的力量面前，我不敢露出丝毫破绽，只能让身体颤抖，一如一只恐惧怕高的狗……

我看见狗的脸映在了邪神的眼睛里，他微微眯起了眼睛，我心头一紧，就在此时，一只手忽然抓住了邪神的胳膊。

原来是面色煞白的谢濯。他握住了邪神的手腕。

"放开它。"

掷地有声的三个字。

所有在痛苦中挣扎的雪狼族人都看向了他。

有人不可思议，有人为刚才的疼痛心有余悸。

哪怕是邪神，也微微挑了眉梢。他没料到有人胆敢顶着他的诅咒违逆他。

只有我知道，谢濯顶着他的诅咒过了多少年，只有我知道，他曾为我念完一整本书，与我吵了数不清的架。

我心绪难平，但为了不露出破绽，我努力压抑着自己的情绪，只装作不舒服的模样，在邪神手中挣扎。

我不能被邪神发现任何异常。

谢濯看着挣扎的我，抬手要从邪神手中将我夺过去。

可邪神不过轻轻往后一偏，就躲过了谢濯的手，紧接着，我觉得胸腔一紧，脑中瞬间感到一阵充血，喉咙传来腥甜……

"嗷"的一声，我的口中和鼻腔涌出鲜血。

我的灵魄飞快地意识到发生了什么！邪神将这只小狗的身体捏

碎了……

灵台中好久未出现过的真正的小狗的灵魄发出痛苦的哀嚎。

我的灵魄与这身体相连多年，对小狗的灵魄感同身受，在极致的痛苦中，我看了谢濯一眼，但见他面色震惊，双目赤红，嘴唇白得吓人。

他看着我。

我用尽最后的力气，在身体即将破碎的一刻，对他摇了一下尾巴。

"嘭"的一声。

血水溅出，在冰冷的夜里，终于温暖了他煞白的脸颊。

在小狗灵魄的哀痛呼喊之中，我的灵魄从这副碎裂的身体里被强行挤了出来，顺着血水涌向谢濯，血水留在了他身上，我从他身体之中穿过。

穿过的瞬间，我仿佛从他的身体里听到了心碎的声音。

谢濯，别伤心，别绝望。

我没走，我不会离开……

我灵魄的意识难以继续支撑，在这只小狗的身体里待得太久，身体突然破碎，让我的灵魄也深受重创。我只得落在了谢濯的身后，意识渐渐昏沉，陷入了黑暗之中。

在我彻底失去意识之前，我唯一感到庆幸的是，邪神似乎并没有发现我的存在。

只是谢濯……

一天之内经历了这么多事情的谢濯……他该怎么面对接下来的一切。

我猜不到。

我无法抗拒地被黑暗拉拽着，在里面沉沦，仿佛进入了梦境，却又仿佛不是在梦境里面。

灵魄的意识远比肉身做梦要离奇许多。我仿佛听到了许多呼喊，又仿佛看到了传说中的极乐世界。

我意识到自己的灵魄似乎到了崩溃的边缘，但丝毫没有感受到肉身的疼痛，我甚至知道，若是放弃我拽着的某个不肯舍弃的念头，我会霎时得到解脱。

或许放弃真的比继续下去轻松很多。

但我总难放弃，或许这就是传说中被称为执念或羁绊的东西。

我在混沌中游走，说不清经过了多长时间，不知挣扎了多久，我甚至忘了自己拽着的是什么，但我不停地对自己说着：别放弃，抓住他。

终于，混沌消散，光影剥离。

我作为灵魄，再一次苏醒了过来。

我没有手，但清醒的这一刻，我瞬间便回忆起来了我抓着的是什么——

是谢濯。

我以灵魄的形态，一直挂在谢濯的耳后，一直紧紧抓住的是他头顶上毛茸茸的耳朵。

他没有感受到我的存在，或者一直习惯了我的存在。

此时，谢濯正在路上走着，一步一颠。

我跟随着他的步伐起起伏伏，本来苏醒的喜悦在这一刻带上了一点哭笑不得的感觉。

谢濯，你看，哪怕昏睡的时候我也没有离开你，只是不知道这么久，你的耳朵痒不痒……

我松开了谢濯的耳朵，飘到了空中。

但意外的是，谢濯却忽然停住了脚步，他的耳朵动了动，忽然抬起头往空中张望了一下。

我愣愣地看着他。他当然看不见我，只是无意识地抬手碰了一下耳朵，随即继续迈步向前了。

灵魄……邪神都感受不到，他应该也是感受不到的吧？

我继续跟上前去。久违地，作为一个灵魄飘在谢濯的身边。

我不知道我昏睡了多久，但我明显感觉到谢濯跟之前不一样了。

虽然他的耳朵还在，身后的尾巴也在，但此时的他不似幼年，也不似少年，他的神情沉稳了太多，这与我记忆中的谢濯几乎一模一样了。

我跟随着他一直走到了冰湖，直到他停在冰湖边的那一刻，我才知道，刚才我们经过的那个地方真的是雪狼族的聚居地。

为了确认一下，我又飘回去看了一眼。

冰雪森林还是冰雪森林，雪依旧纯白无瑕，只是雪狼族聚居地中的帐篷少了许多，这里与我第一次来时见到的场景全然不一样了。

没有人在帐篷外教导小孩，也没有忙碌的大人们。

以前，哪怕他们要每天去给谢濯供奉魂力，但他们自己的生活还是要继续下去的。

如今，这里却变成了一个荒村。

雪狼族是真的被耗干了……

我看了一眼谢灵与渚莲住的帐篷。那个帐篷还在，只是比之前更加破败，无心生活的人自然没有心情收拾自己的居所。

正想着，忽然，林间起了一阵风。

想来又是夏天了，又到了外面夏花被吹进冰雪森林的日子，只是这一次，再无小孩在林间追逐夏花，偶尔走过的一个雪狼族人双目麻木又冷漠，根本无暇欣赏这森林中难得一见的艳丽景象，撩开帐篷的门帘便钻进去了。

我想，我是真的昏睡了很长时间……

我又飘回到了谢濯身边。

冰湖上，谢濯独自一人坐着，一如小时候很多次一样，孤独地待在这个地方。我从他身后飘过去，看见他手中拿着一根像破旧木棍一样的东西把玩着。仔细一看才发现，这不是我的假腿吗？

这是我做狗的时候，谢濯给我做的假腿啊！

他还留着……

我望着谢濯，满目心疼。只是，我再也无法变成小狗去陪伴他了。

我看着他的眼睛，那双眼睛依旧好看，却失去了以前的清澈。

我左右看了一眼，看见了空中的夏花，此时我也别无他法，只得寻了一朵大大的花，然后一头撞进去，想如同他小时候那样，借着夏花给他安慰。

进入花很容易，可操纵花穿过谢灈的耳畔飞到他的怀里却费了点功夫。

但我做到了。

我又像以前一样，"噗"的一声落到他的怀里。

他也如以前一样，愣了一下。但神色并没有多少变化。

他一只手拿着那条变了颜色的假腿，另一只手握着"我"，倏尔开口："仪式近了。"

什么仪式？

我没明白，但我很着急，我不想让他多说话了，他会疼的。

但谢灈似乎已经习惯了这疼痛，就像我与他成亲的那五百年里一样，我知道他不喜欢说话，却从不知道他说话真的会受剜心之痛。

"我偷听到谢灵说，要趁仪式时，将我与邪神一同杀死。"

他说出这句话时，我瞬间便知道这是什么仪式了。

谢灈长大了，身躯成熟了，是邪神要夺取这个身躯的仪式。

而谢灵……还是没有放弃。她还想杀了邪神，包括献祭的谢灈……

我从花的角度看向谢灈，只觉得他说这话时神色平静，毫无波澜，一如从前，沉稳得似乎没有情绪。

"我也是这样想的。"

谢灈如是说。

一如之前在昆仑的时候，我问他吃甜的还是吃咸的，走左边还是走右边。

似乎他说的并不是一句要献祭自己的话。

他用另一只手在那条假腿上摩挲了两下。

"明日便是仪式了，都结束了。"

他将那条假腿收到了怀里，随后又看向了我，轻轻拨动了一下花瓣，对着夏花开口，似在给这世间留下最后的语言：

"多谢你，最后带来幸运给我。"

明日便是仪式了？这是我万万没想到的。

我从黑暗沉浮中醒来后，竟会直接来到仪式的前一天？

可我毫无准备，虽然这件事本来就不需要我准备什么。

这是在我遇见谢濯之前，他身上就已经发生过的事情，我现在这个灵魄之体能做的只有旁观。

我陪着谢濯回到帐篷里，看着静静打坐的谢濯，心里想着，这些年他都经历了什么，才能练就出哪怕明日赴死，也能坦然处之的平静。

我一直陪他到夜幕降临，明日越来越近，忽然，我听见帐篷外面，荒凉死寂的雪狼族聚居地里有脚步声传来。

我好奇是谁在明日来临之前还有异动，于是飘了出去。

但见谢灵帐篷的方向，隐隐有人影在往远处走去，我心觉奇怪，便跟了上去。

离得近了，才看见往远处走的竟然是谢灵和渚莲。

渚莲的身体看起来养得比之前好了些，虽然还是瘦弱，但身高已经长了起来。他拉着谢灵往前走着。谢灵看起来却是一副形容枯槁的模样。

谢濯不是说谢灵想在明日邪神夺取躯壳的仪式上杀了他与邪神吗？她现在怎么一副要逃跑的模样？

"渚莲，我走不动了，你去帮我寻药。"谢灵扶着一棵冰雪树干，停住脚步。月色下，她眉目温柔地看着渚莲，手指在渚莲掌心一笔一画地写着字。我飘过去，仔细地看，勉勉强强认出来了她写的字："你去寻药，再带回来。"

渚莲看起来有些心急，他望了望远方，又回头看向谢灵，也用手指在谢灵掌心写着："采药处远，我一去一回需到明日，你的身体……"

"我撑得住。"

"明日邪神仪式，留你一人在此，我怕有意外，阿娘还是随我一起去采药，你吃下后，我们一起回。"

谢灵闻言，仿佛觉得好笑："你记错了，仪式在后日。"

渚莲一愣。

我也愣怔了一下。

"可……"

"我很累，你去，让我歇歇，别耽误了后天的事。仪式时，不知有何事。"

渚莲沉默了片刻，最终还是点了点头。

他松开谢灵的手，转身要走，谢灵看似要放手，却在最后一刻又抓住了渚莲的指尖。

渚莲不解，回头看向谢灵。

谢灵望着渚莲，眼中有难言的复杂，但末了，只化为一个微笑。她声音嘶哑，开口说道："也别太着急，注意安全。"

似乎太久没听到谢灵的声音，渚莲愣了愣，随即点了点头。

谢灵到底放了手，看着渚莲的身影消失在了冰雪森林里。

过了许久，直到完全看不见渚莲了，谢灵才终于放下了扶住冰雪树干的手。

她站直了身体，面上的苍白与枯槁消退了几分，好似刚才的虚弱有一半都是演出来的。

我明白了，她是想让渚莲错过明日的仪式。

她把渚莲放走了。

现在我才想通，为何老秦带我见渚莲时，他会说是"谢濯强行引邪神灵魄入体"，还说"那日，我恰巧外出"。

渚莲的外出是被人引导的。

他以为后日才有仪式，所以明天他回来后，看见邪神入体的谢濯，以为是谢濯强行引入了邪神灵魄！

是谢灵……有私心。

谢灵脚步沉稳地往雪狼族的聚居地走去。她神色坚毅，面上再无犹疑与温情。她做好了牺牲自己的准备，也做好了杀死谢濯的准备，唯一令她心软的是她与所爱之人生下的那个孩子。

她把自己作为母亲的所有情感都给了渚莲。

我知道其中缘由，但也因此更加心疼谢濯，在母亲的选择里，他从没有被选择过。

我心情沉重地回了谢濯的帐篷，飘进去的那一瞬间，我愣住了。

此时的谢濯是睁着眼睛的。

他垂眸看着地面，身后的尾巴和头上的耳朵没有丝毫的晃动。

现在的谢濯灵力到了什么样的地步，我很难猜测，但作为邪神即将要拥有的躯壳，我想，这么近的距离，他至少能感受到渚莲的离去。

他应该猜到谢灵做了什么。

他静默着，又闭上了眼睛，宛如一尊已经修好了不动心法的佛，再不为自己的求而不得心绪波动。

明日到底还是来了。

伴随清晨第一缕阳光而来的是一股浓烈得让我无法忽视的邪祟之气。

在这世间最清净的地方，邪祟之气还是凝成了一条绳索，从谢濯的帐篷外探了进来。

邪祟之气在谢濯面前停下，在最中心的绳索外围飘散的气息很快就被空气中洁净的力量撕碎，但那绳索不为所动。

只有源源不断的、巨大的邪祟之气的支撑，黑色绳索才能在这样的环境里保持这个形状。

我想，这些年里，除了谢濯，邪神本尊也已成长了不少。

打坐的谢濯睁开眼，平静地看了眼脚下的黑色绳索。

他放下脚，一瞬间，黑色绳索便如藤蔓一般顺着他的脚往上爬，直到将他整个人都包裹其中！

紧接着，绳索拽着谢濯，飞快地向外飘去。

我一惊，连忙追了上去。

我追着绳索，一路风驰电掣般飘到了那冰湖之上。

这是雪狼族族长最初召回邪神的地方，现在邪神又带着谢濯来到了这个地方。

他想要在这儿获得自己的身躯，以示自己重临人世。

这个仪式上，没有其他雪狼族的人出现，他似乎并不需要布置和见证，或许他认为，当他拥有身躯的那一刻，全天下的人都可以成为见证。

我又一次看到了邪神。

这一次或许是最接近他本尊的一次。

无相无形，他所依托的那个雪狼族族长的身体已经完全腐坏，如今只留下了一个被黑色的邪祟之气操控的骷髅头骨，唯一清晰可见的是那头骨中间一块黑色的凹陷，所有的邪祟之气都是从那块凹陷散发出来的。

邪祟之气在头骨外围形成火焰一样的形状，将头骨包围住，在火焰外围，连接着的邪祟之气凝成的绳索就这样缠绕着谢濯的身体，将他托在空中。

外围的邪祟之气不断地被冰湖之上洁净的力量撕碎。

谢濯面无表情地看着面前的邪神。

冰湖静默，邪神无声，谢濯也没有任何言语。

随即，在这极致的死寂之中，黑色的邪祟之气开始涌动，那黑色的火焰燃烧得更加激烈。

捆住谢濯的绳索长出了更多的分支，所有的分支伸向天空，随后又从高处猛地回落，汇成一股黑气，犹如针一般，直刺谢濯的眉心。

谢濯仿佛瞬间痛极，他面色煞白，但还是咬紧牙关不发一声。

那股邪祟之气刺入谢濯的眉心，他皮下开始出现蜿蜒的黑色经络，从额头至面颊，再向颈项……最后，蔓延至全身。

伴随着谢濯浑身经络变黑，白色头骨上面附着的邪祟之气越来越少，它们都通过绳索不断地涌入了谢濯的体内。

我看着谢濯，似乎以灵魄之体感受到了锥心之痛。

我想帮他，可我只感到了自己的无力。

终于，最后一缕邪祟之气通过眉心进入谢濯的身体，他身上的绳索也全部隐入了皮肤之内。

他闭着眼，飘浮在空中。

我不知道现在那副身体里在经历什么，我只看见邪祟之气消失的一瞬间，一道银光从旁边的冰雪森林之中射出，箭刃不偏不倚，正中谢濯的胸口！

我几乎要喊出声来，但下一瞬间，四面八方的银光铺天盖地而来，无数羽箭带着雪狼族的灵力，从谢灈的身体里面穿过。

每一箭都狠狠地将谢灈的身体穿透。

而他就像一个箭靶，没有反抗，没有躲避。

他被无数的箭穿透，直至箭雨停了下来，他依旧飘在空中，甚至没有流下一滴血来。

此时，冰雪森林里陆陆续续地走出来雪狼族的人。

以谢灵为首，他们手中都握着弓箭，看来他们是早就谋划好了，决心在邪神进入谢灈身体的那一刻就将谢灈诛杀，他们想让谢灈和邪神都死在这一刻。

但是，我知道结局……

"嘭嘭"两声，宛如心脏跳动的撞击声在冰湖上响起。

这时候，几乎被射成箭靶的谢灈动了起来。

他慢慢抬起头，脊椎骨咔咔归位的声音听得人牙酸，他缓缓睁开的眼睛布满黑色，眉心处一个黑色的印记正在慢慢成形。

所有人看着他，眼中不约而同地露出了绝望的神色。

谢灈没有动，而他身上，所有穿透他的箭都慢慢地拔了出来。

羽箭拔出后，他身上的伤口便被邪祟之气填补，飞快地恢复。那些羽箭从空中稀里哗啦地掉落在冰湖湖面之上。

"蚍蜉撼树。"

他口中吐出四个字，而下一刻，当他要抬手的时候，他却僵住了。

阳光下，谢灈的身体上有无数灵力汇聚而成的丝线将他捆住，方才丝线隐藏在黑气之下，所以无人看到。如今，邪神被这些丝线束缚住，才让众人与我都看清楚了。

这是……谢灈做的?

他在被邪祟之气拉到这里来的时候，做了这些丝线捆住自己，以便被夺去躯壳之后，被雪狼族的人杀死?

他……想助他们一臂之力。

"趁邪神还未适应身体，杀。"谢灵冷漠地开口。

众人再起杀意，只是这次，众人皆弃了弓箭，而是纷纷拔剑出鞘，蜂拥而上，扑向谢濯。

而被所有人围攻的邪神却不慌不忙，只低头看了看身上的丝线。

待他的身影被众人淹没，刀剑刺入血肉的声音传来。众人一击之后，邪神终于从空中落到了地上，谢濯的身体被砍得一片模糊。

每个人身上都沾上了谢濯的血液，只是……血液是黑色的。

众人围着地上看似已经破败的身体，不敢挪开眼睛。

而当邪祟之气再次从那副身体里溢出的时候，有人绝望得连刀都握不住了。

邪神是杀不死的，他们意识到了这件事情。

有人转身要跑，却在跑的一瞬间，直接被一团黑气拧断了脖子。

谢濯在众人之间站了起来。

他眉心的黑点散发着诡异的光芒，身上的丝线也在刚才的砍杀之中被斩断。他的身体愈合了，那些灵气丝线却再也没有恢复。

邪神终于操控着身体抬起手来："这躯壳，你们雪狼一族养得很好。"他抬起了指尖，只见方才被黑血沾过的人，此时的神情渐渐变得不对。

黑色的血钻入了他们的皮肤。他们浑身的经络开始变黑，甚至有人双目已经完全变成黑色。

冰湖上，雪狼一族的哀号不绝于耳。

包括谢灵，她身上也溅到了谢濯的血液，她看着黑色的经络从手腕爬上手臂，一言未发，直接抬手砍去了自己一臂。但已经晚了，一条经络从她的肩膀蔓延而上，爬上了她的太阳穴，渐渐入侵到她的眼睛里面。

她望着谢濯，恨得咬牙切齿。

邪神却在微笑："你们将永远随侍于吾。"

邪神抬起手欲发出号令，但在那一瞬间，他的手腕停在了空中。

四周的邪祟之气仿佛暂时停止了对雪狼族人的进攻。

邪神抬手，捂住了心口。

"你还想反抗？"

话音未落，他倏尔神情一变，整个人仿佛脱力一般，直接跪倒在地。

是谢濯，他还在自己的身体里，没有放弃。

就像我那时在不死城被邪祟之气入体时，他对我说得最多的就是"别害怕，别放弃"。

一直以来，他都是这样做的。

只是……

我看着现在的谢濯，他面色苍白，唇角颤抖，鬓上冷汗如雨狂流。

我在梦里对抗过邪神，我知道这有多痛苦，我也知道，此时的谢濯比我煎熬百倍。

但他依旧克服了恐惧，没有放弃，直至……

双眼清明。

谢濯清醒过来了！

与此同时，他头上的耳朵、身后的尾巴渐渐化作光点，犹如夏夜的萤火虫，飘散而去。

他在自己的身体里面战胜了邪神，夺取了这副身体的控制权，同时终于结束了他漫长的成长期……

成长期只是他们雪狼族的铺垫，成长期结束之后，个人造化才真正开始。

此前谢濯接受的供奉让他的基础远超常人，我想，也正因如此，他才能在日后，以妖之身，举起神器盘古斧，一次又一次地劈开时空……

而此时，我根本来不及为谢濯的成长感到开心。

他清醒之前，邪神已经将邪祟之气注入了雪狼族每个人的身体。

所有人都开始发生变化，有人变成了邪祟，有人甚至直接化为毫无理智的伥鬼，他们开始在自己族人的身上撕咬！

血肉模糊、黑气四溢……

整个冰雪森林仿佛已成炼狱。

谢濯捂着头，他显然刚从混沌中清醒过来，神志有些模糊，我看见一个浑身冒着黑气的雪狼族人扑向了谢濯！

我以为他已经失去了理智，要对谢濯动手，但我却看见他只是颤抖着身体，死死地抓住谢濯的胳膊，宛如抓住了一根救命稻草。

"杀了我！"他嘶喊出声，仿佛这些年的怯懦、惊恐、疼痛都爆发在了这句违背邪神诅咒的话语里，"我不要这样！杀了我！"

谢濯看着他，刚恢复清明的眼睛便映入了这残破狼狈的面容。

谢濯愣在原地，一时之间，好似忘了动作。

而就是那人的嘶吼与哀号，仿佛唤醒了所有雪狼族人内心深处最后的理智。

"杀了我！"

"我不做邪神随侍！"

"我不想再被掌控！"

"杀了我！"

"谢浊！"

但凡能掌控自己的人都在嘶吼，已经化作伥鬼的人眼角全是血泪。

伴随着最后一句呼喊谢濯名字的声音，谢濯拔出了那人身侧的剑，对着他的颈项一剑刺下。

剑术利落，一招致命。

黑色的邪祟之气混着鲜血从那人的口中涌了出来。

谢濯的手上沾染了鲜血，邪祟之气飘过他的眼睛，他握住剑柄的手在颤抖，指关节在血色的衬托下，显得更加苍白。

我在一旁望着谢濯，看见他唇角紧抿，额间青筋凸起，我还看见，被他刺穿咽喉的人用嘴形无声地对谢濯说了三个字。

"谢谢你。"

这大概是谢濯这辈子得到的第一句感谢。

谢濯拔出剑来，鲜血喷涌间，死去的那人直接化作一团黑色的邪祟之气，然后被冰雪森林的洁净气息瞬间撕碎。

霎时间，一条生命只在原地留下了一团炭黑的痕迹。而就连这痕迹，也在被冰湖慢慢抹去。

谢濯没有时间悲悯那人，他横剑一甩，甩去刃上鲜血，他抿着唇，目光坚定，走向面前的族人。

手起刀落，血影翻飞。

一场可谓是屠杀的战斗，没什么人反抗，只有零星的伥鬼被邪祟之气驱使着扑向谢濯，而他们又在谢濯的剑下得到解脱。

我看到了好多人，好多人在最后那一刻都对谢濯说：

"谢谢。"

这或许是这么多年来，雪狼族人对谢濯最温柔的一天。

但或许也是最残忍的一天……

这既像是一场杀戮，又像是一场救赎。

我感到一股悲意从我的灵魄深处涌了出来。

我看着染血的谢濯，没有耳朵、没有尾巴的他，与那个和我成亲的谢濯，同样的谢濯……

我看着这样的他，感到说不出的悲伤。

恍惚间，我想起了之前在斩姻缘行动中，去山洞见到谢玄青时。

谢玄青对我说：

"我是雪狼妖族。"

"我也如传闻所说，灭全族，杀至亲。"

"我的过去有很多不堪。"

我闭上灵识，无法再看。我没想到，他口中的传闻与不堪竟然如此残忍与惨烈。

他本来是个孩子。

一个想种活夏花、想养小狗的孩子。

可他为什么在这里，以杀戮，成救赎。

不知过了多久，白日已过，连天边的月亮也露出了头，剑刃斩断皮与骨的声音终于停了下来。

我打开灵识，看见谢濯最后的剑刃指向了谢灵的颈项。

但他的剑尖却停在了谢灵的颈项旁。

血仿佛还带着温度，一点一滴地落在谢灵的脖子上。

谢灵的眼白已经混浊，但她似乎还保持着最后一分理智："杀了我，然后自尽。"她平静地对谢濯说着。

"好。"

谢濯也十分平静地应了。

这份平静一如小时候，他亦步亦趋地跟在谢灵的身后，不哭不闹，和她一起走回她和渚莲的家，然后停在自己该停的位置上，站上许久，再默默地回去。

谢濯没有犹豫，送出剑刃，但在剑刃即将刺入谢灵颈项的那一刻，谢灵微微往后挪了一下，她有些不安地看了眼远方。

"我听到他的脚步声了，他回来了。"

谢濯眉头微微一皱，我看见他眉心有黑气忽地闪过。

"留下渚莲，"谢灵瞪向谢濯，"无论发生什么，留下他。"

谢濯唇角微抿。

远方，冰雪森林外传来了渚莲的呼喊，他似乎发现了什么，飞快地在向这边靠近。

"答应我！"谢灵哀泣地望着谢濯，"看在我给了你生命的分上。"

谢濯用力握紧剑柄，出剑的瞬间，我听到他应了一声："好。"

剑入咽喉，谢灵闭上眼睛，化作黑色的邪祟之气，被冰雪森林的洁净气息撕碎。

"阿娘！"

冰雪森林外，嘶吼声传来。

谢濯甚至没有往那边多看一眼，他抬起剑来，放到了自己的颈项边，眼看便要斩了自己，忽然，渚莲扑了上来。

"谢浊！我要你死！"

他怀揣着巨大的仇恨，身侧仿佛有诡异的气息旋涡涌动，空气中本来被撕碎的邪祟之气，竟然在他这气息的带动下，一点一点地飘向他。

是渚莲的恨意聚拢了邪祟之气！

这聚集的邪祟之气仿佛影响了谢濯身体里的邪神！

谢濯眉心那黑点闪出一道细微的火焰，他手上的动作猛地顿住，咬着牙仿佛用尽全身力气在挣扎，要将这剑刃砍向自己的脖子，但此时，渚莲已经扑到了谢濯身前。

谁也没有料到，谢濯眉心的黑点闪出了一簇针一样的闪电，以迅雷不及掩耳之势钻入了渚莲的眉心。

钻入渚莲眉心的黑色闪电迅速炸出一团气焰，谢濯与渚莲同时被弹开。

方才谢濯与邪神灵魄斗争，而后斩了一族之人，似乎已经耗尽灵力，他摔在地上，许久未曾站起来。

而另外一边，渚莲摔在地上之后，浑身被黑色的邪祟之气包裹着，他捂着脑袋，仿佛痛苦至极。

"不……杀……啊！"他陷入了极度的痛苦和混乱当中，而显然，邪神并不想在此处久留。

或许在方才与谢濯争夺身体的过程当中，他也已经元气大伤。

他操控着渚莲的身体，跟跄着往远方奔去。

谢濯想去追，可身体已经达到了极限，没有了邪祟之气的支撑，他之前受的伤似乎有些反复。

他趴在地上，手中握着的剑却久久没有放开。

谢濯与邪神的第一次交锋，谁胜谁负难定，因为此时世上无人知晓邪神是怎么归来的，今日，哪怕谢濯自尽，恐怕也无法彻底斩杀邪神。

我飘到了似已昏迷的谢濯面前，以灵魄贴着他染血的脸颊，沉默地、无形地陪伴着他。

我知道，从这时起，他的征程或许才刚刚开始。

第十六章

北荒鹊山

不知谢濯何时会醒，我便一直陪在他身边，直到七天之后，他的身体似乎已经复苏，这才悠悠转醒。

他醒来之前，先前的杀戮痕迹已经全然不见了。

连印在地上的炭黑痕迹也被冰雪森林的洁净气息清洗干净了。

这片土地依旧圣洁得一尘不染，仿佛什么都没有发生过。

谢濯苏醒之后，在原地坐了许久，他仔细打量四周，似乎觉得这一切都好像一场梦，神色里透出一些茫然。

过了好一会儿，他接受了现实，垂下了眼眸，在站起身的时候，他怀里似乎有东西"叮叮"地响了两声，声音清脆。

谢濯摸向怀里，随即从衣服里面抓了一把东西出来，那是一堆晶莹剔透的……小石头？

我飘到谢濯手边仔细打量，好半天，才终于通过上面的纹路看出这是什么！

这不就是我做狗时的假腿嘛！

只是这条假腿好像在之前的混战之中碎掉了，又不知为何，现在变成了一堆晶莹剔透的小石头。

这石头与这冰湖看起来简直一模一样，它难道被这冰湖给同化了？

可之前雪狼族在这里聚居，他们的帐篷插在地上却没有被同化……

或者说……

我倏尔想到，在来这边之前，将死之际的渚莲曾说过，在我与谢濯第二次穿梭时空时，谢濯有一段时间是与我分开行动的。

在那段时间里，谢濯为了让夏夏和谢玄青彻底不能遇见，进行了一系列的谋划。

在谢玄青对战渚莲的那一天，谢玄青与渚莲打到关键时刻，扮成黑衣人的谢濯忽然发难，让谢玄青坠落悬崖，谢濯再对战渚莲。

而恰恰是因为谢濯在暗处偷袭了谢玄青，所以让邪神有了喘息之机，邪神这才通过渚莲的身体，使用了抽取山河浊气的术法重伤谢濯。

最后，谢濯还是战胜了邪神，封印了渚莲，但那一次，他亲眼见过了邪神使用术法，于是悟到了邪神力量的来源和能重回世间的原因——

抽取山河之间的浊气，炼化成邪祟之气。

也就是从那之后，谢濯才带着我去不死城，回雪狼族冰湖，然后吸天下邪祟之气还于山河，从而解了天下之困……

我望着谢濯怀里由假腿变成的石头，陷入了沉思。

这条假腿本不会被冰湖同化，因为其他东西也没被同化，唯一的可能就是邪神抽取了假腿里面的浊气。

在邪神逃脱谢濯的身体时，谢濯眉心处出现了针一样的黑色闪电。

那时候，我以为是渚莲的恨意聚拢的邪祟之气导致的。现在想来，那更像是邪神在谢濯分神的时候，使用了自己的术法！

他将这假腿中的浊气吸去，所以假腿变成了与冰湖一样的石头，而邪神则以这微弱的力量打破了谢濯对他的桎梏，然后钻入渚莲的身体里面，逃了出去！

这假腿！

这假腿就是邪神如何重归人世的证据！

想通此事，我有些欣喜雀跃。

之前昆仑蒙难，诸神合力将我的灵魄送回过去，本是想让我回到与谢濯和离之前，阻止和离的发生，然后告知谢濯，邪神重归人世，是因为他借助了这片土地的山河之力。要想杀邪神，只有让邪祟之气重归山河。

但主神们送我回来时出了差错，他们将我送到了谢濯出生的时候，我这才会陪他一起走过这些年。

之前我一直无法找到合适的身体，无法以人的模样与谢濯沟通，而且，哪怕找到了合适的身体，我恐怕也无法让谢濯相信我。事关邪神，如今的谢濯不认识我，我也拿不出证据证明我说的都是真话。

而如今，这假腿可以证明我说的话！

谢濯那么聪明，邪神从他身体里面逃走的时候，他被渚莲分了神，才没注意到这异常。

只需要旁人点他一下，他便能想通里面的关节！

就像之前的谢濯一样。

如今，我只需要找到一副身体，然后站在谢濯的面前，将真相告诉他。

说不定……现在谢濯就可以解决邪神了！将天下邪祟之气都还回这片土地里，让邪神的灵魄滚回他的深海封印之中。

我心中雀跃，围着谢濯转了起来，只恨我的灵魄不能在地上写出几个字来，立即将真相告诉他。

但我的灵魄还没那么厉害，我围着他转，甚至连吹动他鬓发的风也无法激起。

我只看着谢濯，他对着怀里变成石头的假腿沉默了许久，随后他带着破碎的石头，一步一步离开了冰湖。

他走回了自己的帐篷。

这是我没有想到的。

雪狼族已经灭了，虽然帐篷还在，可无人居住，连最后的生气都完全消失了。

谢濯面无表情地将石头带回了自己的帐篷。

他在自己常年睡觉和接受供奉的帐篷下挖了一个小小的坑，然后将所有的石头都放进了坑里。

"邪神借渚莲的身体逃走了。"他对着那一堆碎石头说，"我要去追他，想办法将邪神引回我的身体，然后自尽。"

"谢濯，你不用自尽！只要让所有邪祟之气重新回归这片土地，就能消灭他了！"我在他身边转着，"现在天下的邪祟之气还没有那么多，咱们只要抓到渚莲，然后联合各山主神把所有的邪祟之气都还回去，我们就能消灭邪神了！"

"你不用死，不死城也不用建！这个世界会比之前更好！"

可他听不到我的话。

他对着碎石头看了许久，终于抬起手。

我以为他要将所有石头掩埋，但他却从里面挑出了最圆润的一块。

那是原来假腿上面狗爪上的那一截。

只是经过时光的打磨，在谢濯经年的抚摸中，它变成了圆圆的一块。谢濯在屋中扫了一眼，随后将缝棉被的麻绳抽了出来，在石头的头部穿了个孔。

当他将这块石头戴到了脖子上时，我才陡然发现——

哦！这块石头，原来就是这块石头！

这块内里蕴含着幽蓝光芒的白色石头，原来是它！是我的假的爪子啊！

我愣怔地看着谢濯，直到他将其他石头都掩埋了起来，然后站起了身。

"小狼，若真有阴司与来世，你……"

他目光清浅，在经历了这么多事情之后，在提到小狗时，他的双眸依旧如被清水洗濯过一般，一尘不染。

他轻声呢喃："你等等我吧。"

他还想再见那只唯一陪伴过他的狗狗一面。

可是不用阴司与来世啊……我看着这样的谢濯，急得快哭出来。

你不要一心赴死，你不要这么恳求，我会等你的！我一直都在等你！

谢濯起身走出帐篷。

我连忙跟着他而去。

他迈步向前，这一次，他走过了真正空无一人的雪狼族聚居地，走过了冰湖，然后走出了冰雪森林。

我很难去体会谢濯此时此刻走过这些熟悉的地方是什么感受。

我只见他目光果决，脚步坚定。

除了那块石头，谢濯什么都没带，就这么孑然一身地离开了故乡，决绝得没有回一次头。

冰雪森林外的世界，我是去过的。

在刚来这边的那前三年，我急于寻找到一副可以与我灵魄契合的身体，我在森林外的北荒飘了许久。

整个北荒的地势趋于平坦，唯有一座山，便是主神霁掌管的鹊山。

那也是整个北荒离雪狼族聚居地最近的主神庇护之地。

那时候，北荒还没有建立不死城，外面有城镇、集市，除了没有昆仑那样的巍巍大山，这边的人与昆仑的人似乎没什么两样。

只是这一次，我随谢濯出来，却发现冰雪森林外已有些不同。

冰雪森林外，飞禽走兽都没了，路上一片死寂。

我们路过一个荒村，却发现这个村落荒得十分奇怪。这里的人们在离开之前显然经历过一场突如其来的、仓皇的战斗。

在路过好几户人家时，我们从他们塌了的院墙里看见那些桌上放着饭菜和碗筷。

看饭菜的腐烂程度可以知道，这村落不过才出事几天。

我猜是渚莲将邪神带出来，从而引起了祸端。

仿佛是要印证我的猜测，当谢濯走过一条巷子的时候，一只伥鬼忽然从里面扑了出来！谢濯侧身躲过，手中魂力凝成长剑，干净利落地斩断了伥鬼的颈项。

伥鬼在空气中冒出一团黑烟，便消失不见了。

而紧接着，谢濯看向一旁的小巷，巷中有我熟悉的令人牙酸的"咯吱"声，我顺着谢濯的目光看去，但见黑暗的小巷中全是正在互相撕咬的伥鬼，他们身上还穿着村民的服装，应当都是这村子里的人。

谢濯微微垂下眼睑，在伥鬼都转头看向他的时候，谢濯沉默地走了进去。

对他来说，杀戮好像渐渐变得熟悉。

解决完村落的所有伥鬼，谢濯便离开了，但……这只是一个开始。

越来越多的村落变成了这样。

谢濯在北荒通过各种蛛丝马迹寻找渚莲，但每一次他赶到时，都晚了一步。因为他只能追寻，根本无法预测被邪神操控的渚莲的下一个目的地是哪儿。

而我跟在谢濯身边也一日比一日焦急。

我想要尽快找到一副与我灵魄契合的身体，但我若跟着谢濯追寻渚莲，他到过的所有地方，别说人了，就连还有理智的邪祟都没有！全是一群失了理性的伥鬼。

眼看着邪祟之气越散越多，要除去所有的邪祟之气越来越难，我终于下定了决心——我得暂时离开谢濯，先去安全的地方找到一副身体，然后来见他。

我没有耽搁，单方面和谢濯道了个别："谢濯，你等我，这次我一定好好地来找你！"

言罢，我便离开了。

离开时，或许是我的错觉，或许是微风正好吹过了他的鬓发，我回头看他，却看见他也看向了我的方向。

仿佛在用目光送别我。

但很快，他又转过了脸，仿佛刚才的转头只是一个巧合。

我飘走了。

我打算去鹊山。

鹊山有主神守护，我若是邪神，此时此刻断不会往那里去。那里肯定还是安全的，肯定还有许许多多神志清醒的人，甚至其中还会有许多修仙之人，在那边我定能更快地找到与我灵魄契合的人。

临近鹊山，我看见山下建好了一座高高的城门，城门前背着包袱、拖家带口的人已经排起了长长的队伍，在等待入城。

我记得在游历北荒的那三年里，我也来过鹊山，那时候的鹊山因有主神庇佑，虽在寒冷的北荒，山上却如春季般生机勃勃，山樱花开了遍野，山前更无城门，所有人皆是来去自由。

而如今……

我飘向满面愁容的人群，果然听见他们在讨论最近北荒出现的灾祸。

他们还不知道是邪神的邪祟之气在作祟。毕竟在如今这世上，大多数人认为邪神已经被诸神封印在了海底。

他们以为是疫病，又或者是世上又出了什么大妖，正在北荒作恶。

他们都是来寻求鹊山庇护的，但显然……

我看了一眼高高的城墙，上面站满了守卫的军士，在城门口还有一层层的关卡，有鹊山的守卫军正在一遍又一遍地检查要进入的人，登记、盘问、检查一样不少。

鹊山知道他们正在面临什么。

至少主神雾是知道的。

我的灵魄之体不受阻碍，探明情况之后，便没再逗留，直接进了鹊山。

我在鹊山里面不停地搜寻，可寻找一副与我灵魄契合的身体并不容易。

一连小半个月的时间过去，我没日没夜地找，可还是没有找到适合的人。随着时间的推移，我越来越焦虑，连我自己都发现，我的功利心已经完全大过了共情的情绪。

只想满足自己私欲的时候，我是无法被他人接纳的。

我又不是邪神，不可能硬来。

思来想去，我决定不在鹊山里面找了。

我听说主神雾带着一队人马已经出了鹊山，正在鹊山之外寻找罪魁祸首，也在救更多的人。

我曾是昆仑的守备将军，我想以我现在的状态，在外面兵荒马乱的世道可能更有机会找到那个有缘人！

我跟着要去外面送信的军士一路疾行。

许是我的灵魄已经历练太久了，如今变得更强壮，也更容易利用这天地间本来就有的魂力，我勉强跟上了军士御剑的速度。

不一会儿，军士在一个村落的上空放慢了速度。

我跟着他向下张望着，破开云雾，很快便看到了下方的一群人。

主神雾一袭白色衣袍，站在灰暗的村落之中，简直不要太扎眼！

此时，主神霁与军士们的身前正有一群面容狰狞的伥鬼，而在他们身后还有一些瑟瑟发抖、看着尚正常的村民。

空中的军士口中唤着"神君"，便一头扎了下去。

我也跟着冲下去，倒没急着往主神霁身边凑，我在他身边的军士里钻来钻去地搜寻。

戒备、坚定、敢于赴死……我在这些军士身上看到了这些特质，我尝试往每个人身上撞，可还是失败了。

到底要怎么做才能与一人灵魄契合啊！

我疯狂回忆着当初和小狗契合的那个时刻，我同情它被母亲抛弃，我想到了谢濯，只那一个点，小狗便接纳了我。

但显然，要进入一个人的身体更加困难，要真正地理解与共情一个人并不是一时半会儿能做到的……

我正想着，忽然，在所有军士的身后，有个男子猛地大叫一声。

我立即看了过去，但见那男子额间尽是黑色的经络，那经络不停地往他的眼睛里钻！他是被邪祟之气入体的人，但刚才没有发作，现在发作了！

这里面全是村民，无人可以抵抗邪祟，而主神霁与军士们都在前方对战伥鬼，无法分神。

村民们惊恐地呼喊着，而且有人受了伤，只能艰难地在地上磨蹭而无法躲避。

眨眼，那邪祟便要扑向一个行动不便的少女，少女惊恐不已，双目睁大，眼中求生的欲望喷薄而出，但她却被吓得完全无法动弹。

我也是心头一紧，一时间，什么都没有想，一头冲少女扑了过去。

就是在这一瞬间！

熟悉的温暖包裹全身，血液流动、呼吸起伏、肌肉收缩的感觉相继传来，我甚至没有时间庆幸我终于找到了这个有缘人！

我抬眼便看见被邪祟之气感染的男子张着血盆大口扑到了我身前！

我想抬脚把他踢开，可这少女的右脚显然受了伤，根本抬不起来，当我想要动左脚的时候已经来不及了，只得仓皇地用双手抵住已经扑到面前的男子的颈项。

我争取到了瞬息的停顿。

而就在这瞬息之间，我熟练地调动身体里的内息，聚拢身边的魂力，哪怕这少女之前半分术法也不会，但此时还是被我调动出了最大的潜力。

我口中吟诵法诀，"轰"的一声，直接将那男子的身体炸了出去。

看着被炸到伥鬼堆里瞬间被拆吃干净的男子，我不停地喘着气。劫后余生里，我看了看自己的手，一边庆幸"还好老子之前没荒废修炼，是个上仙"，一边又想"果然，生死之间的求生欲望才是所有人最能强烈共情的瞬间"。

我捂着自己的胸口，感受着自己的心跳。

这个小姑娘的灵魄仿佛刚才就被吓昏过去了，一时之间竟然在这身体里面没有丝毫反应。

我想，我应该可以掌控一会儿这副身体了，而就在这时，我忽然感到有一束目光猛地从前方射向我。

我不由得抬头看去，但见前方的主神霁微微侧过了头，神佛一般的慈悲目光中带着探究与戒备，正在审视着我。

可别戒备呀，我好不容易才找到个有缘人，可别将这身体当成邪祟杀了！

我如是想着，赶紧扶着墙站起来。

周围的人似乎都被我刚才那一击吓到了，都远远躲着，不敢靠近我。

"我……我修过一些仙法，我可以帮仙人们一起共御外敌。"我赶紧找了个机会阐明立场，"你们放心，仙人们守着外面，我在里面守着你们。"

我说完，瞥了主神霁一眼，但见他已经回过头去，继续对付外面的伥鬼，我这才松了口气。

不知他信没信，但好在周围并没有人与这少女相熟，要不然被当场拆穿，我可就难堪了。

现在话说了，事得办。

我赶紧坐下调动内息，调理身体，然后拖着右腿站了起来。

我扫了人群一眼，但见村民没有再面露异常，我便靠着身后的墙壁，继续调息着。

刚才我炸出去的那个邪祟已经被吃了个干净，但血的气味似乎引来了四面八方更多的伥鬼。

在伥鬼们无休止的攻击下，我看着主神霁布下的结界晃得越来越厉害。

我心知，一直守在此处并不是办法，还是得主动出击才行，但若主神霁出手，剩下的人恐怕无力支撑这么大的结界……

正在两难之际，忽然，伥鬼背后传来一阵刺眼的光芒。

光芒犹如开山之剑，劈砍而来，在抵达主神霁的结界之时，结界都发出了巨大的震颤，我一时差点没稳住。

外面聚拢的伥鬼群被硬生生杀出了一条路来。

在光芒之后，尘埃翻飞间，血路中间走来一人。

他身形挺拔，穿着粗布衣裳，分明只是握着一柄剑，却似带着千军万马般的气势。

他怀里有一个布包，布包里裹着一个东西，圆滚滚的，不知道是什么。

所有人都震撼于这人方才那一击。

而唯有我，在人群之后看着他走来，慢慢地红了眼眶。

明明之前也一直陪伴着他，但当我听到自己的心跳，感到自己眼睛的温热与酸涩时，我用这样的角度看着他，这久别重逢的感觉忽然就真实又具体了起来。

谢濯。

你好啊，我们又见面了。

终于，以人的模样再见你。

外面的伥鬼并没有在谢濯的剑下支撑太久。

这半个月来，谢濯似乎更加熟练于杀戮一事。不过小半炷香的时间，外面的伥鬼已经被清理干净。

结界里面的仙人与村民像是看了一场不可思议的表演，全部愣住了。唯有主神霁确认外面的邪祟之气都散去后，才将结界撤了。

他率先走了出去。

而外面的谢濯却并没有在意这里的人，他怀里圆滚滚的东西好像动弹了一下，他有些在意地低下头去，专心地看着怀里的东西，神色间丝毫没觉得自己刚才做了什么不得了的事。

主神霁行至谢濯身前，对谢濯颔首："吾乃鹊山主神霁，敢问阁下名讳？"

谢濯看了主神霁一眼："名讳？"

主神霁微微一默。"姓名，或者，我该如何称呼你？"

"谢浊。"

主神霁并没有去深究他的姓名到底是哪两个字，想来，这对他来说并不重要，接下来的问题才是主神霁最关心的。

"你缘何会在此处？"他看了眼谢濯还在滴血的剑，"看你这身功法，你是……雪狼族的？"

但闻"雪狼族"三个字，谢濯神色间才微微一动，他正色望向主神霁："这与你无关。"

谢濯抱着怀里的东西，转身要走。

我看得心急，赶紧撑着瘸腿，一瘸一拐地往他那边走去。

可我现在这个两条腿瘸一条的小瘸子，还不如之前三条腿的狗呢，我哪儿能追得上谢濯那双长腿。

好在主神霁是想将他留下的。

"谢浊公子。"主神霁拦下了谢濯。

主神霁称他为公子，但现在谢濯一身粗布衣裳，打扮与我身后逃难的村民别无两样，称他公子，在我听来，实在有些古怪。

谢濯好像也觉得有些怪，但人家叫他了，他还是在原地站住了。

或许是因为之前很少有人这般主动叫他吧。

谢濯望着主神霁："你有事要我做？"

他说着，一副很熟练的样子。看来在我离开的这半个月，他在北荒遇到了不少半路冲出来寻求帮助的人……

也是，毕竟现在北荒兵荒马乱的。

"我不能久留，"谢濯道，"我还有事要办。"

我看在眼里，有些哭笑不得。

他还懂这丑话说在前面的规矩了，想来已经吃过被人不停抓着帮忙的亏了。谢濯离了那冰雪森林，也算是一脚踏进了红尘里，哪怕只是在这人烟稀少的北荒，他也染上了几分烟火气息。

我看着他，觉得这样很好。

只是想着他现在每说一个字都要忍着锥心之痛，我又很是心疼，恨不得主神霁问的所有问题都由我来帮他答了。

我更加着急地向他身边走去。

"你有事要办？"主神霁询问，"敢问公子有何要事？"

"杀邪神。"谢濯丝毫没有回避，神色坚硬如刃，一如从冰雪森林里离开的那一天。

而他此言一出，主神霁猛地一顿，在主神霁身后的所有仙人军士皆呆住。

主神霁立即往身后看了一眼，他不想让更多人在此时知道这件事，从他在鹊山瞒着下面所有逃难而来的民众的举动中，便能看出来了。

而身后村民们显然更关心自己手里的东西，刚才被那邪祟男子闹腾一番，东西七零八落地散了一地，危机没了之后，大家都在拾掇自己仅剩的家当，没人刻意在听他们聊了什么。

只有我拖着一条腿，格格不入地往他们这边走。

主神霁的目光霎时便扫到了我身上。

比起数千年后的慈悲，此时，还有神明之身的他显得肃杀许多。

我被他盯得脊梁一怵，甚至有些怀疑他是不是已经看穿了我的灵魄……毕竟我的灵魄与肉体分离这事可是他亲手操作的。

我顿了顿脚步，复而想道：既然我要将邪神的事告诉谢濯，不妨干脆直接坦白身份，将之后的事全盘托出，直接告诉主神霁算了。

让谢濯和主神霁现在便联系所有主神一同来对付邪神，这样不是更容易获胜？反正大家有共同的敌人，我又不是来害他们的。

如此一想，我更加坚定地走向他们。

但主神霁却转头对旁边的军士低声交代了一句："你们先送幸存的人们回鹊山。"

军士领命，转头便有人去引领村民了。而主神霁带着谢濯往更远的地方走去。

我又急又气，他们一个神，一个妖，今天就是要欺负我这小瘸子是吧？

本来没那么远的距离，他们这么一走，仿佛要让我永远也追不到似的！

我继续瘸着腿去追，但有个军士走到了我面前："姑娘，神君有令，民众先随我们回鹊山。"

"我还有事要与主神说。"

军士拦住我，满脸狐疑。

我观察他的神色，他似乎已经将我当作邪祟一般在打量。

我现在……确实有点来路不明、举止奇怪、目的不轨的模样。

我看着面前神色冷硬的军士，张了张嘴，一时间发现自己无从解释。

思来想去，我只得肃了神色，郑重其事地告诉军士："我不是坏人，我真的有非常重要的事告诉主神，事关邪神……"

我还未说完，只见走到前方的主神霁和谢濯好像刚说完什么，主神霁在掌心凝出了一颗拳头大小的石头。

我认得石头上面的光芒，跟盘古斧一样，是各仙境镇山神器上特有的光芒。

那是北荒鹊山的镇山神器。我在昆仑的书上学过，名为鹊山之心。

只见主神霁刚掏出神器，谢濯便似极其难受一般，纵身往后一跃，立即退开了数丈远。

在他身上、皮下，雪狼族的妖纹被那鹊山之心照了出来，若隐若现沉浮了好久，最终慢慢消失。

神器对妖族有天然的伤害！主神霁你这老不死的竟敢用神器伤我相公！

此前我没有身体，对付不了邪神，现在我有身体了，我还不能给你一耳刮子吗?!

"给我住手!"我大喝一声。

面前的军士被我吓了一跳,我一撸袖子,目露凶光,甚至没来得及调整内息,就凭着蛮力将面前的军士一把推开。

我跛着脚,迈着最大的步伐赶到了谢濯身前站定,张开双手将他护在了身后。

这是来这边后,很多次,我想做却总是没有做到的事——

挡在他身前。

我挡住了鹊山之心的光,用阴影罩住身后的谢濯。我双手张到最开,生怕此刻自己没有用全力去护住他。

"你敢动他试试!"

我喊出了气吞山河的气势,然后……主神霁便将鹊山之心收了回去。

动作很快、很流畅,没有丝毫犹豫。

我有些愣神,鹊山之心的光芒消失后,身后的人站了起来,他的阴影反而笼罩了我。

他们好像不是在动手。

此刻我有点尴尬,尴尬之后还因为如此靠近身后的人而有些心跳加快。

很近,他就在我的身后,有温度,有呼吸。

我不由自主地有些战栗,此刻,仿佛浑身的汗毛都被调动起来,向身后他所在的方向偏移。

是谢濯啊。

我转头,终于又一次这么近距离地看见了他。

方才被鹊山之心照出的妖纹已经消失,他的面容已经恢复平静。

他看向我,清澈的眼瞳里映出了我的影子。

看到我现在这张陌生的脸,他没有露出什么特别的神情,他看了我一眼,随后看向他怀里圆滚滚的东西。

我低头,顺着他的目光看去,这才发现,他怀里一直抱着的是一只小黄狗……

不知从哪儿捡来的。

他正摸着小狗的脑袋说："没打架，第二只小狼，不用怕。"

"第二只小狼"好像是他给怀里的这只小狗取的名字。

小黄狗"嗷呜"了一声，在他怀里蜷着，似乎很温暖舒服。

我看着小黄狗，一时有一种说不出的感受，很复杂。

刚刚我用尽全力地站到他身前，想要保护他，但他似乎并没有注意到。

他只是在安慰怀里的狗。

我觉得，我像是被一只狗比下去了一样……

但我为什么执着于要比过一只狗……真复杂。

"姑娘误会了。"此时，主神霁从我身后走来，神色平静淡然，"我并非在对他动手。"他解释道："我不过是想用鹊山神器探探公子的真实身份罢了。"

想探探他身体里有没有邪祟之气吗……

是神器对妖怪的天然震慑才将谢濯逼退的……

全场最紧张的原来是我这个旁人。

"只是姑娘为何如此着急谢浊公子？你们认识？"

谢濯闻言，看了我一眼，随后摇摇头。

我定了定神，不再看谢濯怀里的狗，转而面对主神霁开了口："神君，我其实……"

是从未来被诸神送回来的……

这句话没说出口。

我顿住了。此刻我隐隐觉得这件事不该在此时这么说出来。

有件事很奇怪，很吊诡……

我转头看向谢濯。

谢濯似乎觉得我有些奇怪，正打量着我。

我看了他一会儿，又转过头去看主神霁。

主神霁已经将鹊山之心收好，现在完全看不到鹊山之心的痕迹。

但我知道，鹊山之心和盘古斧一样，都是镇山神器，神器对妖怪有巨大的威慑力，现在的谢濯几乎是见到神器便立即被神器的光芒逼退，不得近身。

那么，和我成亲了五百年的那个谢濯，到底是怎么只手拿起盘古斧，像玩一样地劈开时空的呢？

一次又一次……

一直把盘古斧藏在自己身上……

还完全跟没事人一样……

我抿住唇，陷入了沉默。

如果说，现在初出冰雪森林的谢濯是刚度过成长期的谢濯，那么和我成亲了五百年的谢濯便是比此时此刻多修炼了数千年的谢濯。

在这段时间里，谢濯长本事了。

他的本事大到可以以妖之身驱使神器，劈开时空……

所以，那时候的他才可以收集天下邪祟之气，一举还于山河。

即便如此，他还是付出了生命的代价。

而现在的谢濯……可以吗？

虽然邪祟之气还没完全蔓延，但以他现在的力量，可以做到吗？

还会以生命为代价吗？

以生命为代价就真的能成功吗？

若是成功了，他的生命就要在北荒结束了吗？

若是不成功，那世上就真的再没有谢濯了……

说出我心中的秘密很简单，但说了的后果却很复杂。

复杂到我几乎无法掌控也无法预料的程度。

事关邪神、谢濯，甚至所有人……

我……能赌吗？

输赢，我能承担吗？

我望着谢濯，喉咙干涩，本来想一股脑全部说出来的话，此时全塞于咽喉之间，难以言语。

谢濯微微皱着眉，似乎在等待我的回答。

这个场景有些熟悉。

是我们那五百年婚姻里，很多时候我与谢濯相对无言时的画面。

我皱着眉头问他话，他望着我，一双眼睛里全是心事，但嘴唇却总是紧抿。

原来，有口难言无关乎邪神诅咒，而是内心游移不定，难做决断，难将心事宣之于口。

"姑娘，"主神霁在我身后追问，"你认识谢浊公子？"

"我……"我开口了，"我不认识。"

我低下头，身侧的手在衣袖里握紧，没叫任何人看见。

"我只是……只是因为他方才的举动，将他当成了我们的救命恩人，我不愿他就这样被神君诛杀。我是……很感激他。"

谢濯听到"感激"两个字，双眸微微睁大，眼底仿佛隐隐泛起光芒。

我见他如此神色，便又压住了内心翻飞复杂的情绪，笑了笑，道："多谢你，救了我……们。"

谢濯的手指在小黄狗的背上轻轻摸了两下，他垂下眼眸，眼中有了温度。

"不用谢。"他轻声说，甚至有些小心翼翼。

好像不知道该如何回应这份感激与善意似的。

"感激？"主神霁从身后走到了我身边，他侧眸打量我，神佛一样的眼睛里仿佛能洞悉一切，"是吗？"

我被主神霁问得浑身一怵，只能强撑着笑，说："是，很感激的。"

"可将姑娘救出村落的好似是鹊山的军士。"

我咬着牙，硬笑："一样感激。"

"是吗？姑娘也愿为我鹊山军士抵御危险？"

又是这么清淡温和的一句反问。

我只能咽了口唾沫，笑道："神君，我这瘸腿有些疼了，要不还是先把我带回鹊山吧。"

"姑娘如何称呼？"

"伏……"我眼珠一转，不能道明正身，那就不能暴露真名了，"……阿狗。"

眨眼，我直接吐出了这个名字。

说完，我自己先沉默了下来，然后在心里懊悔不已。

我可真是当狗当久了!

不动脑子第一时间想出来的竟然是这么个名字!

我瞥了谢濯怀里的小黄狗一眼,心里暗恨,人家土狗本狗都叫小狼,我却成了阿狗。

"阿狗姑娘,"主神霁倒是没笑我,温和又正经地说道,"随我们回鹊山吧。"

我咬牙应下:"好,多谢神君。"随后我又看向谢濯:"谢濯……公子要去何处?"

知道他的行踪,我也好摆脱主神霁后去找他。

"去鹊山。"谢濯却如此说。

我一愣,心下霎时欢喜,这样就不用分别了!

但欢喜之后,我又愣了一下:"神君也邀请了谢濯公子吗?"

谢濯摇头:"我要办的事情在鹊山。"

闻言,我心下一凉,立即看向主神霁,主神霁的神色也凝重起来,想来他们方才是在聊这个……

谢濯要办的事情在鹊山,那也就意味着他查到了渚莲的踪迹就在鹊山。

或许邪神已经藏匿进去了……

与谢濯一同去鹊山的路上,我将邪神的事情思来想去,最后还是决定不在这个时候将这个消息告诉谢濯和主神霁。

一来,对付邪神一事,我实在承受不起失败的后果。

之前谢濯死后,邪神重归,众神在昆仑之巅学谢濯聚拢天下邪祟之气,但他们失败了,西王母因此说,收拢邪祟之气非谢濯不可。

但他们说的是数千年后,能以妖之身驱使盘古斧劈开时空的那个谢濯。

如今的谢濯或许与诸神一样,做不到此事。

而他若失败,这世上就再也没有谢濯了。

难道要指望诸神再将我送回过去一次吗?

二来,我私心作祟。

上一次，谢濯以身为祭，杀死邪神。这一次，最好的结果是他既消灭了邪神，又活了下来。

但若杀死邪神，一定要谢濯拿命去换……

那我便想这一时刻来得晚一些，再晚一些。

至少让他在离开那片冰雪森林之后，能够感受一下人间的温度。

不要真的作为躯壳而来，又作为容器而去。

若真是如此，那命运对谢濯有些太残忍了。

最后，邪神精明。

此前，不过因为黑衣谢濯顶替了谢玄青与他交手了一下，邪神便知道了来者是未来的谢濯。

然后邪神便从那个时候就开始准备。这才有了谢濯杀死邪神后，邪神重归人间这件事。

这一次，我若贸然行动，不知道什么时候做了什么影响过去的事，或许还会影响事情本来的进程，导致更坏的后果……

思虑之后，我决定将所有的事情都深埋在心底。

直到……我与谢濯和离前的那一刻到来。

本来我与诸神制订的计划也是阻止我与谢濯和离，然后与"最强状态"下的谢濯和诸神共商斩杀邪神的事。

这是最保守的一个办法，也是最稳妥的一个办法。

所以，我现在在这里，既不是要改变历史，也不是要推动历史，我只是要陪着谢濯，陪他走过数千年的时光，然后去到那命运的分岔口，面对我们都没有到过的未来。

我下定了决心，一个可能横跨数千年的决心。

我望着走在我身边的谢濯，心中忽然激荡起了一种情绪。

我与他成亲不过五百年，而现在，我却在心里做了一个数千年的承诺。

我经历了这些事，折腾过和离、生死、时光……

最后我却更爱他了。

我初遇他时，爱他的容貌与温柔，成亲时，爱他的守护与陪伴，而如今，我与他走过了撕扯和决裂，我看过了他的破碎和脆弱、狼狈与不堪……

我却好像才真正地爱上了他。

全部的他。

他怀里抱着小黄狗，神色平静地看着前方，对我的心事一无所知。

"谢濯，"我鬼使神差地喊了一声他的名字，"我可以抱你……"

他看着我，面露不解。

走在我们前方的主神霁闻言，也微微侧过头来打量我。

于是我又硬生生加了三个字："……的狗吗？"

我将一腔爱意憋回了心头。

说实话，心头都感觉有点呛……

主神霁收回了目光。

谢濯看了看怀里的小黄狗，回答了我三个字："它是狼。"

这我忍不了："它真的是狗。"

我现在都是狗了，它怎么可能是狼？我纠正了一直以来想纠正他却没有来得及纠正的错误。

谢濯皱了皱眉头，似乎对我的话有些不满："不是，它是第二只小狼。"

我只好求助外援："神君，你看看，谢濯……公子怀里抱的是狼是狗？"

主神霁倒是真没敷衍。

他很认真地走到谢濯身边，道了一声："劳烦。"然后便在谢濯的允许下，微微揭开了盖着小黄狗的粗布，审察了一下："眉顶两斑，尾短爪厚，骨重毛丰……"

我有些无语。

他还真是个较真的主神呢，不就看看是狼是狗吗……

"是只很好的幼犬。"他下了定论。

我望着谢濯："你看，真的是狗。"

谢濯闻言，望着怀里的小黄狗，一时有些沉默。看这样子，他好似有点难过。

我见他如此神色，虽不知他在难过什么，但心尖尖立即疼了起来，我连忙说："其实，大差不差，是狼是狗都一样，你叫它小狼也行的。"

"谢浊公子，"主神霁也感知到了他低落的情绪，开口劝慰，"这是我北荒十分常见的四眉小黄狗，能守卫主人，极是忠诚，何故不喜？"

"我以为是同类……"半晌，他才道，"原来它留在我身边是因为生性忠诚。"

我闻言，难受地抿住了唇。

主神霁听不明白他这句话，但我却明白。

谢濯说的不是这只狗，他说的是我，陪了他那么些年的瘸腿狗。

他把小狼当作同类，以为小狼留在他身边是因为他被小狼选择了，原来那是生性忠诚的小狗。他觉得，自己对小狼来说是特别的，但这种特别在此刻消解了许多。

"谢濯……"我刚开了口，便看见谢濯怀里的小狗忽然竖起了耳朵，本来趴得舒舒服服的小狗撑着前腿，在他胳膊上站了起来。

小狗四处张望，而后猛地朝一个方向"嗷"地叫了一声。它开始激动、着急，不停地扒拉着谢濯的胳膊。

于是谢濯便将它放到了地上。

而就在谢濯将小狗放下去的那一瞬间，小狗迈开脚步，四条腿犹如弹簧一样，飞奔向远方。

它跑去的方向有一个正在被母亲牵着的小女孩。

"嗷嗷嗷"，欢快的声音在逃难的民众里显得那么特别。

小女孩顺着声音看到了小狗，她欣喜地大叫一声，和扑向她的小狗抱在了一起。

它找回了自己走失的主人。

谢濯看向那方有些愣住。

我连忙道："狗狗也是会选择的！"我睁着眼，用最真诚的眼神望着谢濯："一定是有很特别的缘分，所以在那么多狗狗里面、那么多人里面，才会正好遇到那一个。"

谢濯原本沉默地看着小狗离开的方向，不知道我说的话中哪一句哪个字入了他的耳朵。

他低头看向我。

这副身体与我原来的上仙之体差不多高，我看他的角度一如成亲时的角度。

我望着他，盛满心意。

"特别的缘分……"他呢喃一句，像是有了些许感悟似的。

"就像我遇见你也一定是因为特别的缘分。"我如是说着。

谢濯只是目光清明地看着我，黑曜石一般的眼睛里清晰地映出了我的影子。

他张了张嘴，好似想说什么……

"谢浊公子，阿狗姑娘，"主神霁打断了我们的对话，"前方便是鹊山了。"

我有些不满地瞪了主神霁一眼，却见主神霁神色探究地打量着我。

我心头一沉，自己方才有些忘形了。

我要瞒下自己的身份，便要连同谢濯和主神霁一起瞒下。

谢濯虽在冰雪森林经历了惨烈的过往，但他到底还是涉世未深，未见人心真正的复杂与斑驳。我要唬他骗他瞒过他都很容易，但主神霁可不一样。

他可是能在不死城里不停寻到与其灵魄契合的身体的人，他既然能共情他人，便也能窥知人心。

在这邪祟之气开始弥漫的时间和地点，我这样突然变得奇怪的人定会引起他的注意。

我立即收回了自己的敌意。

对不起，神君，是小仙僭越了。

"而今情况特殊，入鹊山的所有人皆要经过检视，还望体谅。"

谢濯没说什么，见其他人都在排队，他也走了过去，乖乖地排起了队。

我也乖乖地排在了谢濯的身后。

主神霁见我老老实实地排队，便将目光从我身上挪开了，他走到一边去，同正在值守的军士商议起事情来。

人群里，谢濯排在我前面，我们安静地跟着民众往前挪着。

他一直望着前方，我以为他不会再回头看我，与我说话了。我心里正在努力想着要跟他聊点什么，忽然听到前面的人问："我遇见的所有人，都是因为有特别的缘分吗？"

我不知他为何要如此问，却凭直觉回答了一句："当然。"

他没再多言，我侧头看他，却发现他清澈的眼睛正在看着前面的人们，从民众到军士，再到主神霁，最后回头落到了我的脸上。

他一言不发，随后又低下了头，默默地摸了摸脖子上的石头。

我不知道此刻谢濯在想些什么，但我隐约感到，他和这个世界的联系似乎又多了一点。

"这位公子，"前方城门下的军士在呼喊谢濯，"劳烦，这边需要将你的姓名入册。"

谢濯走了过去。

"公子姓名？"

"谢浊。"

记录的先生停下毛笔看他："是哪个字？"

我一步抢上前去，有些鲁莽又有些僭越地直接从先生手中抢过了毛笔。

我在文书上写下了两个字——谢濯。

谢濯看向我。

先生与军士也在呵斥我：

"这位姑娘，还没到你呢！"

"你把笔拿来！我问他名字，关你何事！"

我只道："我观公子眼眸清朗，犹如被清水洗濯过，我想他的名字定是这样写的。"说完，我望向谢濯。

"谢濯公子，我写得可对？"

谢濯沉默许久，似是思量，或带动容。

他伸手摸了摸文书上的字迹，指尖还沾了未干的墨痕。

"对。"他说，"对的。"

他眼中暗含微光，一如清水荡去浊气，露出清朗皎月。

谢濯将染了墨迹的指尖蜷入掌心，似乎想将墨迹与这名字都好好珍藏。

我看着他动容的模样，心头又酸又涩。

回忆我所见过的他的过去，这样毫无所求的善意与温暖，他接受得太少了。

一时间，我心潮澎湃，想着，若我不去改变这历史走向，不触碰所谓的大事节点，那我是不是可以在不经意的时候，给他捎去这么零星的温暖，一如夏花与小狗！

只是，我现在拥有人的身体，我能更明确、直接地……

"哎！"

有人拽住了我的胳膊。

我低头一看，是守门处负责登记的先生。

他瞪着我，一脸不开心："你的名字呢？你抢了我的笔，写了人家的名字，就能糊弄过去了吗？"他没好气地把刚抢回去的笔递给我。"写！你的名字！"

我这才反应过来，刚才我竟然失神地要跟着谢濯一起进城。

记录的先生的声音让刚走过城门的谢濯又回头看向我。

我笑了笑，又瞥了眼四周，见周围的军士都用一副戒备的态度盯着我，似乎真的将我当成了可疑人士。

我不敢再造次，只得老老实实地接过笔，在谢濯的名字下写了一个"伏"字，然后顿了顿。

"伏？伏什么？"记录的先生望着我。

我有点不太情愿，但还是提笔继续写，当写完"阿"字后，忽然，我灵机一动，落笔就是一个"枸"字。

我写得志得意满，并为自己的聪明才智感到折服。

"伏阿枸？"我身后传来主神霁温和的声音，"原来是此'枸'。"

我转头看了主神霁一眼，但见他态度坦然，仿佛一点没有觉得自己说的这话有什么不对。

于是我只得坦然地将笔放下，规规矩矩地站在一边，说："是的神君，是这个'枸'。"

"阿枸姑娘，这边请，劳烦，还要接受一下检查。"主神霁抬了一下手。

我顺着他手的方向看去，看见那边有两个军士一左一右地守着一面大镜子。但凡入城的人，都要到这面镜子前去走一遭。

我观这镜子与我之前在昆仑西王母主位阵法空间里见到的那面石镜有点相似。想来这也是一个神器，只是平时不轻易示人罢了。

我心里有点犯怵。

我记得西王母的那面镜子可以将过去的事情直接展现在我的面前，所以我才能通过那面镜子看到谢濯临死时的那些画面，那么真实，那么痛彻心扉。

而这面镜子……会照出什么？

我到底不是这副身体里本来的灵魄。我之所以能进来，是因为在那生死关头……

四周的人都盯着我，包括谢濯。

我只得咬着牙往那镜子面前一站。

镜子里是少女的身影，穿着普通的衣裳，脚上因为受伤，还缠着有些脏了的布。

若不是我调动了四周的魂力填补内息，此时这少女应该是站不起来的。但我用的是昆仑仙法，这镜子若是只查邪祟的话……

我正想着，忽然，镜中光芒一闪而过！

下一刻，我便觉胸口一紧，四肢百骸霎时感到无力起来。

我一时再难顾及体内内息的流转，昆仑仙法停了下来，没有魂力补充，这副身体当即便无法站稳，直接摔倒在地。

这一摔，四周的人当即警觉了起来，鹊山的军士一部分立即去隔开了身后的民众，一部分将我团团围住。

主神霁神色间并无突兀之色，仿佛早已料到会是如此。

而谢濯看着我，却像有几分惊讶似的。

我张了张嘴，还未来得及说什么，便觉得身体里流动的血液和跳动的心脏瞬间离我远去。

微风一吹，我浑身上下被吹了个透凉，熟悉的感觉再次袭来。

我又变成了一个灵魄……

我轻轻地飘向空中，愣了好一会儿，才慢慢回过神，往下方看去。

下方地上，少女已经昏迷了过去，将她团团围住的军士们却显得更加紧张了。

那负责登记的先生则握着笔，瑟瑟发抖地缩在角落，口中念念有词："我就看出这女子不对劲，她果然不对劲，她可千万别跳起来咬我一口呀……"

主神霁站在军士包围圈里，沉着眉眼，细细打量地上的少女。

而谢濯则站在军士包围圈外。

我看见他在圈外站了一会儿，竟也不走，反而穿过军士的包围圈，走进了圈内。

"这位公子……"

军士们想要拦他，主神霁却轻声道："无妨，让谢濯公子进来。"

谢濯便站到了少女身边，他看了看地上昏迷的少女，又望了一眼面前的镜子。

"这是什么镜子？"谢濯问。

"能照出……"主神霁看了一眼四周，见民众已经被军士隔开了很远，他方才轻声说，"能照出邪祟之气的镜子。"

谢濯闻言，微微蹙眉，他打量了一下面前的镜子，又看着地上的少女："她不是邪祟。"

"邪祟与公子此前在外面斩杀的伥鬼不同，他们极善隐藏，公子或许未看出来。"

谢濯沉思片刻，复而摇头："我知道，我见过邪祟，我也清楚邪祟与伥鬼的区别。但……"他言辞坚定："她不是邪祟。"

主神霁闻言，倒颇有些意外地看向谢濯："难道公子能一眼看出何人身上有邪祟之气？"

"我看不出来，也时常被邪祟迷惑，这一路走来，已经被暗算过不少次了。"

"那公子何故如此笃定？"

谢濯沉默了许久，他望着主神霁，肃容道："她的眼睛像狗一样。"

此言一出，主神霁沉默了下来。

空中的我也沉默了下来。

我的眼睛像狗一样……

怎么了？狗是不会被邪祟之气感染吗？还是眼睛像狗的人能辟邪吗？

谢濯你这个回答真是让我开心不起来……

许是主神霁沉默得太久了，谢濯又解释了一句："她不会是。"

却给不出任何凭证和理由。

主神霁微微叹了一口气："我鹊山石镜确实不能完全鉴别邪祟，它只能鉴别出面前之人的气息是否有悖天道，虽不是万全之法，但事到如今，我也只能以此物镇守鹊山之门，希望能将邪祟拦在鹊山之外。并非我不相信公子，只是……"

"邪祟，已经进入鹊山了。"

谢濯打断了主神霁的话。

主神霁一愣。

谢濯直言："我说了，我要办的事是杀邪神，我来鹊山是因为他在鹊山。"

先前主神霁或许已经猜到了一二，但听谢濯如此直白地说出此事，他还是微微皱起了眉。

"谢濯公子可愿与我回鹊山仙宫再细言此事？"

谢濯眉头微皱："我得去里面寻他，里面人很多，不能耽误时间。"

"公子，与我讲清事情因果断然不是在耽误时间。邪神，我也要杀。"

谢濯闻言，思索片刻，随即点头。

他复而看了地上的少女一眼："这伏阿枸……"

主神霁招手唤来一名军士："城外的临时营地搭好了吗？"

"已经搭好了。"

"将这姑娘带去营地中吧。待她醒了之后，细细审问。若无异常，再带她来照一次石镜。"

"是。"

地上的少女被军士带走了，谢濯跟着主神霁往鹊山里面走去。

我犹豫了一会儿，还是决定先跟着这个少女。虽然我现在被这石镜给弄出来了，但好歹是契合过一次的身体。我要再试一次，应该比瞎撞别的身体要容易很多吧?

　　我如是想着，只得恋恋不舍地望了谢濯一眼，随后跟着抬少女的军士去了。

第十七章

暴露身份

鹊山在城外搭建了简单的营地，里面都是一些在城门通过石镜时略带异常，但又并没有邪祟之气显现的人。

昏迷的"阿枸姑娘"被军士们带到了营地里，找了个角落简单安置了下来。

军士们在营地外守着，营地中的人皆可自由活动。

我不是特别喜欢他们这个安排。

在石镜面前状态有异的人中，有的或许已经被邪祟之气入体，而有的或许只是如"阿枸"一样，是"误诊"，若将他们安排在一块，邪祟之气便很容易在众人之间传染。

可仔细一想，似乎也没有更好的办法处置这些状态有异的人了。

总不能让来的人在石镜前面过一遭，有点不对就当场杀了吧，那也太可怕了。

虽然……

之后北荒的不死城……已经变成了那般模样。

我守在"阿枸"身边，先是将周围的人都打量了一圈，他们皆是一副萎靡不振的模样。

家园被毁，亲友流离，根本没有人开心得起来。

我从外表上看不出谁身上有邪祟之气，便暂时收起了心，专注研究怎么才能重新与这少女的身体契合。

可我这一研究就是一整天，任由我怎么在这昏迷的少女身体里穿来穿去，她就是没有醒过来。

我有些发愁。

打算在这儿等到少女醒了，再试试。

这一等就到了夜里。

营地里生起了篝火，这些时日的经历似乎让大多数人睡不着觉，他们三三两两地聚在一起，围着篝火，有人失神发呆，有人战战兢兢，有人则开始与旁边的人轻声交谈了起来。

我本是没心思听他们言语的，但其中一人口中吐出的"雪狼族"三个字却成功地让我的注意力从少女身上转了过去。

"我听说，这场灾难是由咱们北荒最内里的那个妖族部落雪狼族引起的！"

我看见是篝火边的一个壮汉正在对身边的人说话，他言之凿凿，宛如亲眼所见。

"好像是说，那最后一个雪狼妖为了练什么妖术，杀至亲，屠全族！"

如今我是灵魄之体，没有身体，没有血液，但我听闻这话，却只觉自己浑身的血液都在翻滚，因为愤怒。

"我逃来鹊山的路上听说的！有人路过了雪狼族那个地方，里面什么都没有了，所有人都不见了！那最后一个雪狼妖夺取了全族的力量后跑了出来，引起了天怒，这才招致了这场灾难！"

他说的每一个字、每一句话传入我的耳中，都更加激起我的愤怒。

我从理性来分析，这些流言极有可能是邪神自己放出来的，将谢濯说成这一切的罪魁祸首，这样，谢濯不仅被邪祟伥鬼攻击，还要与普通人作战。

我不应该为这些言辞感到愤怒，我应该想想要怎么遏制这个流言。

但理智，始终是理智。

我几乎在听到这话的一瞬间，就想到了那日"灭族"之时，谢濯脸上的神色……

是那样空茫。

他已经背负了那么多，为什么还要在这里背负莫须有的骂名和污蔑？

我难以遏制灵魄里的愤怒，那壮汉还在不停地渲染自己的言语。

我左右探看，随即愤怒地在营地之中穿梭，我先是再次撞入少女的身体，无果之后，我便从每个人的身体里面撞过去。

没有人的身体能契合我现在的灵魄，直到……

我撞入了一个一直缩在角落里瑟瑟发抖的中年妇人的身体。

她似乎被一路以来的事情吓破了胆，在营地中的时候，就一直缩在角落，抱着自己的身体发抖，口中念念有词。

这样的人，营地之中有很多，白日里根本不会引起他人的注意。

此时我往她身体里一撞，觉得她极度惊惧的情绪与我现在出离愤怒的情绪竟然有契合的缝隙。

我当即抓住这个缝隙，往她身体里一钻！

然后我就站了起来。

我契合了妇人的身体，我扯掉了她一直盖在头上的布巾，迈步走向还在絮絮叨叨的那个壮汉。

"哎，你。"

我一巴掌拍在坐在地上背对着我的壮汉的脑袋上。

这个动作不痛，侮辱性却极强。

絮叨着的汉子被我猛地一抽后脑勺，眼神中带着愤怒和茫然回头看向我："你干什……"

没等他将话问完，我深吸一口气，蓄积周围的魂力，齐聚右手拳头之上，然后二话不说，直接扭动腰腹，甩出胳膊，狠狠一拳砸在了壮汉的脸颊上。

"嘭"的一拳，在寂静的夜里显得有点喧嚣。

壮汉一头栽倒在篝火旁边，嘴里吐出血来，过了好半天，在地上吭哧吭哧地喘气，却没有爬起来。

我的拳头上，四个指节也在这一拳的力量之下红肿发疼。

一时间，营地之中陷入了诡异的沉默。

一个骨瘦如柴、看起来不会任何术法的妇女一拳撂倒了一个雄壮如牛的壮汉，大家都没有及时地反应过来。

"不要以讹传讹。"我看着地上喘息的人，揉了揉自己的拳头，悄悄地用术法使拳头上的伤好起来。

"你上下嘴皮一碰，既可能扭曲事实，毁人清白，也可能让勇者受辱。"

我说这话，也没有人搭腔，周围的人仍旧处在错愕中。

而营外的军士们却反应过来了，他们喊着"在干什么?!"，冲了进来。

"此人未经核实便信口雌黄，胡乱编造灾祸缘由，我只是在制止他……"我一边说着，一边正色看向冲进来的军士。

但镇定的我却看见军士背后竟然还有一人跟着走了过来……

谢濯……

我愣愣地看着他，不知道他看到了多少、听到了多少，更不知道刚才那壮汉口中的谣言是否对他产生了影响。

我望着他，他的眼神也落到了我的身上。

他微微偏过头，似乎在思索是否见过我。

而我看到他，心里方才想好的怎么跟军士说的打人的理由竟然都忘了。

我心中产生了一个念头——你可千万别因为他的话而难过呀。

可我什么都没来得及说。

谢濯的到来让我心中的愤怒霎时灰飞烟灭。

随着愤怒的消失，我当即感到一阵强烈的排斥，这个中年妇人的身体直接将我的灵魄狠狠地从身体里挤了出去。

没有那出离愤怒的情绪，我竟然无法再与她继续共情下去……

我复而飞到了空中，但见那妇人发现自己站了起来，还被众人注视着，她的神色一下有些惊慌，似乎不知道发生了什么，有些不知所措。

鹊山的军士走到了妇人面前，对她说："你就算有缘由，也不能随意出手伤人！"

"我……伤人？"妇人的目光在人群中转了一圈，最后落到挨了打的那个壮汉脸上。

她愣愣地看了一眼篝火边的壮汉："我打你了？"

她是疑惑的。

而这句话听在壮汉耳朵里，似乎变成了另外一个意思。

他似乎被我那一拳打怕了，怯怯地看了妇人一眼："没……没多大事……"

妇人便也不再多问，抖着身体，有些无助地看了军士一眼，军士挥挥手："罢了罢了，没什么事就回去待着，明天还要去石镜前再照一遍的，都早些休息。"

妇人便又坐了回去。

谢濯跟着军士走入营地，军士显得比今日白天要对他恭敬许多，也不知他与主神霁都聊了些什么，但看样子，他在鹊山获得了一些特权。

"公子，您要寻的少女从白日来营地后便一直在沉睡，现在还没醒呢，她就在那儿。"

谢濯循着军士手指的方向看了一眼，但见少女果然还在安稳地沉睡，他点了点头，没有多言，转身就要离开。

但离开前，他的脚步又顿了顿，在所有人有些不解的目光中，他走向了方才那个妇人的身前。

妇人刚给自己包好了布巾，她仰起沧桑的脸看向谢濯。

谢濯启唇说了两个字："谢谢。"

妇人一脸不解。

我却感到灵魄里面微微一暖。

我飘到谢濯面前，望着他，轻声说："不用谢。"

谢濯说完，便没有再逗留，转身从营地里离开了。

似乎他来这一趟只是为了确认少女的安全，但他却在不经意间收获了这人世间的另一份善意。

忽然，我想，如果我的灵魄跨越千年来到这里，只做了这一件事，或许也是值得的。

因为……

谢濯值得。

有了上次愤怒关头契合中年妇人的经验！我顿悟了！

我的格局打开了！

我觉得我没必要在这营地里等"阿枸"醒过来了！

因为此前我之所以能入"阿枸"的身，是因为她在危急关头迸发的求生欲与我的救人心切契合了。

后来，我之所以能与妇人的灵魄契合，也是因为妇人一路颠簸，惊惧之中其实暗藏对世间的愤怒，而我难以宣泄的愤怒也正好契合上了她的情绪！

仔细一想，除了那单纯的小狗，我之所以能机缘巧合地与这两个人灵魄契合，皆是因为我有强烈的情绪波动，而她们同样有强烈的意愿。

在愤怒、恐惧之中，无论何人，大千世界，皆共此时！

而若要寻找这样的情绪，我大可不必局限在"阿枸"和这妇人身上，我完全可以跟着谢濯伺机而动，寻找他身边的人！

这样我就可以时时刻刻待在谢濯身边了！

第二日，"阿枸"醒了，我又尝试与她契合，无果之后，就果断放弃了她。

我以灵魄之体畅通无阻地进入了鹊山，想先去找到谢濯。

鹊山之中，前来避难的人有许多。市集嘈杂不堪，连山林也开始变得拥挤。

好在要找谢濯并不难，主神雾领了个神秘人回鹊山，还给了他鹊山哪儿都能去的特权，这个消息在我进入鹊山的时候，便从民众口中听说了。

鹊山的军士们比我更关心谢濯今天去了哪儿。

我随着他们的话，穿过鹊山的人山人海，去寻找谢濯。

我来到了集市。

集市本就人多，在如今这个时候，更加纷乱嘈杂，而我却在熙熙攘攘的人群里，一眼就看到了谢濯。

这像是我的超能力，或许也是他的超能力。

他身上像有光芒一样，在我目之所及的地方，只要他在，我就能一眼看到他。

我快乐地飘到了谢濯身边，哪怕他看不见我，我也高兴地在他身边转了几圈，上上下下地将他打量一番。

"谢濯，昨天你是不是没有好好休息？"我问他，哪怕他听不到，"你为什么看起来有点憔悴？是主神雾没有给你安排休息的地方，还是你自己没有好好休息？你这样可不行呀，与邪神的抗争可不是一天两天就能打完的。"

谢濯自然是不会回答我的，他神色凝肃，走在人群里，姿态有些戒备。

他这模样，我在昆仑见过太多次了。

那时候我不懂，总是埋怨他，与我上个街总是拉着脸，显得很不开心的样子。

现在我懂了，想对他说声抱歉，却找不到契机和理由。

谢濯在集市里走得很慢，几乎每个与他擦肩而过的人，他都探看了他们的脸。

走到了集市尽头，人变少了，他依旧没有什么收获，于是便靠在街角，抱着手，打量陆陆续续拥进集市的人。

我就这样在他身边陪着他，从上午一直到夕阳西下。

集市里的人，不管是鹊山的，还是刚来的，都想离开，找个地方休息了。

人渐渐少了，守了一天的谢濯微微叹了口气，他站直了身体，似乎打算离开。

而就在这时，旁边一个妇人带着自家的两个小男孩走了过来。

他们似乎是逃难来的，妇人的神色有些憔悴，她在街角用北荒的银钱买下了一张饼，然后将饼撕成了两半，分给了两个小男孩，哥哥的多一些，弟弟的少一些，她对弟弟说："哥哥大一点，要多吃一点，不然他更容易饿，你小一点，就少吃一点好不好？"

弟弟懂事地点了点头，咬了一口饼，但一旁的哥哥却没吃，他从饼上撕了一块下来递给妇人："阿娘，我跟墩子吃一样多就好，我不饿，你也吃。"

和离 完结篇

妇人眨了眨眼，眼中似有泪花："阿娘……阿娘修行过仙人术法，可以吸取天地灵气呢，阿娘不饿。"

妇人还是把饼给了孩子，之后牵着两个小孩往集市前方走去。

一家三口虽艰难，却互相关怀。

谢濯一直望着他们，目光再没挪开，直至那三人走到他看不见的地方，他才微微低下了头来。

我有些心疼地望着谢濯，却见他抬手摸了摸自己脖子上的石头。

我猜，他可能想到了一些过去的事情。

我左右探看，暂时从谢濯身边离开了。

我跑到集市里，东钻西窜，终于，我找到了几个正在打架的小孩！

或者说是一群小孩，他们正在欺负一个女孩，她似乎是一个与母亲走散的难民，正在被一群本来就住在鹊山的小浑蛋欺负。

此时，小女孩已经哭不出声来了。

我没有多想，直接闷头往小女孩身体里一撞！

小女孩的痛苦、无助、愤怒瞬间席卷而来，将我的灵魄包裹，我进入了她的身体。

接下来的事情就很简单了。把那几个小屁孩揍了一顿之后，我揪住为首的那个男孩："打人了，赔钱！"

鼻青脸肿的男孩将兜里的银钱摸给了我，连哭也没敢哭一声。

我揣了银钱便跑走了。

我迈着小女孩短短的腿，跑得风风火火，直接跑到了街角的位置，还好谢濯还在，那个卖饼的也还在！

我立即掏出刚到手的钱买了四张饼。

这饼又大又厚，小女孩的胳膊勉强将这四张饼抱住。

滚烫的饼贴着我的胸膛，我走到了谢濯面前。

谢濯好高，站在小女孩面前，像一座山一样。可我一点也不怕他，我眼巴巴地望着他，等他看向我。

不知谢濯是被饼还是被我吸引了，他终于把目光从他脖子上的石头挪开，看向我。

我把饼递给了他。

他愣住，没有接。

"喏，饼给你。"

开始时，他没动，却开了口："我不……"

我不想让他说话，于是一只手握住一张大饼的边缘，将饼举了起来，然后跳起来把饼塞进了他的嘴里。

谢濯似乎对我并没有防备。他一口叼住了我塞的饼，表情显得更迷茫了。

我随便瞎扯了一个由头："我听鹊山的军士们说，有个高高大大的神秘男子和主神一起在保护我们，你在这儿站了一天，一定是在保护我们吧？我不允许保护我们的人吃不饱饭！"

我说完，生怕露出什么破绽，跳起来把怀里剩下的三张饼塞到了谢濯怀里，然后立刻转身跑开了。

为了不让饼落在地上，谢濯只得嘴里叼一张，手里抱三张，勉强稳住，愣在原地。

我回头看了一眼，见他没来追我，便松了口气。

待跑到角落，我只觉浑身一松，就被挤出了小女孩的身体。

小女孩茫然地愣在原地左右探看，似乎不明白为什么打她的人都不见了。

她站起来走了两步，发现兜里有东西发出了声音，伸手一摸，掏出来了买饼剩下的钱，她愣了愣，左右张望。

她当然是看不到什么的。我将圆滚滚的灵魄逼出了一个圆圆的小手来，然后用小手轻轻拍了拍女孩的脑袋。

"多谢你载我一程。"

小女孩是没有感觉的，我也就转身离开了。

我又回到了谢濯身边。

他已经拿下了嘴里的饼，大大的手一只手抓了三张饼，稳稳当当。另一只手拿着他咬过的饼，开始一口一口地吃了起来。

我知道，谢濯自幼被全族的人供奉魂力，其实他根本不需要吃饭，但现在他还是在一口一口地吃着饼，模样很认真。

就好像……在认真对待一个陌生小姑娘的善意。

我看着他吃饼的模样，心里也跟着暖暖的。

"小伙子，饼好吃吧？"角落里，卖饼的大爷挑起担子，准备回家了。

谢濯望着大爷，点了点头。

"唉，与我家老太婆比，我还是差了点，可惜她现在卧病在床，起不来，动弹不了，不然呀，这饼更有嚼劲呢。"

大爷絮絮叨叨地说着，挑着担子走远："她可以做咱们鹊山最好吃的饼！"

谢濯没有搭腔，吃完那张饼后，拎着剩下的三张，从集市里面走过。

夕阳落在他身上，让他不像是个载满过往的孤身侠客，而像一个寻常归家的人。

我知道他要去哪儿。

他没有去找渚莲，没有去找邪神。他在鹊山安置难民的地方找到了那一家三口——妇人与两个小男孩。

谢濯将自己手里的三张饼送给了他们。他什么都没说，面对妇人的感激，他只是默默地转身离开。

他走过难民们聚集的地方，看他们带着孩子、老人，看他们与家人重逢，欢喜非常，也看他们为了未来的走向而争执。

絮絮叨叨，吵吵闹闹，无不是生活琐碎。

我飘在谢濯身后，看他离开了难民聚居的地方，也看他披着月光回首一望。

我在他耳边，轻声告诉他："谢濯，你看，这就是人间。"

我一直跟着谢濯，在小女孩身上成功契合的经历让我更加确信了我之前的想法。

找到一个正处于危急关头的人，帮他解决危机，这样就可以短暂地使用他的身体了！

有这短暂的时间已经够了。

在接下来的日子里，我用这个办法不停地在鹊山"遇见"谢濯。

在他寻了好几天邪祟，滴水未进的时候，我进入了小摊贩的身体，送了谢濯一个糖人。

谢濯吃了糖人，点头对我说："谢谢，很甜。"

我便也觉得嘴里甜了起来。

他查到了一个邪祟的线索，抓捕邪祟时被抓破了手臂。

我便进入了一个老大夫的身体，帮他包扎了伤口。

我怕弄疼他，不敢将绷带勒紧，最后只得用颤巍巍的手给他打了一个松松的结。

其实谢濯并不需要包扎，也不需要我这么小心翼翼，但他没有挑剔我什么，甚至扶"我"回了家。

还有他在集市守候时，我送给他一个小马扎；他在路边小憩时，我给他戴了一顶遮阳帽；实在没什么事的时候，我还会顺手送他一朵花。

若没有找到花，我便会在与他擦肩而过的时候，对他说一句辛苦了。

在这日复一日当中，谢濯从初始的错愕、茫然，到后来会回应，会点头以示感谢。

我看见谢濯的神色比离开冰雪森林的时候要温和沉静许多。

后来，几乎全鹊山的人都知道，这个沉默寡言的男子是主神霁请来帮助鹊山的。

所以，除了我以外，还有许许多多的人都开始用自己的善意帮助谢濯。小孩们会在集市追着他，向他学功夫，老人们会送上自己做的衣衫鞋履，他追寻邪祟的时候，军士们也都尽力在配合他。

我看见谢濯身上的"人味"渐渐多了起来。

他开始回应这些善意。

谢濯会在停下的时候，教小孩们功法，哪怕小孩们学不好。

他也会在老人为自己送上衣衫鞋履的时候，推拒感谢，虽然最后还是被衣服盖了一身。

他还会在路过军营的时候，替受伤的军士疗伤，就算之前这些军士没有帮过他什么。

在鹊山的这段时间，谢濯的内心似乎终于不再像他的故乡那样，永远被白色的冰雪覆盖。他心间的冰雪融化了，变成涓涓细流，滋养了一片春土，种子在发芽，富有生机。

我看着这样的谢濯，心中有着说不出的高兴与感动。

我想，虽然谢濯一直不爱笑，不爱表达，可他真的是个温柔的人。

纵使经历了那么多悲戚黑暗的时光，但他在面对温暖与善意的时候，依旧选择了接受与回应。

他得鼓起多大的勇气，才能将心间紧闭的花苞打开，露出最柔软的花蕊。

可我看着现在的自己，却有点着急。

以前，夏夏喜欢谢濯时，带谢濯逛了八条街，买了数不清的小玩意。

现在，这么长时间过去了，我到底还是我，没有带他逛八条街，只知道给他塞不同的东西。

我表达喜欢和爱意的方式可真是……贫瘠。

如此这般过了许久。久到我以为谢濯在鹊山寻找邪祟似乎要变成常态了。

忽然有一天，我找不到谢濯了。

我的灵魄之体也是需要休息的，通常谢濯休息的时候，我也在休息，谢濯醒了，我也醒了。

但那一日，谢濯找邪祟，连着好几天没合眼，我便跟着他飘了好几天。

他终于找到了邪祟——虽然不是渚莲，但总算把这个在鹊山隐藏得比较深的邪祟给解决了。

他休息的时候，我便跟着合上灵识休息了。

或许是我这一觉睡得太沉，当我重新打开灵识的时候，谢濯已经不见了！而且他似乎已经离开了许久，周围环境里面连他的气息魂力都完全感受不到了。

我扼腕于自己的贪睡，而后便开始寻找起了谢濯。

我寻遍了他常去的集市，又看过了鹊山的城门，还有他习惯休息的地方……他都不在。

他好像从鹊山里面消失了一样。

我搜寻无果，正在绝望之际，忽然听到身边路过的军士说："主神似乎允许那个神秘人去禁地了。"

我立马打起了精神，转头看向了鹊山山顶。

来到鹊山这么多天，我也知道了鹊山的许多传说，军士口中的"禁地"便是山顶上的那块大石头。

比起昆仑，北荒地势十分平坦，鹊山是这里最高的山了。而那块巨大的山石就是北荒最高的地方。那山石状似鹊鸟，鹊山就是因这块山石而得名的。

在那山石里面便是鹊山的禁地，听说一直以来那里只有主神霁可以去。

没人知道里面有什么。

"咱们主神在那神秘人来后没几天就说了，神秘人在鹊山行事一如主神，哪儿都可以去的，只是那神秘人之前没有去禁地罢了。"

"你说，他到底什么来头？主神不会信错人吧？他真的能解决咱们北荒这次的灾难？"

"他不能解决，主神总能解决，主神信得过的人，我便也信得过。咱们守好城门就是。听说现在外面的情况越来越不好了……"

我没有再听下去，转身便往鹊山顶上的山石飞去。

山石的"鹊鸟眼睛"处有一个裸露的山洞，山洞幽深、一片漆黑，远远看去，像是给这鹊鸟巨石点睛一样。我飞近这山洞，发现它有一丈来高，宽度足够站下四五个人。

我还想着从"鹊鸟眼睛"里面飞进去呢，忽然，我看见里面走出来一人，他堪堪停在了洞口处，正极目远眺，此人正是谢濯。

我飘到谢濯身边，围着他转了两圈，见他神色自然，身上也没什么伤，便放下了心，安静地落在他的肩头，以灵魄轻轻靠着什么都不知道的他。

"听说北荒越来越不好了。"我跟着谢濯望向远方。

此处地势高，能将下面的山林、集市收入眼底，甚至更远处，鹊山之外的北荒也能看见。

而我却看见茫茫北荒大地被一层若有若无的黑色气息所笼罩。

那是邪祟之气，这气息如此横行，只能说现在鹊山之外的北荒几乎已经沦陷。我听鹊山的民众说过，可能再过一段时间，主神霁便会关闭鹊山的城门，到那时，外面所有人都将不被允许进入鹊山。

主神霁或许是想，若以他之力守不住北荒，至少得守住鹊山。

而我却可悲地知晓，最后……鹊山也没有守住。

这里变成了不死城。

只是我现在还不知，这里到底为何会变成那样。

"谢濯公子。"

身后传来主神霁的声音。

我与谢濯一同回头，但见主神霁一袭白衣，正从谢濯身后走来。

他缓步走到了谢濯身边，谢濯对他微微点了下头，算是打过招呼。

"这里没有发现邪神踪迹吗？"

"没有，这里的气息比外面还要干净。"

主神霁微微皱了皱眉头："此处乃鹊山灵脉，他竟然没有来过这个地方……如此行事，倒让我有些看不穿他这次到底要什么了。"

数千年前，八方诸神齐心协力，终将邪神封于深海极渊。那一战后，诸神折损殆尽，仅余十位。

主神霁与西王母便是在那一战中活下来的主神。他们都与邪神交过手，知晓邪神的习惯。

"他以前如何行事？"谢濯问了一句。

"杀主神，断灵脉。"似乎想到了过去的事，主神霁神色沉寂了片刻，"毁掉一个地方的灵脉之后，那里的人便再无魂力来源，无法与他相斗。"

"但这次，他似乎并没有这个打算。"主神霁道，"此前，我日日来此探查，还以为是他善于隐蔽，我难觉端倪，所以寻了你来，你对邪祟气息如此敏感，但也未感应到，想来他是当真没有来过。他这次……到底想要什么？"

谢濯垂眸，思索了片刻："此前，他的灵魄欲将我变为他的躯壳，他与我在这副身体之中相斗，最后他输了。"

主神霁神色微微一愣："他输了？"

谢濯点头："他逃出明镜林时已很虚弱。"

主神霁有些不可置信地看着谢濯。

我是明白主神霁为何惊讶的。

在昆仑的传说里、世人的口中，邪神的力量几乎是不可被战胜的。

此前，诸神与邪神相战，也不过是封印他于极渊，而今，邪神灵魄被重新召回，哪怕只是灵魄，他也应当强于这世上所有的灵魄。

但谢濯却说，邪神输了。

在一个被邪神创造出来的躯壳里，邪神与谢濯的灵魄相争，邪神却输了。

邪神变得虚弱，狼狈逃出……

"方才我探灵脉便知，鹊山灵脉强大，如今，恐怕他没有办法来断这灵脉。而且……"

谢濯看向远方，漆黑的眼瞳里映出了外面的天色。

"他逃出去后，沿路放出邪祟之气，不停地制造邪祟、怅鬼。又借他们不停地制造混乱，扩展了邪祟之气。我想……他这次从极渊归来后，目的应该变了。"

"以前的路走不通，他现在应该想要人，而非灵脉。"

意在人，而非灵脉……

主神霁往山下望去："你是说，他想用邪祟之气把所有人都感染，如此，哪怕天下灵脉皆在，也没有人可以与他抗衡……"

谢濯点了点头。

霎时，主神霁的面色白了几分。

他们如今说的场景便同之前的昆仑一样。

天下都是邪祟之气，所有人——蒙蒙、吴澄、昆仑的守备军——都被邪祟之气感染了。

剩余的主神们在昆仑之巅欲吸纳天下邪祟之气，但失败了……

可以说，我来这边之前的那个时空已经被邪神占领了，诸神与所有人皆败于邪神。

"此间事宜，我须告知其余主神，谢濯公子，找出邪神并制衡他，恐怕非你不可。我只能在此，代其余主神先叩谢你。"

"不用谢我，这是我本来就要做的事。"

谢濯说着，转身离开，主神霁却又在他身后开了口。

"公子。"

谢濯脚步微顿，回头看他。

洞口逆光处，主神霁站在那方，身上似有神光："我听闻，你来了鹊山之后，对鹊山民众多有帮助，可我第一次见你，却并不认为你是会如此行事的人，为何你在鹊山会有如此改变？"

我听到这话，心觉奇怪。

怎么？谢濯帮你们鹊山的人还成什么过错了吗？值得主神你这般询问？难不成，还能是邪神入了谢濯的身体，在操控他帮你们鹊山的人？

我有些不满地盯着主神霁。只觉现在的自己护短得有点不理智，简直听不得别人对谢濯有一丁点的误会。

而谢濯反而比我坦然许多，他似乎想都没想，直接开口道："鹊山的人对我很好。"

"只因如此？"

谢濯沉默了片刻，再次开口："我幼时，常觉自己比他人幸运。"

我望向谢濯，主神霁不知道他的幼时，但我却是知道的。而他此时却说，那样的童年，他觉得，自己比他人幸运。

"或有冰雪、烛火、暖风、夏花偏爱于我。"

我愣住……

冰雪……烛火……暖风……夏花……

"所以，我便感激清风、暖阳、明月……我目之所及的风光。

"后来，小狼来了，我便感激生灵。"

"再后来，到了鹊山，"他望着主神霁，又说了一遍，"鹊山的人对我很好，我便也想回馈一二。"

所言不多，道尽他过去的时光，却只字未提苦难。

此时我若有一双眼，我想，必是红了眼眶的。

忽然，我感觉我的灵魄来到这个时空，并不是主神们的失误，而是上天的旨意。

一定是有特别的缘分，所以我才来到了他的幼时。

成了冰雪、暖阳，做了夏花、清风。

我也忽然明白，为什么在多年以后的那个雪竹林里，谢濯会救下那个"素昧平生"的我，是因为他还在回馈这世间的善意。

或许是我想错了，他的内心从来不似他的故乡，一直被冰雪覆盖。

他一直……

都在花开。

北荒的情况还在继续恶化，而鹊山已经无法容纳更多的人了。

主神霁终于下了命令——封闭鹊山。

彻底关上鹊山城门的这一天，鹊山城门外，未获准进城的人全部在冲击城门，有悲泣，有哀号，有人声嘶力竭，有人绝望地回过身走向已被邪祟之气吞噬的北荒。

城门前惨状难诉，宛如人间炼狱。

而主神霁并没有回避，他站在城门之上，看着人们求生与挣扎，忍受愤怒的人们的辱骂与唾弃。

他没有说话。

他好似真的变成了庙宇里的神佛，听尽了众生的苦，却只半合眼眸，悲悯不言。

而从那以后，鹊山之内的气氛也开始变化了。

集市上不再热闹，无人再出售粮食药品。收容难民的地方，难民们既庆幸自己得到了鹊山的庇护，又对未来充满了迷茫。

军士们每天都在巡逻，但士气却总是低迷。

唯一不变的好似只有谢濯。

街上没有追着他学功法的小孩，没有给他送衣帽的老人，但他还是坚定地做着自己该做的事——在巷陌寻找渚莲与邪祟之气的痕迹。

我日日飘在他身边，现在街上寻不到鹊山的民众了，我便会去军营里面转上两圈，看看能不能寻到一个契合的人，短暂地借用一下他的身体，去与谢濯道一声"辛苦了，保重身体"。

这一日，谢濯正好去了军营附近探查，我便飘入了军营之中，试图找个有缘人。

而我入了军营，正巧看见主神霁也在营中，他似乎与鹊山几位主管军营的上仙有事商议，他们入了主营。

于是我就飘去了军营角落，寻一寻有缘的小兵。

这一寻，还真让我寻到一个。

小兵瘦弱，似乎还是个少年，刚入鹊山军营不久的样子，脖子上系的领还是青色的。他没有像其他军士一样，在外面巡逻或者训练，而是缩在角落里，抱着自己的膝盖，不停地发抖。

他将脸埋在膝盖里，我看不到他的面容，可我却听到他在不停地呢喃自语："我好怕……我好怕……我不想变成外面的人那样……"

少年年纪轻，在这样的大环境下，难免害怕惊惧。我有些同情他，便试着代入他惧怕的心情，慢慢地向他靠近。

我本以为，凭着他的害怕和我的同情，不足以让我的灵魄与他相契合，但没想到，当我飘到他身边的时候，却仿佛有一股吸引力，直接将我的灵魄一下子拽进了他的身体里！

这是此前从未有过的情况。

当我的灵魄融进他的四肢百骸之时，我倏尔感觉心间一阵紧缩，一股熟悉的感觉攀附而来！不是寻常的温暖与沉重，而是一股冰冷潮湿的气息，顺着这副身体，沿着我们相连的经络，眨眼便刺痛了我的灵魄！

这是……邪祟之气！

这个少年身体里面有了邪祟之气！

我立即想要离开这副身体，但我发现自己的灵魄仿佛被这身躯里的经络缠住了！

那些邪祟之气让这副身体抽搐、颤抖，少年本来的灵魄也在我进入之后，开始惊声尖叫起来："我害怕！我不要变成那样！我害怕！"

我一边听着他的尖叫，一边感觉到这副身体完全不受我控制地站了起来。

在少年充血的眼睛里，我看见这副身体冒出了黑色的邪祟之气，气息撕裂了他的皮肤，从破裂的皮肤下冒了出来。

"啊！"

"别叫了！"

我在少年的身体里，以灵魄的意识吼他。但他完全控制不了自己。

他抬起手摸了摸自己的脸："我不要，我不要！"

我继续喝止他："你先冷静下来！"

上次在不死城，我被邪祟之气入体过，我记得那时候，谢濯一直让我保持情绪的稳定。

于是我便吼这个与我同在一副身体里面的灵魄："你必须控制自己的情绪！"

"我好害怕！我控制不了！"他好像反应过来了，"你是谁？你为什么在我脑子里？你是不是要害我的妖邪！啊啊啊！"

这是我第一次在一副身体里与这副身体本来的灵魄对话。

我也有些无措，但还是强作镇定地指挥他："我想救你！邪祟之气可以消除，你不要失去理智，先把你身体的控制权夺回来！"

"我害怕！我就是怕！"

少年翻来覆去就是这句话，给我听急了。

我当即心神一沉，想着，既然逃不出去，那我便彻底融入这副身体，帮他压制邪祟之气吧！

我放任灵魄被邪祟之气拖曳着，融入这副身体的每一条经络。直到指尖末端被这阴冷的感觉占据之后，我抬起一只手，结了印，想以昆仑术法聚集周围环境的魂力，控制这身体里的邪祟之气。

但当我开始聚集周围魂力的时候，却觉心尖猛地一痛。

大脑里，少年的声音又开始哀号："好痛！你在做什么？你这妖邪想杀我！"

我没搭理他，再试了一次，心头果然传来撕裂的痛感。

这副被邪祟之气掌控的身体，无法正常凝聚魂力。现在的我无法祛除这身体里的邪祟之气……

绝望之时，我忽见面前白光一闪，一人双指为剑，轻轻地触了一下我的眉心。

霎时，宛如清风过境，荡去一切污秽。

身体里少年的尖叫声小了下去，我内心也得到短暂的清明。

我抓住这个时间，甚至没有看面前站着的人是谁，直接用了昆仑的术法，将我还能感知到的身体里剩余的邪祟之气驱逐了出去。

做完这个动作，这副身体立即往地上一瘫，无力得连站也站不稳了。

"昆仑的术法？"

我微微仰头，逆着光，望见了面前的主神霁。

果然是他……

虽然这身体里的邪祟之气已经被我祛除了大部分，但在经络与灵魄相融之处或许还有残留，我的灵魄被粘在了这副身体上，无法自由地脱离出去。

我动了动嘴唇，现在连说话的力气都没有了。而且，就算能说，我也不知道该说些什么。

一个鹊山的低级军士为何会使昆仑上仙的术法？别人看不出我用的是什么，主神霁会看不出吗？

"答话。"

两个字，附带着主神的神力，将这副本就虚弱的身体震得仿佛要散架。

我想，我再不挤出几个字来，主神霁可能真的会把我当成邪祟，一刀砍了……毕竟这副身体方才已经冒出了黑色的邪祟之气。

我只得用尽全力撑住脑袋，颤巍巍地盯着主神霁，开口道："我……我还有救……"

现在千万别砍！

再给我点时间！说不定我能把所有的邪祟之气从这副身体里面推出去……

主神霁眸光寒凉，又问了一遍："你为何会昆仑的术法？"

他说的每一个字都附带着神力，我的五脏六腑仿佛都要被这神力震碎了。

我望着他，答不出话来。就在我以为自己要被主神霁周身越发浓重的神力挤死的时候，旁边倏尔传来另外一道声音。

"他说，他还有救。"

这声音一传到我的耳朵里，我的眼眶立即就红了，我巴巴地望向一边，盯住了站在主神霁身后的谢濯。

谢濯侧头看了一会儿我的眼睛，随即转头对主神霁道："他没什么邪祟之气了。"

"我知道，他用昆仑的术法祛除了。"主神霁道，"他不该会昆仑的术法。"

谢濯望向我，仿佛在说，你解释解释。

我立即道："我……以前遇见过昆仑的仙人，是他们教我的。"

主神霁眉头微微一皱，似乎并不相信我的话。

而谢濯却走到了我身前，他蹲下身子，伸出手探上了我的脉搏。

我胸口一跳，望着靠近的谢濯，没有说话。

谢濯收回了指尖，转头对主神霁道："放灵气入脉搏，能探到还有一些邪祟之气，很微弱，或许真的是……"

"或许是！"

我赶紧抢了谢濯的话头，我觉得如果让这个大宝贝再说下去，主神霁可能真的要砍我了！

"但给我两天时间，我或许可以把身体里的这些气息祛除干净。"

我撑住自己的精神头，嘶哑着嗓音说："我会昆仑术法是很奇怪，但昆仑是仙家地界，西王母是正统主神，昆仑术法也不是什么妖邪之术，我确实也是一个鹊山军士，如果我可以救自己，那至少……你们不要误杀……可以吗？"

一番抢白，两人沉默下来。

谢濯似乎在认真思索我说的话，末了，他似觉得很有道理地点了点头。

我咽了一下口水，又抬眼瞥了主神霁一眼。

但见主神霁收了杀气，却有些微妙地微微眯着眼打量我。

我不知道他这突如其来的打量是怎么回事，只得静静等待他的审判。

"既然如此，"好一会儿，主神霁开了口，"我带回去细细探查一番。"

嗯？主神霁带我回去？

我立马看向谢濯：不要吧，我想跟你走。

谢濯却好似完全没有看明白我的眼神，直接点头答应了。

"你带回去好好查。这两日，我去鹊山外探探。"

"好。"主神霁道，"留在你项链上的术法可以让你自由出入我的结界。"

谢濯点点头，转身离开，空中只留下了他的话语："两日后，我再来探他的脉搏。"

嗯？这样就商量好了？

我只得瘫坐在地，巴巴地望着谢濯走远，而一回头，一只手直接将我从地上拽了起来。

主神霁望着我说："鹊山石镜正好送回了我殿中，你再去照照吧。"

嗯？

照石镜就照石镜，可你这个"再"字是什么意思？

第十八章

困兽之斗

我被主神霁带到了鹊山大殿之上。

确实如他所说，那本放置于城门口的石镜，现在已经被搬了回去，放在大殿正中。

我以这少年军士的身体走到殿中，还未等那石镜照到我，我便闪身躲到了一边。

我的动作可能有点大了。主神霁转头打量我。

我顶着主神霁的目光，熬了一小会儿，紧抿的唇到底没顶住压力，我张开了嘴："不用照了。我是占据了这副身体。但我不是邪祟。"

而让我意外的是，当我主动承认的时候，主神霁却挥手直接将大殿所有的门都关上了。

我的周身也隐隐闪出了一道薄弱的光芒。

我愣愣地望向主神霁："你给我施了什么术法？"

"隔绝你与外界所有关联的术法。"

"啊？"我没理解，"为何？"

"怕你身体里的邪祟之气让邪神察觉到端倪。"

我一惊，心想，确实有这个可能。

虽然主神霁将这些邪祟之气除了一大半，我也除了一些，但还有些粘着我的灵魄。

邪神那么敏锐，全天下的邪祟之气都来源于他，万一他通过这一丝半缕知道了我的存在，不知会不会影响未来……

切断我与外界的联系自然最好。

只是……

"你信我不是邪祟？"

"之前我们见过吧，"主神霁答非所问，却一针见血，"阿枸姑娘？"

我噎住了。

主神霁这么敏锐聪慧的吗？相比之下，谢濯好似有点憨了，都没认出我来。

不过，谢濯对这个世界的认知肯定不如主神。

我好奇："你是怎么……"

"相遇时，你踢开邪祟使的是昆仑的身法。"

主神霁说的是我们相遇的那天，我进入了那个小姑娘的身体，踢飞了变成邪祟的人……

只临危一脚，就被记住了吗……

"那天你看到了。"我摸了一下鼻子，"今天又看到了不该会昆仑术法的军士用了昆仑的术法，所以才会猜测是我吧？"

"这是其一。其二，鹊山的军士我都认得，你的语气和神态与这少年相差太远，哪怕他被邪祟之气入体，也不会如你这样。"

是……

我心想，你们鹊山的这少年军士可比我会叫唤多了……

"此前，让我有过疑惑的只有那日的少女。"

"确实，那日也是我……"

"你现在承认得倒是很快。"

我沉默了一会儿："不能让谢濯知道。"

主神霁打量我："你与谢濯公子有何渊源？"

我望着主神霁，在他没有杀意的时候，他的眼睛都是带着一点慈悲的，这一点来自神明的凝视让我几乎张嘴就要说出我的苦难。

我想将我的过去，或者说，他们的未来，都倾诉而出。

但我知道，我不可以。

将这些事告诉他，可能会影响未来，而我不愿冒这样的风险。

我只能保守行动，让时间走到我与谢濯和离的那一刻，然后用尽全力去改变。

"我不想骗你，但我也不能与你说实情。"我注视着主神霁，诚实地说道，"我只能告诉你，我不是邪祟，我的灵魄到这里来只有一个目的……"

"我想守护他。"

我与主神霁四目相对，此时此刻，我对他探究的眼神毫不回避，我说的是实话，是最真挚的随心之言，我不怕任何神明的凝视。

片刻后，主神霁微微挪开目光。

"你如何能以灵魄不停地借用他人身体？"他问我。

我反而有些惊讶了。

"你不知道？"

我在不死城遇到的那个主神霁，可是在多年的时间里都以灵魄之体不停地与他人契合。我没有找到诀窍的时候，还羡慕过主神霁对这世间的人的共情能力呢！可他现在却一脸茫然地看着我。

"我为何会知道？"他道，"我从未见过灵魄之体能如此借用他人身体的情况。"

他的话让我惊呆了。

难道……以灵魄借用他人身体的这个方法竟然是我发现的？

我有些愣怔，但其间缘由又无法坦言，我只得老实说了自己的办法："我的灵魄……由于一些很特殊的原因，从身体里剥离出来了。我没有身体了，一直以灵魄之体在这世间飘荡。借用他人身体只需要与他人灵魄契合即可。"

主神霁微微皱了眉头："万物有灵，世间众人，灵魄各不相同，此乃天生天造，你如何能与他人的灵魄契合？"

看来他是真的不知道，但他之后明明要做这些事情的。

我还是告诉他吧。

"万物有灵，但其实只要真正地理解他们，完全感知他们的情绪，便可与万物的灵魄契合。"

我想着进入瘸腿小狗身体里的那个画面。那是这么久以来，我唯一一次被另外的灵魄完全接纳的过程。

主神霁微微摇头："这不可能做到。"

"确实很难。此前我也只成功过一次，还是在简单的生灵身上。

但是最近，我在人的身上找到了捷径。"

"捷径？"

"对，人的爱恨很难完全共情，太复杂也太晦暗，可能他们自己也看不明白自己。但危急关头的恐惧、害怕、绝望等情绪却是强烈而且清晰的。只要找到在这样关头的人，便可短暂地……"

我没说完。

因为主神霁看我的眼神已经很不对了。

"你最好停止。"

我愣住。

"为什么？"

主神霁沉默了许久，才道："邪神的由来，你可知晓？"

我摇头。

昆仑的书里、世上的传说中都只说邪神是天降逆劫，并没有细说这天为何会忽降逆劫。

主神霁再次沉默了许久，终于开口："他的灵魄便是由诸神的贪、嗔、痴、绝望、恐惧……还有所有的恶念凝聚而成的。"

我震惊地愣在原地。

邪神……是诸神的恶。所以，他们与邪神的一战才会以那么多神明陨落而结束。

"你现在走的是邪神的路。"

我张了张嘴，一时无言。

我走的……是邪神的路？

我操控身体，抬起手来，看了看自己的指尖，有点不可置信。

"或许你身体里残留的邪祟之气并非邪神的气息，"主神霁看着我，开口道，"而是你的灵魄因为你之前的所作所为而生了邪祟之气。"

所以……将我的灵魄粘在这副身体里的不是少年军士身上残留的邪祟之气，而是我灵魄里生长出来的邪祟之气。

不是少年军士想留住我的灵魄，而是我在无意识里，想侵占这副身体，就像邪神盯上了谢濯一样，渴望拥有一个……躯壳。

我猛地打了一个寒战。

"我会……变成邪神那样吗？"我声色难掩颤抖，"我会彻底……变成邪祟吗？因为我自己？"

"如此论断，尚早。"主神霁道，"世间也不是非黑即白，你既可自生邪祟，亦可凭自己的心性祛除邪祟。"

我点头，压住心头的后怕："还能挽回，幸好……"

"只是……"主神霁神情严肃地望着我，"以后，你切莫再用这便捷之法借用他人身体了。"

"你若当真完全共情理解他人，或许此法是正道，但你急功近利寻此偏门，探的便是他人心底的阴暗，长此以往，哪怕你心性坚定，也定会受影响。"

我低头："我知道了，世间没有捷径可走，是我心急了。"

见我诚心认错，主神霁便未再数落我。

"只是……或许是我的灵魄生了邪祟，我与这副身体的经络好似粘在了一起，我暂时无法离开这副身体。"

主神霁思索片刻："那先清除你灵魄之中的邪祟之气，你此前学的是昆仑的功法，我鹊山的心法恐怕与你不合，我便不教你了，你想想昆仑可有静心之术，你大可在此调息，祛除邪祟之气后，你自行离开即可。"

"昆仑心法有的。"

我当即寻了个地方盘腿坐下，开始吟咒之前，我看了眼主神霁，但见他还在打量我，便有些不好意思地开口请求："我的事可以不告诉谢濯吗？"

他眉梢微动，片刻后颔首，却又轻声道："他说的夏花、冰雪是否有你一份助力？"

我一怔，没想到主神霁会问出这话。但下一瞬，却也因为他的温柔和细心察觉，而心神震颤。

主神霁……真的很敏锐。

此后他在不死城中真正地做到了不可能做到的事——与另一个人完全共情，完全理解他人，感知其悲欢爱恨。

所以……那么多年后，他才能练就出主神里最悲悯的眼睛。

我闭上眼，静静打坐。

"多谢神君信任与体谅。"

我在鹊山主殿中静心打坐。

修行之时，如入心流之境，时间流逝得飞快。我只觉时间过了须臾，待再睁眼时，殿外却已经是一片夜色。

殿中烛火微暗，我内探气息，只觉灵魄与这身体里的经络似乎已经能稍稍分开须臾，相互连接的地方变得少了一些。

主神霁所说的方法果然管用，能祛除我灵魄中的些许邪祟之气。

知道自己有救，我心中暗喜，却忽然听到殿外传来嘈杂之声。

我刚抬起头，便见大殿的门轰然倒下。

我一惊，立即侧身跳开，若非我反应快，这大门恐怕已经砸到了我身上。

"这是怎么……"我话还没来得及问完，但见谢濯一只手持剑，另一只手扛着主神霁，神色肃穆地踏进了殿中。

"谢濯？"我惊诧地唤了一声。

谢濯将主神霁扛到殿中放到一边，听到我的呼唤，看了我一眼，不过上下一打量，似根本没时间与我多说什么，转身疾步迈了出去。

他离开时，一挥手，一道结界屏障在殿外张开，将整个大殿护住，而他的身影则消失在了外面茫茫夜色之中。

我走到主神霁身边。"神君？"我有些惊讶，但见主神霁肩上背上都有带血的伤口，"你为何会受伤？外面发生了什么？我打坐了多久？"

主神霁撑住身体，盘腿而坐，一边调理内息，一边拿出了怀里的鹊山之心。

"已有两日，鹊山守不住了。"

我闻言大惊，看向殿外。

透过谢濯的结界，这才隐隐看到，外面天空之中升腾起了浓厚的邪祟之气，铺天盖地，宛如暴雨将来时的黑暗。

我有些不可置信："不过两日！为何会恶化成这样？"

"鹊山之外的伥鬼、邪祟不是他的目的，让所有人惊惧不安才是他的目的。"

"只要人心涣散，失了定力，他便可轻易地潜入每个人的心里。这些日子，我与谢濯公子四处寻他，遍寻不着，而他却早已潜入了惊恐的人心底，只待时机成熟……"主神霁长叹一声，"便是今日之局。他赢了。没有修行过的人根本无法抵御。"

我紧抿唇角，想到了被邪神掌控的昆仑，还想到了谢濯的故乡……

同时，我也更加理解，为什么在建起不死城之后，所有主神要联合起来封锁邪神的消息。

因为……不能再让大多数人陷入不安之中。

"不能让鹊山的人往外走了。"

主神霁说着，染血的手紧紧握住了鹊山之心。

我猜到了他要做什么，只是没想到竟然会来得这么快。

"你退到一边，尽快清除灵魄之中的邪祟之气。"主神霁盯着我，眼神中尽是决绝，"然后离开鹊山。"

我沉默下来，不敢耽误，立即退到了一边，盘腿坐下，口中吟诵静心咒。

然而此情此景，我如何静得下心来。

我看着面前的主神霁手中捻诀，鹊山之心自他掌中升起，小小的石头却发出了如太阳一般耀目的光芒。

与此同时，在主神霁身下，一个巨大的阵法铺展开来，霎时间，光耀千里。

我感受到地面在剧烈地震颤，大殿之中，梁柱晃动，殿外远方倏尔传来山崩地裂一般的轰鸣之声。

天空之中，雷电撕碎了漫天邪祟之气。

我瞪大了眼睛，不可置信地看见整个鹊山的大地都在龟裂，它们一层一层地飘浮起来。

一块巨大的石头也诡异地凌空飘浮着，它奇异的形状让我一眼认出，那便是鹊山之巅的巨石。

此时，这块形似鹊鸟的巨石正与其他鹊山的山石一同飘浮在空中。

阵法继续旋转，大殿开始撕裂，梁柱分崩离析，瓦片更是化为沙砾。

狂风之中，电闪雷鸣之下，除了鹊山之心所在的阵法，以及包裹着我与主神霁的结界，外面的一切——地面、房屋、树木——都飘了起来。

鹊山之心越来越亮。

我耳边，主神霁吟诵咒文的声音越来越大，仿佛要随着阵法的光芒涤荡北荒。

随着一声晨钟一般的声音响起，所有飘浮在空中的东西都向远处而去。

轰隆隆的巨响中，那些碎开的山石、屋瓦全部如雨点一般从空中落下，却又各有规矩地组建在北荒的大地上。

一层层，一道道，我在这半空的阵法上，看见一座"环城"在北荒大地上拔地而起。

不死城……原来是主神霁撕碎了整个鹊山建造的。

那高高矗立的巍巍城墙、那刻有"诛尽邪祟，不死不休"八个大字的城门都是他用鹊山的灵脉、山石、草木……建造出来的。

主神是守护一方的神。

他用自己守护了一生的地方建造了一个囚困邪祟、伥鬼的牢笼。

他还将守着这座牢笼之城千百余年。

那时，城墙上会钉着无数修行者的身躯，城墙下会累积数余丈白骨……

而他也会一直在城中与邪祟不死不休地争斗。

我在鹊山崩塌时望着他，却好似望见了鹊山永远笔直的脊梁，哪怕千百余年以后，也未曾折去半寸。

主神霁催动着术法，鹊山的草木山石都逐渐变成了"不死城"的坚壁。

不一会儿，连我们所在的鹊山主殿都被掏空了，身下只剩下了主神雾的阵法还在运转，我与主神雾坐在这光芒阵法之上，几乎悬浮在了空中，四周围绕着谢濯的结界。

整个鹊山与北荒融为一体，在北荒之上，环城慢慢显出了它未来的壮阔与巍峨。

我看着撕碎鹊山的主神雾，眼眶隐隐发热。

我努力让自己静下心来，不停地在心中吟诵昆仑的静心术法。

此时此刻，我只想尽快祛除灵魄里面的邪祟之气，我不希望再给北荒或者这个世间增添任何一缕邪祟之气。

而就在我渐入正轨之时，忽然，我听见下方地面传来了诡异的风声，风声越来越大，已经到了让我无法忽视的地步。

我睁眼一看，骇然发现，此时，空中竟然飘浮了无数身染邪祟之气的人！

这些人并非陌生面孔，他们都是……鹊山的子民！

当真如主神雾所说，短短两日之内，邪神便控制了所有的人。

邪神现在的手段比在雪狼族故乡——明镜林时要高明许多，被他控制的人已经完全没有自我意识了。

他们被黑色的邪祟之气拉扯着，犹如提线木偶，飞上了这半空之中的阵法，宛如飞蛾扑火，又好似飞蝗过境，铺天盖地地扑上前来，"轰"的一声撞上了谢濯的结界！

结界挡住了他们的第一次攻击。而他们狰狞愤怒的面容，通过透明的结界让我看了个彻底。

他们无所不用其极地攻击着谢濯留下来保护我与主神雾的结界，有的用邪祟之气，有的用刀剑，还有的用手、用牙……

他们想撕开这结界，冲进来将我和主神雾……或者说，只是将主神雾撕碎。

操控他们的邪神似乎知道了主神雾的意图，他在尝试阻止不死城的建成。

谢濯布下的结界很坚固，但谢濯不在，他的结界便无法持续抵挡这毫不间断的攻击。我看见有一处出现了破裂的痕迹，而那些被控制的人似乎也看见了。他们一窝蜂地拥过去，疯狂攻击那个破裂

和离

完结篇

之处。

我知道谢濯一定是在下面被更多的邪祟缠住了。

主神霁还在专心施术建城，他无法分心，在这里，只有我能守住主神霁。

不死城一定要建起来。

我站起身，拔出了少年军士腰间的剑，挡在了主神霁面前，全神贯注地盯着结界破裂的地方。

我调动自己身边能调动的所有魂力，将其充盈到四肢。

"咔"的一声……在结界裂出一条缝隙的一瞬间，一缕黑色的邪祟之气便立即冲了进来。

我将魂力灌入剑中，斜斩而下，一击斩断第一缕邪祟之气！

随后，没有任何可以喘息的时间，结界的缝隙裂得更大了一些，我凝神守住主神霁，又是一剑，斩了从缝隙里挤进来的一个小孩。

我没有时间因为他是个小孩而动恻隐之心。

我只知道，若在这里守不住主神霁，那么未来，不知有多少小孩会变成这样。

结界破得更大了，我护在主神霁身边，来一个斩一个。

我只觉得，这一日，我斩的人比之前在昆仑的任何一天都要多。他们死后没有鲜血，全是邪祟之气，充盈在我周围的空间内。

我感觉身体里原本没有清除干净的气息也在躁动，但被我一力压下。

不知过了多久，不知挥了多少剑、斩了多少人，我几乎快撑不住了，这少年军士的身体也快撑不住了！

我开始受伤、被咬、被斩破手臂，还被邪祟之气撞击了胸膛，但我勉力支撑，愣是没有让任何一个邪祟碰到主神霁。

可我知道自己已经是强弩之末了。

我……

一缕黑色的邪祟之气将我击飞，我狼狈地摔倒在地，几乎滚到了结界的另一边，在我身后，尚完整的结界挡住了外面不停拍打嘶吼的邪祟。

而我抬头一看，一个少女手持长剑，直直刺向阵法中心的主神霁。

我双目惊瞠，几乎没有喊出声的时间，只觉身边一阵风起。结界光芒大作，补上裂缝的同时，一柄剑刺穿了那个少女的胸膛。

是谢濯及时赶到了。

他挡在了主神霁身前，手里的剑透了少女，还未拔出。

我挣扎着站起身来，向谢濯走去。

我以为他会很痛快地抽出剑来，但直到我走到他身前，他也未将剑抽出。

我看着谢濯，随后将目光挪到了那个少女的脸上……

那是一张熟悉的脸。

我借用过她的身体，我用她的手握住了鹊山城门处的一支笔，写下了"谢濯"两个字。

而如今这个少女还是被邪神控制了，成了毫无意识的邪祟。

谢濯亲手杀了她。

"谢濯。"我嘶哑地唤他的名字。

他的瞳孔微微颤抖了一下。

我用剑撑住身体，一步一步走到了主神霁身边。我背对着他与主神霁，持剑面对被挡在结界外的狰狞邪祟。

我说："他们的性命已经被邪神夺走了。"

我不忍心去看谢濯的神色，强行命令自己冷静、克制，我几乎毫无波动地继续开口。

"纵使煎熬，也要继续。继续战，继续爱。"我咬牙，不让自己露怯，"爱自己，也爱这世间，一切都会好的，我们会赢的。"

这一次，一定会赢的。

谢濯没有回应我的话，但我听见了他抽出长剑的声音，少女的身体被撕裂，邪祟之气从她身体里涌出，她在谢濯面前变成了黑色的烟雾。

一如之前他所有的族人一样。

"守好他。"

谢濯留下三个字，我看到空中结界光芒一闪，骤然缩小了一圈，就在这一瞬间，谢濯从结界里面冲了出去。

在外面的邪祟尚未反应过来之时，他已经开始大开杀戒了。

这已经是第二次了。

但这一次，他手中斩的是曾经给过他温暖的鹊山子民。这些人远远多过雪狼族的人。

远处，不死城似乎快要建成，环城城墙的高度与我记忆之中的已经很接近了，几乎要与这处主殿位置的高度平行。

而在铺天盖地的邪祟之气背后，我隐隐看见天色破晓。

原来，我们已经鏖战一夜。

原来，不死城是主神霁一夜建成的。

最后，当巨大的城门落成时，我看见主神霁身前飘浮着的鹊山之心倏尔光芒暗淡，随即一声脆响，在主神霁面前分崩离析。

主神霁身形微微往旁边一偏，我立即上前扶住了他。

"神君，城建好了？"

主神霁面色煞白地点了点头。

而就在此时，之前外面一直疯狂攻击结界的邪祟全部停止了下来。他们诡异地飘在空中，模样比刚才的疯狂更骇人几分。

我拿不准邪神要做什么，只得继续守着主神霁，身体微微挡在了主神霁前方。

结界中，光芒一闪，谢濯回来了。

邪祟不再攻击，他也觉得奇怪。他回头看了我与主神霁一眼，见我们都没有异常，便充满戒备地看着外面的邪祟。

而主神霁却并没有停下来，他虽然虚弱到了极致，但仍旧调动内息，于手中掐了一个诀。

他开口："鹊山之心已毁，鹊山灵脉尽断。北荒中，此城里，再无魂力，幸存鹊山仙者不得出此城。遇邪祟，必斩之。"

他声音不大，但我知道，他通过手里的诀，将这些话传遍了整个北荒。

他在告知北荒中还没有被邪祟之气掌控的修仙之人他们的使命。

而在主神霁的话语传出去之后，围在结界之外的那些邪祟都诡异地咧开了嘴，他们盯着结界里的我们，桀桀地怪笑了起来。

他们的笑容与声音令我毛骨悚然。

我正脊梁发寒时，但见他们又异口同声道："霁，你以此城困我，你们也永远出不去。"

这场面实在是令人毛骨悚然，而谢濯与主神霁却并无半分退缩。

主神霁微微推开我，然后坐直了身体。

但听邪神操控着所有邪祟继续道："我的邪祟之气不死不灭，而你主神肉体，纵使长寿绵延，却也终会消亡。这场困兽之斗，我迟早会赢。"

主神霁神色淡漠，全无人色的脸更添了几分神性。

他深吸一口气，似乎在留恋鹊山的最后一缕气息。

"那便，不死不休。"

随着主神霁话音落下，那一瞬间，他的身体发出了与鹊山之心一样的光芒。

谢濯错愕地回头。

邪神似乎被光芒灼伤，无数邪祟在空中尖厉嘶叫。

炼化神的肉身成为灵魄之体。

与邪祟，不死不休。

这一幕就这样在我毫无准备的时候发生了。

神明炼化己身的光芒穿透我的身体。一刹那，我感觉我的灵魄之中，那些无意间滋生出来的邪祟之气被击溃了。

少年军士的身体与我的灵魄再无粘连，我的灵魄像是被一阵清风从他身体里刮了出来。

光芒穿过我的灵魄，我感到了比阳光更温暖的温度，比春风更柔软的轻抚。

在这一刻，这光芒和着远处的朝曦，仿佛涤荡了世间所有黑暗。

结界之外，所有变成邪祟的人也在这光芒之中消散了。

而在这一片光芒之中，我看见一个黑色的影子飞快地从所有邪祟身后窜了出去。

那个背影！是渚莲！

"谢濯，抓住他。"

谢濯的身影伺机而动。

我生怕跟丢谢濯，立即蹿到了谢濯的身边，随他一同追去。

在跟随谢濯离开的同时，我转头看了一眼还在半空阵法中的主神霁，他周身的光芒如同涟漪，在整个北荒荡开。

扫去了那些邪祟，扫去了空中的黑云，这是主神霁以主神之身做的最后一件事。

"邪神在北荒积聚之力已被我清扫。"主神霁的声音似乎从远处传来，"他若被困此城，便于此城中与他缠斗；他若逃出此城，谢濯公子……"

"我会除他。"谢濯低声回应。

而后，主神霁再无声音传来。

我只看见谢濯的石头项链上蓝光一闪，似乎有什么术法隐在了里面。

谢濯一路追随渚莲的身影来到了不死城外。

此时，主神霁身上晕开的光芒已经蔓延到了不死城城墙上方。

我看见一个巨大的结界在不死城上方形成。

与此同时，不死城城门上也逐渐出现了"诛尽邪祟，不死不休"八个大字。

字迹清晰，铿锵有力。

不死城外，风雪翻飞，光芒从空中落下，渐渐在不死城的最外围布下了一个透明的结界，将风雪挡在了外面。

这便是不死城的第三道防线，将整个不死城罩在其中。

从此往后，这座城只进不出。

而我却在这风雪结界落成之前，看到那个人影钻入了外面的风雪之中。

谢濯紧追其后。

在他冲到风雪结界前的时候，那结界已经彻底落了下来。

我心道不好，谢濯不会被主神霁拦住了吧！我刚产生担忧，便见谢濯直接闯过了风雪结界，把挂在他身上的我也一起带了出去。

谢濯没有回头，一路追着渚莲而去。

而我却忍不住回头望了一眼逐渐被风雪掩埋的不死城。

我看不见空中的光芒，也看不见主神霁的灵魄，我不知道他在何方。我只知道，未来他会一直在这里。

而我从离开不死城的那一刻，就一直跟着谢濯。

我不敢再走"捷径"，不敢再借用他人内心的愤怒、绝望，快速借用一个人的身体。

如此前所想，我不想再为这世间增添一分邪神助力。而我又没办法真的完全共情和理解一个人，只能以灵魄之体待在谢濯的身边。

可我也没闲着，我一直在修炼自己的灵魄之体，让自己哪怕只是灵魄之身，也可以稍稍凝聚一些魂力。

我一直在准备，准备着在我们和离前的那一刻，进入自己的身体，我要强过自己的灵魄。

我要"杀"了自己，再把所有事情告诉谢濯，然后彻底解决邪神！

我怀揣着这样的理想，陪谢濯追着渚莲，从北荒追到了南海，又从南海追去了蓬莱。

所幸，主神霁的自我献祭将邪神重创，谢濯的紧追不舍又让邪神几乎没有时间发展自己的势力。

在不死城建成之后，所有主神都已经做好了万全的准备，每一座仙山都做好了结界，从而抵御邪神可能发起的袭击。

许多年里，邪神再无法在这世间重现鹊山的悲剧。

而我也知道，为了维持这样的局面，谢濯和主神们付出了多少。

一年，两年，十年，百年……

日复一日，邪神还在，谢濯便一直在继续战斗，从未有一日停歇。

我跟着他几乎跑过了天下所有的地方。

我看着他受伤，也看着他成长，我看着他与我记忆里的谢濯……谢玄青越来越像。

终有一日，他来到了昆仑。

他在这里与渚莲一通恶战，在最紧要的关头，他将渚莲连同其身体里的邪神一同封印于昆仑的一处熔岩洞穴之中。

然后，他带着重伤，来到了雪竹林。

再难支撑的谢濯倒在了雪竹林间，他靠着雪竹闭目而坐，一身的伤流着血，让他整个人散发着血腥气。

而就是这一天，"我"提着挖雪笋的篮子，什么都不知道地闯入了这片林间。

我在空中看着谢濯与"我"终于在命运和意外的安排下相遇了。

在这一瞬间，看见谢濯身边终于站着"我"的身影，我一时感慨万千，不是想哭，也不是想笑，我只是以灵魄发出一声浅浅的喟叹。

"我终于来陪你了，谢濯。"

而当我发出这一声灵魄深处的喟叹之后，我看见当年的"我"挎着个篮子在谢濯旁边站了一会儿，然后一转头——

竟然想溜?!

"我"怎么可以溜!

"我"怎么敢的啊?

"我"必须留下啊!

情急之下，我啥都没想，直接以灵魄之力调用周围魂力，就那么用灵魄一甩——

"咻"的一声! 一道银光瞬间向"我"杀了过去!

当然，我不是想要杀自己，只是一时没控制住!

眼看着那道银光要当场在还没变成上仙的"我"身上穿胸而过!

我心头一紧，却见靠在竹子上的谢濯几乎是下意识地一抬手，直接将"我"拉入了怀里。

那道银光便这样从"我"的耳畔擦过，又擦过谢濯的脸颊，最后钉在了他倚靠着的雪竹上，随后将雪竹穿透，直接钻入雪地里，融化了周遭的冰雪。

然后"我"便在谢濯湿润、血腥、危险的怀里愣住了。

"我"抬头看他，他已经彻底昏了过去。

"我"在不可思议的愣怔中，从他怀里坐了起来，挠了挠头，随后把他扛了起来。

我在空中看着，看着"我"把谢濯往我们"定情"的山洞带去。

此时的我才恍然大悟。

原来如此。

原来……

万事不求人，姻缘还是靠自己啊！

第十九章

破局之法

二月十二。

和我记忆中的情节一模一样，"我"与谢濯就这样相遇了。

接下来，似乎没什么需要我做的事情了。我飘在空中，看着当年的自己与我一直守护到现在的谢濯经历"过去"。

"我"将他扛回了雪竹林里的山洞中，照顾了他半个月，为他包扎、换药、简单地清洗身体，"我"对他这一身的伤感到好奇，也十分喜欢他这副漂亮的皮囊。

对"我"来说，此时的谢濯是神秘、危险却又充满诱惑的。

人总是会被这样的人、事、物吸引。

二月底，谢濯第一次清醒了过来。

他伤得太重了，完全动不了。

那时，"我"正在谢濯身边，为他的身体注入魂力，以待他能早日醒过来。

他睁眼后，看到的便是在他身边一边打瞌睡，一边为他注入魂力的"我"。

他眉头皱了皱，看了看自己身上的伤，又看了看我。他动了动指尖，似乎想让自己坐得更直一些，但他伤得太重了，不过动了下手，便喘起了粗气。

"我"也被他惊动，从瞌睡中清醒过来。

"你醒了！"

"我"很惊喜，立即坐直身体，左右探看。

"怎么样？感觉可还行？我也不是专业的医师，这两天找营中的医师学了个大概，我还怕把你治坏了呢……没想到我还行。"

"我"笑着望向谢濯："你的身体也可以啊，这些伤都扛过来了。"

谢濯的目光一直落在"我"的脸上，直到与"我"带笑的眼神触碰，他愣了愣，随后眨了一下眼睛，微微转过了脸去。

以前的我或许并不知道谢濯为什么会转开目光。但现在的我陪他走过了那么多的路，我明白的。

一直活在追逐与生死之间的人，几时能见到这么毫无阴霾的笑容。

一直处在冰冷与麻木中，诧然间感受到了温度，便会不适应。

"为何救我？"谢濯嘶哑开口，嗓子仿佛被刀磨过。

"难不成看着你冻死在冰天雪地里吗？""我"脱口而出，随后想了想，又道，"之前你在雪竹林也算是救了我，我不把你报上去，全当是报恩了，我照顾你到伤好为止，之后，你就悄悄离开昆仑吧，我不会告诉任何人。"

谢濯没有再多言。

过重的伤到底让他精力不济，没一会儿，他又闭上眼，昏睡了过去。

"我"在他身边，继续渡了点魂力给他，见他呼吸平稳，便又挎着挖雪笋的篮子，哼着调子，离开了山洞。

接下来三个月的时间，谢濯一直待在这个山洞里养伤。

"我"几乎每日都挎着篮子来找他。

一开始给他渡魂力、换药。

到后来，谢濯身上的绷带几乎全都撤下了，皮肉伤看着好了七七八八，至于他的内伤，"我"帮不上什么忙，就任由谢濯自己调理。

但"我"还是日日都来。

"我"来找他说话，哪怕他不喜欢说话。

"我"常常絮絮叨叨地把最近身边发生的那些琐碎小事，开心的，不开心的，通通都说给他听。

偶尔，"我"也会问一些他的过去，但一旦察觉他不想开口，"我"便将这话糊弄过去。

"我"还会给他带来一些昆仑集市上的小玩意，告诉他："最近昆仑之外的邪祟气息似乎弱了好多……"

谢濯听闻此言，总会垂眸点头。

我知道，他是为此事感到欣慰。

而当年的我对他这般情绪并不能体会，毫无察觉地继续说着："西王母打算将昆仑集市的规模再扩大一点，陆陆续续地来了好多新鲜玩意，你跟我一起玩吧。"

在这种事情上，谢濯没有拒绝过"我"。

尽管"我"掏出来的那些"新鲜玩意"是他在昆仑之外早就见过的，他还是会陪"我"一起在山洞里面捣鼓那些东西。

那时，昆仑卖的东西良莠不齐，而"我"一直生活在昆仑，确实没什么见识，偶尔买来的东西里面会掺杂一些奇奇怪怪的物件。

有一次，"我"刚从兜里掏出一朵金属做的花想送给谢濯。

"集市的人说，这花是法器，送给养病的人，能……"

"我"话没说完，忽然，谢濯抬手就将那花紧紧握在了掌心。

"我"一脸困惑地看着谢濯："怎……"

"我"不过开了个头，下一瞬，那金属花便在他手中炸开，"砰"的一声，将"我"吓了一跳。

"是暗器，不是法器。"谢濯平静地说着。

"我"在他开口之后立即回过神来："手怎么样？"

"我"伸手要去拉他的手，却又怕碰疼了他："你张开手让我看看。"

谢濯却只将掌心对着自己，近乎冷漠地将那金属花的花枝从手里拔了出来，带着皮肉与血扔在一边："皮肉伤，无碍……"

没等他话音落下，"我"就用双手抓住他的手腕，轻柔却又不容拒绝地拉过了他的手。

他的掌心扎入了不少金属的花瓣，血肉翻飞，看着可怕。

"我"望着谢濯，神色间全是愧疚与心疼："疼不疼？"

"我"问他，自己声音一颤，竟然哭了起来："一定很疼，对不起，都怪我，信了那些小妖怪的话。"

眼泪一滴一滴落在谢濯的手掌心里。

"下次我不乱买东西了。我回头一定去找他们算账！"

谢濯看着"我"，似乎有点愣住，不是故意沉默，而是不知所措。

他张了张嘴，又闭上，然后又张开，反反复复，临了，终于憋出了话来，却只是生硬地说了五个字："别哭了，不疼。"

"怎么可能不疼……"

"真的不疼。"

"都扎进肉里了……"

"没事，以前的伤都好了，这一点……"

"那你以前是不是更疼？"

谢濯沉默了下来，他看着"我"一双漆黑的眼瞳带着泪意，里面全是他的影子。

"现在不疼了。"他抬起另一只手帮"我"擦去脸上的泪水，"九夏，笑一笑吧，别哭了。"

"我"抿着嘴巴，憋了半天，还是笑不出来，最后一埋头："我笑不出来，但我可以不哭了，我帮你把伤处理好吧。"

他将手交给了"我"，"我"帮他一点一点地处理掌心的伤，他只在一旁偏着头，静静地看着"我"。

时间一点点地过去。

五月二十五的时候，谢濯能站起来简单地活动了。

此前"我"将恶意售卖暗器的妖怪抓了，并通报了西王母，西王母整顿了昆仑集市，正好这几日整顿后，昆仑集市上要办一个小集会。

"我"因为此前上了当，伤了谢濯，十分愧疚，又想着谢濯许久没有离开山洞，现在伤终于好了，可以出去走走了，于是便邀谢濯在五月二十八日那天随"我"去逛集市。

谢濯自然答应了。

五月二十八当日。

昆仑的集会办得热闹极了。白日里，集市上吃的玩的都有，"我"带着谢濯从街头逛到巷尾，从这条街又吃到了那条街。

临到夜里，街上点上了灯笼，空中升起了祈福的天灯，远处还有颜色各异的烟火。

气氛好极了。

"我"带着谢濯去了集市上一个僻静的高处，买了集市的酒饮了两口，随后告诉谢濯："谢濯，我似乎有点喜欢你呢。"

烟火声中，昆仑月下，谢濯愣在了"我"的身边。

"你呢？你喜欢我吗？"

"我"等着谢濯的回答。

等到烟火不再绽放，月色被云遮掩，谢濯终于开了口："我……不知道……"

然后"我"眼中的光芒隐去，尴尬与局促立即涌上脸颊。"我"仿佛酒醒了一样，立即站直了身体，挠了挠头，有些不安地往后退了一步。

"呃，是挺奇怪啊，突然说这个……有些唐突了，时候不早了，我先回去了，你……你再逛逛也回去吧！我先走了，告辞！"

"我"直接翻身从这高处跃下，急速地跑开了。

看着"我"跑远，谢濯在高处站了一会儿，然后低头轻轻地捂住了自己的胸口处："喜欢？"他困惑地抬头。

"我"已经消失在了昆仑集市的人海之中。

谢濯当然没什么要逛的，他沉默许久，回了那山洞。

五月二十九。

"我"的仙府上降下雷劫，因为被谢濯拒绝而伤心了一天的"我"被雷劫猝不及防地劈清醒了。

"我"慌忙调整内息，应对雷劫，天雷劈了整整一日，"我"以为渡不过去了，在一道雷之中，"我"彻底昏迷了过去。

又一道雷降下的时候，谢濯来了。他挡下了雷劫，还喂了奄奄一息的"我"一口他的血。

"我"昏过去了，所以没有看到，"我"与谢濯缔结血誓时，周围升腾起了红色的光芒，光芒被一道道雷劈散，化为粉色的粉末，围绕在我们周围。

仿佛是这天劫在为我们奉上来自上天的祝福。祝我们喜结连理，欢好良缘……

五月三十。

"我"在被天雷劈烂的仙府里醒来。

死里逃生飞升上仙之后的"我"做的第一件事便是鼓起勇气，又去找了谢濯。

那时，谢濯照顾了我一夜，见我气息已经平稳，他便回到了雪竹林的山洞里，打算静息片刻。

而"我"找上门后，开门见山地跟他说："昨天我差点被雷劈死了，当时我有点后悔，我应该在集市里做得再绝一点的！人就应该活在当下！所以，我决定……"

"我"说着，一张脸已经涨得通红。

"我们成亲吧！谢濯！"像是为了给自己壮胆，又像是怕他拒绝我，我大声喊了出来，"我不想错过你！"

谢濯看着满脸通红的"我"，没有沉默，也没有犹疑，他点头说："好。"

"我"听到这个字，先是不可置信地睁大了眼睛，随即，欣喜与快慰压抑不住地涌上心头、嘴角、眉间。

"我"大笑着扑了上去，一把抱住了谢濯。

谢濯被"我"扑了个满怀，甚至脚步踉跄了一下。他低头看着不停拿脸颊在他怀里蹭的"我"，一直紧绷的眉眼微微柔软了下来。

六月初一。

"我"终于将谢濯介绍给了我在昆仑的朋友们。

朋友们看出了谢濯是妖，身上的气息深不可测，他们强颜欢笑，与我们吃了一顿饭，饭后，朋友们不约而同地将我从桌上拉走，一个个地来问我。

"哪里冒出来的妖怪？"

"你知道他是什么人吗？"

"婚姻大事岂能儿戏？这人的底细你摸清楚了吗？"

我也一个个地回答。

"管他哪里冒出来的。"

"我知道他不是坏人就行。"

"婚姻大事当然不能儿戏，我认真得很。他的底细我不用摸清楚，他的品性我摸清楚就行了！"

朋友们一个个地被"我"撑了回去，最后蒙蒙还是不放心地跟我说："你现在飞升上仙了，你的婚事可不是小事，你要嫁妖怪，我们昆仑可是没有这个先例的，你得去请示西王母。否则，他留不下来。"

六月初二。

为了让谢濯留下来，"我"带他去见了西王母。

大殿上，众仙看着"我"与谢濯，摇头叹气，西王母却没有说什么，只问"我"是否心意已定。

"我"当然立即点头应是。

西王母当庭没有表态，只是意味深长地看了谢濯一眼，便让我们退下了。

那天夜里，"我"有些忧心。

"我"感觉西王母在殿上的态度十分模糊，怕西王母不许谢濯与我成亲，硬将我留在昆仑。

"我"在还没修好的仙府里辗转反侧，谢濯沉默地陪在我身边，只说了一句："没什么好担心的。"

当时，"我"心想：是，若西王母实在不同意，那我就带着谢濯住到昆仑结界外面去。反正现在昆仑已经开放集市了。以后，白日里，我就来昆仑管理守备军，夜里，我就回去过我的小日子。生活工作两不误。反正这亲是一定要成的。

"我"想定了，便也安心睡了过去。

所以，"我"也不知道，这天夜里，谢濯去见了西王母……

在昆仑主殿西王母的主位的阵法里有一个隐秘的空间，那是我之前从来不知道的秘密。

西王母在那个隐秘空间里藏了石镜。

六月初二的晚上，谢濯瞒着当年的我，在那石镜面前见了西王母。

白日里，谢濯在殿上随"我"一起对西王母行了礼，但私下里见面，谢濯并未行礼。

西王母见了谢濯，神色凝肃，开口问的第一句话并不是"我"与谢濯的婚事。

"他被你封印了？"

这些年来，各山主神都是知晓谢濯的，只是有的主神见过他，有的没见过。而西王母正巧未曾与谢濯真正见过面，但他们也不算完全陌生。

谢濯简单地点了下头算是回应，但接下来，他却将目光投向了一旁。

西王母见状，看了石镜一眼。

"你瞒不住他，出来吧。"

这时，石镜背后走出来一个笑眯眯的人，正是老狐狸秦舒颜。

"谢濯公子，久仰大名。在下秦舒颜，昆仑的守言人。"

守言人就是主神们铺在这世间的线人脉络。他们会负责将邪祟的事情瞒住，把意外知道真相的人送入不死城。

我以灵魄之体飘在谢濯身边看着这一幕，此时才明白过来，为什么谢濯会在与我成亲之后认识秦舒颜，并愿意相信他。

因为……他们都是瞒着世人，于暗夜中前行的人。

秦舒颜掌管翠湖台，一个看似混乱且会滋生邪祟伥鬼的地方，却在收集邪祟与伥鬼的消息。

"几个月前，忽然失去了你与邪神的消息，主神与我们都慌了好些日子。"秦舒颜拿着扇子晃悠了两下，"要不是看着世间邪祟之气在变少，我们都要做最坏的打算了。"

谢濯看了秦舒颜一眼，开口道："我封印了他，在昆仑地下一熔岩洞穴之中。"

西王母眉头微皱："目前只能封印？可有寻到彻底消灭邪神的办法？"

谢濯摇头。

我在一旁有些激动起来。

我有办法！只是，我的这个办法还得再等五百年。

五百年后，待谢濯能像玩耍一样使用盘古斧的时候，当他达到了功法巅峰的时候，便能将这个办法告诉他了！

再等等，就快到了！

但我现在无法将这些话告诉他们。

秦舒颜见西王母与谢濯都沉默了下来，又笑了笑，打断两人的思绪："不管怎么说，如今他被封印，世间邪祟之气变少，就是好事。前几日守在不死城外的人也传来了消息，说在风雪结界之上，看到了主神霁传出来的信息，说不死城中的邪祟之气也大幅减少，谢濯公子的封印之举已经解了许多危难。"

谢濯闻言，沉默地点了点头。

"暂时向好，但还要寻到方法，彻底解决。"

"我只是有一事不明，"秦舒颜笑眯眯地望着谢濯，"谢濯公子身负如此重任，为何要在昆仑娶一小仙？"

秦舒颜此言一出，西王母也充满探究地看向了他。

我更是默默地关注着谢濯脸上的神色。

只见谢濯沉默了一下，望着秦舒颜，正色道："她已经是上仙了。"

说实话，听到这个回答，我有点蒙。

咱就说，谢濯，你在乎的点似乎有些偏……

"九夏飞升上仙是好事。但若无你相助，她……可能渡劫成功？"西王母眸光清明又犀利。

谢濯不卑不亢，声色也是平稳镇定："她可以。"

"她若是可以，你为何要帮她？"秦舒颜也在一旁挑衅似的询问。

谢濯又沉默了一下，说："她可以，却会很吃力。"

秦舒颜接着问："你不想她因渡劫而重伤？"

"我不想。"

"为何？"

谢濯沉默。

"你可是真心爱上了伏九夏？"秦舒颜步步紧逼。

"我……"谢濯皱了皱眉，神色也有些犹豫不定，似乎极难抉择一样，"我不知道。"他困惑地望向秦舒颜："我不知道。天雷落下时，待我反应过来，我已经与她缔结了血誓。"

谢濯困惑的样子让秦舒颜一时有点语塞，他顿了顿，才道："那你就是爱上她了。"

"什么是爱？"

秦舒颜被问住了。

谢濯继续困惑地发问："若不是呢？若只是这片刻的混沌感受，抑或不知名的冲动，这也算吗？"

西王母与秦舒颜沉默着。我的灵魄之体也在一旁沉默着。

我是……我是万万没想到！

在与谢濯的婚姻里面，我问了无数遍的问题，我直觉上便能回答的问题，听到了谢濯的耳朵里，却是这样的哲思之问！

这……

若上升到这样的高度，那我确实拿不准，之前我和谢濯成亲时，到底是一时的欢愉、冲动、渴望，还是这高深莫测的爱。

我……

我定了定神，望着困惑的谢濯，忽然便明白了为什么他会发出这样的疑问。

因为在这漫长的岁月里，没有哪一个人给过他真正长久的、坚定的、毫无保留的爱。

他的母亲未曾给予，族人也皆是冷漠以待，后来遇见的主神霁和鹊山的人，都只是短暂地在他生命里走过。

他感受了人间，感受了沧桑，感受了风花雪月，学会了温柔，读过了书本，行过千万里路，却从未体验过平稳、坚定的爱意。

他……在怀疑自己。

他无法将自己的情愫归纳于这世间某个字的含义里。

"那……若是换作他人，危急时刻，你也会与她缔结血誓吗？"西王母一直静静地听着秦舒颜与谢濯的对话，及至此时，又开了口，"这么多年里，谢濯公子见过那么多人，有多少性命攸关的时刻，为何你不曾与他人缔结血誓？"

谢濯皱了皱眉。

秦舒颜也点了点头："是，谢濯公子为何只对九夏上仙特殊呢？"

我打量着谢濯的神情。他似乎在思考，并且思考了很久。而我隐约猜到了他的回答……

"她……"他说，"像狗一样。"

我就知道!!

我谢谢您了!

我能猜到谢濯这似曾相识的回答，但西王母和秦舒颜却被他搞蒙了。

这句"像狗一样"让整个密室一片死寂。

过了很久，西王母严肃地开口："谢濯公子，你为诛邪神，所作所为，我们皆看在眼里，八方诸神皆衷心感佩，但于个人私情上，我却不想你因为除了爱以外的任何缘由与九夏成婚。"

是，谁家的主神愿意听到你这样的回答，你成亲，却把自己的媳妇当成狗？

我的灵魄在空中叹息。

虽然我知道谢濯是什么意思，是因为我……确实当过狗，但谢濯的话，听在别人的耳朵里，恐怕完全无法理解。

西王母继续严肃道："她是我昆仑的上仙，自幼于昆仑生长，我不想她在此事上受伤。你若……你若只是儿戏，这血誓，你还是解了的好。"

秦舒颜在一旁点头，似乎也觉得谢濯的话有点过分了："而且，谢濯公子身份特殊。你与伏九夏缔结血誓，虽说你不知道自己对她是什么感情，但若邪神知晓了此事，定会对伏九夏动手。还是解了血誓，瞒住她为好。"

"我会瞒下此事，不让她知晓。但我雪狼族血誓无法解。"

西王母皱眉："若是如此，九夏并不知晓此事，你大可不必与她说明血誓一事，只要不在昆仑举办婚礼……"

"我会与她举办婚礼。"

谢濯打断了西王母的话。

"缔结血誓，她便是我的妻。婚礼一定要办，我也会把她保护好。"

谢濯说得坚定，西王母与秦舒颜对视一眼，见他这坚决的态度，似乎并不是把婚姻当儿戏的模样。

西王母思索片刻："谢濯公子，我乃昆仑主神，哪怕你在邪祟一事上于世间有恩，但在对九夏的事上，我不会允许你随意对她。"

谢濯点了点头，没有说任何话，似乎对西王母的态度十分认可。

秦舒颜见状，越发好奇地打量起谢濯来。

话谈到这个地步，西王母也没什么好说的了，最后只叮嘱了一句："你将那人封印在了昆仑，你留在昆仑自是最好，只是这些事……"

"瞒住她，我知道。"

西王母点了点头："但愿日后，你能确定自己是何心意。"

谢濯脚步顿了顿，没有多言，离开了秘室。

对于谢濯与西王母的这番对话，当年的我是一个字都不知道的。

六月初三，没见着西王母下逐客令，"我"便当西王母默许了，于是开始热火朝天地筹备婚事。

因为刚历了飞升上仙的劫，"我"的仙府被劈得稀巴烂，新房肯定是要找人花时间修葺的，成亲需要的东西也是要采买的。

于是"我"便将事情安排了下去。

一共安排了两个人，一个是谢濯，负责盯住修葺房屋的事；一个是"我"，负责采买成亲用的东西。

结果没出三天，谢濯就用术法将房子修好了，还里里外外添了一些新鲜玩意，什么摇椅、茶具、好看的书架，将我本来简朴的小仙府装扮得热闹许多。

但采买东西的"我"，每天买完之后，总发现还有新的东西要买，前前后后花了两个月才办齐。

"我"自己算了个良辰吉日，将日子定在八月十八。

然后从那日开始，"我"便开始写请帖，也就是从那日开始，我日渐感受到了来自昆仑亲朋好友的压力。

西王母没反对不代表其他上仙不反对。

那时候，谢濯妖怪的身份还是有很多人不愿意接受的。

许多仙人都来劝"我"不要与谢濯成亲，很多固执的朋友见"我"

不听劝，直接与"我"翻了脸。

可他们翻脸，"我"也翻脸，在"我"将好几个不客气的家伙痛骂一顿并赶出仙府大门后，来劝"我"的人算是消停了。

而谢濯也看到了，自己妖怪的身份要在昆仑娶一个上仙有多不受待见。

那时"我"告诉他："我们的日子我们自己过，别人的话都不算数。我不会往心里去，你也不要往心里去，日久见人心，你是什么样的，时间久了，昆仑所有人都会知道。"

谢濯看着"我"，没有说话，只是轻轻地摸了摸"我"的脑袋……

现在看来，这个动作是有点像摸狗。但那时候的我并没有察觉有什么不对。

"我"抬手抓住了谢濯的手："你信我，我一定在昆仑护着你！"

那时候，"我"以为是自己在保护谢濯。

其实是他在保护我和整个昆仑。

八月十八，良辰吉日，我们成亲的日子。

这一天，"我"发出去的请帖没有一张得到响应。

连蒙蒙都不敢来。

似乎在昆仑，反对伏九夏与妖怪成婚已经成为一种心照不宣的选择。

蒙蒙和另外几个朋友悄悄提前给"我"送了礼，他们要么是小精怪，要么是人微言轻，不敢特立独行。

倒是西王母，在我们成亲的当天，遣人光明正大地送来了贺礼，算是做了一个最为官方的表态。

成婚当晚，没有媒人，没有证婚者，也没有亲朋好友……

"我"与谢濯在昆仑的月老殿前，于相思树下，刺破了自己的掌心，令十指相扣，掌心相对，血脉相融，成姻缘之线，绕于彼此腕间。

完成仪式后，我带着谢濯回了仙府。

在洞房里，我们相对而坐，望着彼此，许下誓言："愿许良人，执手同行，朝朝暮暮，白首不离。"

同样的话语从两张不同的嘴中说出，仿佛这一瞬间，便是那传说中的"两心同"，也是那传说中的"生死相依"。

不需要他人见证，我们在这一隅，天地之间，以山川为凭，风月为证。

"我"将我们手腕上的红线编出了一个好看的结，"我"一边专注地编着，一边说："你一个人来昆仑，不爱吭声，不爱袒露情绪，也没叫来亲人朋友参加咱们的婚礼，不知道你之前都是怎么过的……但是，谢濯，希望以后你不要那么孤独了。"

谢濯沉默又认真地看着为他编红线的"我"。

"我"抬头，目光灼灼地看向他，红烛的火光在我们脸上跳动。

"我"注视着他，对他说："咱们以后一直在一起。我陪你说话，逗你笑，我会一直、一直、一直都像现在一样喜欢你。"

像小孩的誓言，最普通的字句，却似乎在他漆黑的眼瞳中点亮了一束光。

那光芒里有"我"的影子，也有红烛火光，微微跳动，荡漾波澜。

他眉眼温柔，唇角甚至带上了少见的笑意。

"好。"

他轻声应"我"，嗓音低沉。

系好的红线在我们腕间闪过一道光芒，随即隐没不见。

从此往后，岁岁年年，它将一直系在我们腕间。

此时此刻，重看这一幕，恍惚间，我想起了这根红线被剪断的那一天。

我也更深刻地明白了，那时谢濯眸光中的空洞，那光芒的熄灭原来那么令人窒息又绝望。

谢濯的生命里，从没有人许诺过会一直陪在他身边，只有"我"许诺了。

而我也……食言了。

我剪断了红线，不会与他在一起了，也不会陪他说话、逗他笑，我也……不喜欢他了。

剪断红线，反悔誓言，推翻过去，将美好与破碎全盘否定。

所以……他会癫狂，会疯魔，会用盘古斧劈开时空，只为回到五百年前"弥补自己的过错"。

他会指责我说，剪了红线的我没有资格说我们要与过去和解。

他会说，我们这段姻缘无法延续，本质是因为我剪断了红线。

他说，是我错了。

我站在我的世界里，疯狂指责他的沉默与隐瞒。

他也站在他的茧房里，偏执得看不清姻缘崩溃的全貌。

我们在对对方的误解中，越走越远，直到这一场"生死"或者说"轮回"，将一切拉回"正轨"。

我的灵魄不会流泪，但我却在灵魄氤氲的白色光芒中，朦胧地看着谢濯，我看着他脸上的笑意，看着他眼中微闪的光芒。

看着一个从雪狼族漂泊出来的魂魄，终于找到家的模样。

"谢濯，你有……多喜欢我一点吗？"

"我"歪着头，专注地凝望着他的眼睛，问他。

但这个问题却让谢濯愣了愣，他唇角的笑意微微收敛。

当年的"我"看到的是沉默，是迟疑。

而现在的我看到的是思量，是慎重。

"我"忍住了失落，抿了抿唇："没事，不急，日子还长。"

于是，在这个问题后，洞房花烛夜便也陷入了沉寂。

那时"我"是真的想着日子还长。

我们成婚后没过多久，昆仑开始有人失踪。

这是之前昆仑从没发生过的事，大家自然怀疑到了谢濯身上。

"我"飞升上仙后，统管昆仑守备军，为了消除大家对谢濯的怀疑，"我"日日带着谢濯出门巡逻，将那些闲言碎语都掉了回去。

"我"告诉谢濯："没事，你不喜欢说话，我帮你发声，你不喜欢辩解，我来帮你解释！"

再后来，有仙人来"我"仙府叫骂，谢濯收拾了那人并将其赶了出去。

那是"我"第一次看到谢濯打人，看到他面上出现了愠怒的表情。

而后他问"我":"你在昆仑开心吗?"

"我"当然是开心的,安慰他之后,便没有再将那仙人的事情放在心上。

而"我"没想到,那仙人从我仙府离开之后,竟然死掉了,被活活吃掉了……

流言甚嚣尘上。

西王母下令,"我"与谢濯不得出府。

"我"没有违抗命令,但有天晚上,谢濯不告而别。

"我"不知道谢濯去了哪儿,也不敢惊动他人,更怕自己出去寻找会给谢濯带来更多的误会。

"我"相信他,于是一直在院中静静地等他。

而现在,我跟着谢濯一起离开了仙府,我看着他找到了秦舒颜,秦舒颜给他提供了一个名字——荆南首。

只是秦舒颜现在掌握的消息不足以确定荆南首一定是邪祟。

谢濯说:"试试就知道了。"

于是他找上了荆南首,一言不发,直接动手,被逼入绝境的荆南首自然动用了邪祟之力。

真的试出来了。

荆南首就是真正的食人的上仙。

荆南首在飞升上仙的时候,便已经被邪祟之气入体了,他早已臣服于邪神。只是他藏得很好,一直没有人发现他。

他也是在看见谢濯与"我"成亲之后,才想到可以将自己吃人的事嫁祸到谢濯头上。

他与谢濯一战,当然是谢濯赢了。只是谢濯不过半年前才封印了邪神,后来又帮我渡过雷劫,如今对上荆南首,虽然赢了,但赢得有些吃力。

他受了伤,伤口上蔓延着邪祟之气。这些都是不能让"我"看到的。

荆南首拼死灌入他身体里的邪祟气息让他的神志有些模糊,他撑着身体,在雷雨夜中,回到了我们的家。

"我"还在等他，坐在我们屋子的门槛上，看见他带着一身血回来，"我"立即奔赴上前。

谢濯本来向"我"走去，但在"我"即将碰到他的时候，他好似忽然意识到了什么，猛地往后一退，一只手还一把将"我"推开。

"我"愣在雨里。

而谢濯的另一只手死死地捂着伤口。他的伤口里全是邪祟之气，在他皮肉上撕扯。

他没让"我"碰到他，一转身，脚步急切地走入了房间，随后反手将门关上，还布下了一个结界。

"我"也跟着疾步追到房门前，却被他的结界拦在了门外。

雷鸣低沉，雨声滴答。

"我"在门口，不敢使劲敲门，只是一遍又一遍地问他："谢濯，你怎么了？你不要吓我？你去干什么了？"

"发生了什么事你得和我说，我愿意和你一起面对。"

"你让我进去吧，外面好冷啊。"

而谢濯一进屋，便再难支撑，痛苦地倒在地上。他调理内息，一如过去无数个受伤的日子一样，与身体里的邪祟之气搏斗，直至完全战胜它们，将它们彻底撕碎，清出自己的身体。

雨下了一整晚。

谢濯在屋内，"我"在屋外。

他身上的邪祟之气渐渐消失，"我"在外面的担忧与疑问也渐渐消失。

及至第二日清晨，朝阳破开了阴沉一夜的云雾，落在了院子里。

谢濯收拾好自己，带着苍白的脸出了门。

他看见了"我"。

"我"抱着腿在门口坐了一夜，雨水湿冷，将"我"的发尾与衣衫都染得冰冷。

"我"也看见了他。

四目相对，院中只能偶尔听闻两声鸟啼。

"你受伤了吗？"

和
离
完结篇

"我"嗓音嘶哑，声音极小，似乎只是气流在喉咙里通过的声音。

谢濯眉头微微一皱："没事了。"

他抬手，似乎试图抚摸"我"。

"我"侧头躲开了他的手："就这样？别的，你没什么要说的？"

他沉默了很久，几乎是一字一句地笨拙地说着。

"我想让你开心。不知道，你才能开心。"

"我"望着他，没说话。

而就是"我"这样的沉默，却似刺痛了谢濯，他的眼睛轻轻眨了两下，目光微垂，看着"我"向下的唇角。

"九夏，笑一笑。"

在我们的婚姻里，那是"我"第一次面对他时垂下眼眸，没有回应。

"我"没有抬头，所以没有看见谢濯在"我"面前，眼里透出的无措。

他的指尖动了动，最终没敢碰"我"，只是藏在了自己的身后。

此后的时间，熟悉又陌生。

是我经历过的时光，也是我完全没有经历过的时光。

荆南首的死让谢濯沉冤昭雪。

西王母只道荆南首是走火入魔，并未提及邪祟一事。

也是从那时开始，谢濯频繁联系秦舒颜，并帮助昆仑解决一些偶尔出现的邪祟，有时甚至会离开昆仑。

也正因如此，邪祟，或者说邪神，知道了"我"的存在。

秦舒颜提醒谢濯，邪祟似乎还是能接收到邪神的命令，天下的邪祟之气也隐隐有向昆仑流动的趋势。

谢濯没有对秦舒颜多说什么。但从那时开始，谢濯便常常提醒"我"——

少喝酒。

因为酒会麻痹"我"的神志，令邪祟之气有机可乘。

少食辣。

因为辛辣会掩盖一些毒物的味道，还会令"我"情绪起伏，长此以往，会乱道心。

谢濯还让"我"注意身体，尽量别生病，体弱与病气都会成为"我"的弱点。

还有，少去鱼龙混杂的地方。

哪怕在军营之中练兵，也要注意自己的安全，若非不得已，他不会离开"我"的身边……

诸如种种，事无巨细，无不担忧。

而"我"也像所有人一样，一开始觉得谢濯关心"我"，心里甜甜的。

到后来，一年，两年，三年，十年，五十年，年年如此，"我"便感觉自己被管控着，逐渐对谢濯失去了耐心。

再加上他时不时地消失，从不解释我们之间的误会……"我"对眼前人与这段姻缘的不满慢慢地出现了。

我们成婚一百年后。

邪祟在昆仑外聚集，"我"身为统管昆仑守备军的上仙，日日在昆仑结界前镇守。

谢濯每日都跟着"我"，一直待在营中，军士们笑"我"，"我"也确实难堪。

最后，"我"还是被邪祟抓走了。

"我"被带去了昆仑之外的巢穴，被那蜘蛛注入了毒素，被蛛丝包裹着，倒挂在了天花板上。

然后便是谢濯独闯邪祟巢穴，救出"我"的事情了。

我心里一直觉得，因为那一次他舍命救我，所以我们的姻缘才有了后面的四百年。而在这四百年的"垂死挣扎"中，我们都过得十分疏离，别说拥抱了，连牵手的次数都数得过来。

但到我变成灵魄之体的现在，我才发现，谢濯瞒着我的事远不止关于邪祟的那些！

他……他从蜘蛛邪祟手里把"我"救回来之后，几乎每天夜里都会出现在"我"的床榻边。

然后……咬"我"的脖子。

他在从"我"的身体里引渡邪祟之气。

和离
完结篇

趁"我"睡着毫不知情时，他会贴着"我"的颈项处，脉搏跳动的地方，用微凉的嘴唇将丝丝缕缕的邪祟之气都引渡过去。

有时引渡完了，他会帮"我"拉一下被子，有时会摸摸"我"的头发，有时还会悄悄地在"我"眉心轻轻一啄……

然后他自己在一旁红着脸，就那么看着"我"，一动不动，直到"我"翻了身，在睡梦里咂巴了嘴巴，他才会走开。

没有更过分的举动，但他的这些举动足够让现在旁观的我脸红心跳。

谢濯你……藏得很深啊……

难怪那时候在不死城里，他的动作会那么熟练。

但谢濯做的这些事情，"我"是全然不知的。

"我"不知道他在夜里引渡邪祟之气，也不知道他在昆仑内外的战斗，不知道他身上的疤添了多少，更不知道因为邪祟之气入体太多，每日每夜他都会在梦中与邪神鏖战。

在"我"眼里，谢濯还是经常失踪，回来之后，也没有半句解释。

我们之间也没有亲亲抱抱的亲密举动，想从谢濯嘴里听到什么甜言蜜语更是不可能。

"我"越来越忍受不了这守活寡一样的婚姻。

在最后一百年的时间里，我们开始争吵，或者说，是"我"在吵。

最后十几年的时间里，我们甚至开始动手，或者说，是"我"在动手，他只负责挡开"我"的手。

而最后一次。

谢濯不允许"我"在那盘菜里放辣。

"我"怒从心起，直接和他动起手来，那一次，不周山都被"我"打偏了三分。

"我"下了狠手，谢濯也看出来了。

"我"飘在空中，与谢濯相对而立，偏了三分的不周山还在升腾灰尘，尘埃在我们面前像雾团一样飘舞，一如我们一团乱麻的姻缘。

"我"看向谢濯的眼神里再没有五百年前的温度，"我"说："你不和离，那这日子咱们就都别过了。"

谢濯看着我，还是一言不发。

直到被惊动的其他仙人赶了过来，将我们带去了昆仑大殿上。

西王母看着我们这一对怨偶，有些无奈，她揉着额头，目光从"我"身上扫过，最后落在了谢濯身上。

"你怎么想？"

谢濯看了西王母一眼，又转头看向"我"。

"我"还在气头上，不愿意搭理谢濯，一揣手，一扭头，看也不看他。

谢濯眼眸微微垂下，睫羽在他眼底投下了三角形的阴影，遮盖了他所有的情绪。但他身侧紧握成拳的手却暴露了他几分混乱的思绪。

而此时"我"已经全然看不见了。

那时"我"只觉得他沉默了好一会儿。

现在，我却看见他在这沉默的时间里，像是窒息一般，周身几乎没有任何气息流转。

他仿佛在这段时间里走过了极漫长又挣扎的一段路。

他终于开口了："好。"

殿上一片哗然。

"我"也转头瞥了谢濯一眼。

然后"我"没再看他，转身走出了大殿。擦肩而过的风撩动谢濯的鬓发，他一动没动。

那时，"我"只知谢濯终于答应了与"我"和离，可"我"却不知，那日殿上，所有仙人都已经走完了，只有谢濯一个人静静地站在原地。

空荡荡的大殿上仅余主位上的西王母。

"你当真要与九夏和离？"西王母问他，"不是气话？"

谢濯闭上眼，眼下青影沉沉，更衬得他面色苍白。

"她说的也不是气话。"

西王母沉默片刻，长长地叹了口气："九夏并非不明事理之人，但这些事必须瞒她，这么多年，她……"

"我知道。"谢濯打断了西王母，似乎不愿再听。

殿中随即沉寂了下来。

"谢濯，你可还好？"西王母不放心地轻声问。

谢濯睁开眼，没有回答西王母。

西王母静候了一会儿，又问："你们和离，昆仑的姻缘好断，而你的血誓……"西王母看着谢濯的神色，没有继续说，只道："罢了，这些事该由你来处理，我不便多问。"

西王母起身要离开："只是，那位的事……"

西王母话没说完，谢濯忽然说了句："我很好。"

这前言不搭后语的回答让西王母有点愣神。

谢濯却仿佛十分冷静又沉着地继续说着："那些事该瞒着她，我很清醒，她做的决定应该如此，五百年……"

西王母看着明明在说话，却仿佛不知道自己在说什么的谢濯，神色更加怜悯起来。

"谢濯。"

她打断了他的话。

谢濯终于抬眼看她。

"你得清醒，"她声色平静，似乎刻意剥离了所有情绪，"你们的事可由你与九夏来决定。但除此之外，你得永远保持清醒。"

谢濯闻言，沉默下来。他没再说任何话，转身离开了大殿。

那天以后，谢濯与"我"就再也没有碰过面了。

"我"住到了蒙蒙的府上。

昆仑的上仙和离，还有许多手续要办，我们的名字从此要被彻底分隔。

等到半个月之后，"我"才会与谢濯一同去月老殿，相思树下，剪断红线。

就是在这半个月里，身为灵魄之体的我也终于离开了谢濯，停留在了"我"的身边。

我准备开始行动。

等了这么多年，终于等到这一日了。

只要在"我"剪断红线之前，我以此灵魄撞入自己的身体，杀死这个身体里的灵魄，夺取这副身体，我的任务便能完成了。

为了避免将成败的压力都积压到最后时刻，我打算在谢濯与"我"不见面的这半个月里开始行动。

现在，就算早上半个月抢了我自己的身体，也没什么关系了。

经过这么多年与邪神的鏖战，以及与各种邪祟的战斗，谢濯的力量早已攀至巅峰，也不差这半个月的时间。

数千年的陪伴与等待，终于迎来了决定最终成败的这一局！

这半个月时间里，夺取身体，只能成，不能败！

因为我没有退路。

这么多年，我的灵魄并没有闲着。

谢濯在成长，我也一样。

我早已能用灵魄之体短暂地调动周围的魂力，迸发出足以伤人的力量。

若是以灵魄的力量来比较，以前的我肯定是比不过现在的我的。

但如今棘手的是……我无法闯入"我"的身体里面。

这副上仙的身体仿佛成了阻拦我成功的最后一道屏障。

这半个月里，我尝试了很多方法想要闯进"我"的身体里，与"我"的灵魄面对面，但无一例外都失败了。

不管是"我"发呆的时候，还是睡觉的时候，抑或打坐修行的时候……

每一次，我铆足劲想撞入这副身体里，但我只是从这副身体里穿过，一如穿过一块石头或者一片云朵。

更糟糕的事情是——

每一次，我尝试穿过自己的身体，都明显地感觉到我的灵魄……在变弱。

只是我的灵魄与这副身体的瞬间交缠就足以消耗我积蓄多年的力量。

我渐渐地发现，进入"我"的身体，杀死这身体里我自己的灵魄并不是那么容易的一件事情。

我不敢再随意胡乱尝试。

硬闯肯定是不行的了，只会徒增对我自己灵魄力量的消耗。然后我又开始想要共情当年的我，以达成进入身体的目的。

但这显然更加困难……

现在的我不仅无法共情那个一门心思想要和离的当年的我，我甚至想要将当年的我吊起来打一顿！

现在谢濯有多难过你知不知道？

你为什么还能在这儿心平气和地吃果子？

你为什么跟蒙蒙聊天时，要在背地里埋怨他，说什么：

"他是个狱卒！是个梦魇！是个傀儡大师！"

"他就是个控制狂！我必须跟他和离！一定要离！"

然后这些话一字不落地都被站在院外的谢濯听见了。

直到蒙蒙看见谢濯，吓得手里的果子都掉到了地上，然后"我"才看向了谢濯。

谢濯站在蒙蒙院子门口，冷着脸，宛如没有丝毫情绪波动："伏九夏，去月老殿，和离。"

"我"跟着谢濯去了。

当然，我也去了。

时间已经来到了最后一天。

我无比焦虑。这半个月一直没有成功的事情，在剪断红线之前……能成吗？

我不知道。

我的灵魄焦虑得在空气当中颤抖了起来。

我随着他们来到了月老殿，像无头苍蝇一样急得在空中乱转，整个灵魄都在嗡嗡作响，但并无任何作用……

月老殿的童子颤巍巍地端了一个托盘出来，托盘上放着那把几乎成了我噩梦的绿色剪刀！

童子说："这……这绿剪刀断姻缘，断了，就再也接不上了，二位上仙……要不要……再想想？"

"我"迈步到童子面前，抬手便拿起了绿色的剪刀！

系于我俩手腕上的红色姻缘线慢慢显露。

而我这飘在空中的灵魄几乎要被这个举动吓得整个散开去。

伏九夏！你给老子住手啊！

你放开这把剪刀！

我再一次疯狂撞自己的身体，但还是无济于事。

因为现在的我与当时的我是完全不同的两种心境，我无法共情，无法同步。

"我"拿着剪刀，看向谢濯："那盘菜，我就是要放辣。"

谢濯眸光落在"我"身上："放辣便不许吃。"这个回答，在这五百年间，几乎成了他口中最自然而然的回答。

"你管不着我了。"

"我"回答着，如记忆中的画面一样，"我"弯曲手指，绿色剪刀向红线剪下。

别……

最紧要关头，我以灵魄之体聚集起了周身魂力，一如五百年前，让我们相遇时那样。

一道银光猛地打向"我"手中的剪刀。

但是！我万万没想到！在银光发出的那一瞬，电光石火间，一团黑色的气息瞬间将那银光吞没。

黑气与我的银光相撞，变成空中的一团风，吹在谢濯与"我"之间。

"咔嚓"声清晰可闻。

"我"剪断了我们腕间的红线。

我愣在原地。

我呆呆地看着那红线消失，又呆呆地看向谢濯。

然后我的目光便定在了谢濯身上。

完了。

我心里只有这两个字。

而我的脑海中之所以会出现这两个字，不是因为我看到了他的神情，而是，我看到了他身后冒出来的黑色气息——

邪祟之气。

谢濯生了邪祟之气。

这邪祟气息生得隐晦，他没发现，或者说，现在的谢濯根本无法发现。

而"我"也没有发现。

这邪祟气息并不似昆仑之外的邪祟之气那般肉眼可见。若非我是灵魄之体，我恐怕也完全看不出来。

在场的那童子更是没有发现。

"我"剪断了腕间红线，随即转身而去，徒留谢濯一人立在原地。

谢濯身上那隐晦的邪祟之气飘浮着，在空中拉扯出奇怪的形状。

仿似梦中恶鬼，又仿似我曾见过的那邪神灵魄最初的模样。

它似乎也能探知到我的存在，对我发出极诡异的桀桀怪笑。

我看着毫无察觉的谢濯，又看着这隐晦的吞没我攻击魂力的邪祟之气，心底陡然生出一股来自灵魄深处的胆寒。

我忽然意识到一件以前被我忽略的事情——

我，曾经也是"我"。

在我的人生之中，我与谢濯相遇，也是在雪竹林，也有那道银光的出现。

如果说，那道银光是我们相遇的必然，那便意味着，在我所经历的那个时刻，也有一个灵魄！

一个来自未来的灵魄在看着我，着急地促成我与谢濯的相遇！

若是如此……

那……那个灵魄呢？

为什么在我与谢濯和离的时候，那个灵魄没有出现，没有及时阻止我剪断红线？

还是说，那个灵魄就像现在我这个灵魄一样，在所有人都看不到的世界里，用尽了全力，但无法撼动这现实分毫。

所以，上仙伏九夏才会成功地与谢濯和离。然后等到夜里，谢濯疯魔了，拿了盘古斧劈开时空，带着上仙伏九夏回到了五百年前……

又一次进入这时空的轮转之中。

穿越，第二次穿越，去不死城，然后见证谢濯的死亡，见证昆仑的沦陷，再借主神之力回到谢濯的幼年……

最后……到现在。

或许，我从来没有成功地阻止我们和离。

或许，我从来没来得及将消灭邪神的办法告诉谢濯。

或许，每一次，我都失败在了这个剪断红线的地方……

于是伏九夏会在这个时空里，不停地重复、来回、徘徊……

我心生惊惧，忍不住怀疑自己，一如昆仑沦陷之时——我还有办法吗？红线已经断了，我还能做什么？

若是……做什么都没有用呢？

无力与绝望将我环绕，我的灵魄开始剧烈地震颤。

"你输了。"

在我绝望之际，忽然，面前传来了一道诡异的声音。

我抬眼望去，但见谢濯身上冒出来的那些无人知晓的邪祟之气开始变幻，和邪神一样，变幻出了千万人的模样，用千万人的声音，带着得逞的笑意，在虚空之中，对我的灵魄说着："一败涂地。"

我望着他，不可置信地开口："邪神……不可能……"我的灵魄震颤："你被谢濯封印在了渚莲的身体里，你不可能……"

"为何不能？"他道，"这四百年间，谢濯不停地从你身上吸取邪祟之气，每日夜里，他都在梦中与我鏖战，我为何不能在他身体里寻找到一席之地？"

我错愕、哑声，不知该如何言语。

"只是，我还无法将他变成我的躯壳罢了。就差一点了，九夏将军，全靠你的助力。"

我听闻这话，愣怔半晌，不由得颤声道："你知道我……"

"霁献祭肉身前，我便知道了你。不过，那时不能确定你是谁。直到伏九夏出现，我才明了，主神们在我不知道的地方还做了许多无谓的挣扎。"

那时候邪神便知道了我……

是了，那时候我急功近利，不停地在鹊山找人的身体穿梭，然后让自己的灵魄生了邪祟之气。

邪神那么敏锐狡猾，他应当很快便知道了我的存在。

"这么多年！"我恨得咬牙切齿，"你一直未阻拦我。"

不拦我，不干涉，不点出我的存在，就好像他一直没有发现我一样。

及至此刻，最后关头，他拦下了我阻止和离的一击。

"此前，何必拦你？"邪神的声音穿过我的灵魄，"谢濯该有一个弱点和希望。"他笑着："你看，我花了这么多时间，在他身上种下邪祟之气，未曾将他逼至疯癫，而今日……"

我顺着邪神的话，看向了谢濯。

他还站在相思树下，垂眸静立，眼中灰暗，形容麻木，毫无神采。

真的好像邪神所期待的那样，成了一个躯壳……

"粉碎他的希望，他便迟早会成为我的载体。而你……也失去了价值。"

随着邪神话音一落，面前的邪祟之气向我汹涌扑来。

我的灵魄当即便感受到了无比强烈的撕扯感！

他要杀了我！

恍惚间，我也明白了，为什么我还会与谢濯回到五百年前，因为想阻止我的那个灵魄定是在这时候被邪神杀掉了！

我若在此刻也被邪神杀掉，那么，上仙伏九夏又会被谢濯带回五百年前，又将是一场无望的轮回！

我不能死在这儿！

但我该怎么做？

走到这个地步，被邪神杀掉的灵魄一定也做了她能想到的所有努力，但她还是被邪神杀掉了。

所以，我必须做其他任何"我"都想不到的事情！

可有什么事情是只有现在的我才会做的特别的事呢？

与邪神拼死一搏？还是找块石头、树木，先钻进去逃命？或者……谢濯脖子上的那块石头！钻进那块石头里面！先躲过邪神的攻击。

但……当所有的选项摆在我面前的时候，我又陷入了怀疑。因为我要如何判断，我当下做的这个选择是其他的"我"不会想到的呢？

危机与绝境仿佛将我逼入了一个看不到头的黑暗旋涡之中，前面仿佛都是路，但又仿佛一条路都没有。

我无法选择。

灵魄被撕裂的痛苦越来越猛烈。我好似真的要在这里结束我的所有意识。

绝望袭来，我找不到任何破局之法。

我可能真的会死在这里。

可我……我怎么能就在这里死了呢？

最后关头，我的心里忽然生出这个疑问。

数千年，我看尽了谢濯的孤独与痛苦，我陪伴着他，也承载了同样的孤独与痛苦。

我走了那么多年，行了那么多路，就是为了在这里，因为难以选择，而断送自己的一条命吗？

甲乙丙丁随便选一条吧！

反正也不知道什么是正确的，那就瞎来好了！

既然都是死，那么，不如同归于尽吧！

我心一横，冒出了这样一个想法：我搞死谢濯算了！

邪神想杀我，又想要谢濯的身体作为躯壳，哪儿有便宜都让邪神一个人占了的道理！

今天如果我一定要死在这儿，那我就把谢濯也一起弄死好了！

谢濯就此与我殉情，反正他现在和离完了也是一副要死不活的模样，也别让他后面去搞什么五百年的穿越了。

就在这儿，死在这里，彻底打破这个时空的轮回！

一起不得好死！都别过了！

我不知道别的"我"会不会想出这招，反正我现在觉得，如果一定要选一条，那么这一条或许就是"我"从未设想过的道路！

谢濯！我们同归于尽吧！

这世界，别管了！

我拼尽灵魄最后的力量，闷头往谢濯身体里撞去。

绝境之中的绝望，痛苦里面的挣扎，无数情绪汇聚而成的不甘，如今，我的灵魄之中蕴含的所有情绪都与此时此刻的谢濯完美共情。

我撞入了谢濯的身体里。

绝处逢生

和
离
完结篇

228

谢濯的身体对我的灵魄没有丝毫抵抗。

但我契合他的身体时，那感受与借用其他任何人的身体都不一样。

我还记得，在融入他人身体后，首先我会感受到灵魄没入四肢经络，然后便会感到肢体束缚灵魄的沉重。

而这些感受在我进入谢濯身体时……没有。

我仿佛是一粒沙，飘进了荒漠。

在谢濯的身体里，竟然有一片浩渺的、布满云雾的空间让我停留。

我没有感受到谢濯的经络，也不知在如今这个状况下，该怎么去操控他的身体，更别说搞死他了……

我有些心急地在云雾空间里面飘荡，始终挂念着外面，到了晚上，谢濯就要去拿盘古斧劈开时空了。

留给我的时间已经不多了。

我在云雾空间里面四处流窜、寻找。

我身为灵魄，会停留在这个空间，那谢濯的灵魄呢？会不会也在这个空间停留？

若是我无法操控谢濯的身体，真正搞死他，那么我去找到谢濯的灵魄，将他的灵魄唤醒，告诉他的灵魄我知道的所有事情，那也算是达到了我的目的！

我不停地搜寻，忽然，我感到空间开始微微颤动起来，四周云雾变动，远处，一团黑色的气息冲天而起。

有动静就有目标。我立即向那方飞去！

果然，谢濯的灵魄就在这边！

他的灵魄与我一样，也是圆圆的一团，只是如今这个灵魄一半白、一半黑，混沌交缠，宛如阴阳鱼，不停地在空中飞舞。

我定睛看去，恍惚间，好似看到谢濯抱着脑袋在拼命地挣扎，在空中撞来撞去。

"谢濯！"

我呼唤着他的名字冲了上去："和离不重要！不要被迷惑！我有办法杀死邪神了！他来自明镜林，你便让他归于明镜林！把天下邪祟之气都收起来，还于山河！谢濯……"

谢濯还未在我的呼唤中恢复清醒，我却猛地被一股黑色的气息所缠绕，随即被狠狠地甩远。

我控制住自己在空中停下来，然后看向前方，在谢濯那混沌灵魄面前，挡着我的正是一团漆黑的邪神灵魄。

是……邪神。

在谢濯身体里有邪祟之气，邪神与谢濯在梦里缠斗数百年，所以此时此刻，在谢濯这灵魄空间里面有他也是正常的。

更可能的是，这片空间便是数百年来，他与谢濯缠斗之地。

我看着那黑色的如火焰般的灵魄，心中难压恨与怒。

火焰在我面前幻化成渚莲的模样，他阴恻恻地盯着我。"你竟知晓此事？"他一笑，"看来，主神们瞒着我做的事真的有点多。"他声色一转，随即犹如黑色的闪电，直接冲我袭来。"那便更留不得你了！"

他动作之快，冲我而来时，我不由得心生惊惧，而就在我产生恐惧的这一刻，他的灵魄黑色气息更甚，我立即在心中喝止自己。

不要怕！

就像在不死城的时候，谢濯守在我身边，一直告诉我的那样。

不要怕，不要畏惧，直面他！

我也是历经千年的灵魄了，如今，在谢濯身体里的不过是由邪神给谢濯渡来的邪祟之气凝聚而成的一点点东西而已。

他不是真正的邪神，他只能算是邪神的一个分身，只拥有邪神的一部分力量。

谢濯可以和他斗数百年，我为何不能与他斗?！

只要我心中不生畏惧，我便可以直面最可怕的邪神。

我盯着他，在被他击中的前一瞬，我吸取谢濯这空间里面属于他的魂力，正面迎击邪神，一道银光射出，直接将冲过来的黑色灵魄当胸击穿！

邪神灵魄变成了一团黑雾在我面前消散。

他不是不可战胜的。

谢濯就曾战胜过他，只是那一次，谢濯牺牲了，胜利的果实没有保住……

而我之所以会出现在这里，就是为了不要重蹈覆辙。

我看着被击溃了的邪神灵魄，定下心神，立即冲向谢濯那方，我没有用银光击穿他的灵魄，如果最后还有别的办法，那当然是最好不要搞死他……

我的灵魄狠狠地撞击到那混沌不堪的灵魄上，试图唤醒谢濯："你快给老子清醒清醒！不要沉溺在和离的痛苦当中了！回什么五百年前，斩什么姻缘！斩邪神！斩邪神啊，谢濯！"

而谢濯的灵魄被我一撞，像颗球一样弹开，在这云雾空间里混乱地飞来飞去。

我看着这圆滚滚的黑白灵魄，一时间有些无语。

这种时候，或许是因为我真的很爱他吧，我甚至觉得他这样的灵魄还有几分软萌可爱……就像他小时候那样，有毛茸茸的耳朵和大尾巴。

我心头一软，在谢濯弹回来的时候，伸出短短的触手将他混沌的灵魄抓住。

就好像在牵手，也好像一个拥抱。

而就在我感到一点温暖的一瞬间，我恍惚体会到一股熟悉且沉重的感受，就好像经络相连的感受一样……

就在此时，梦魇一般的声音再次在我身后出现："八方诸神都杀不了我，你以为你可以？"

谢濯灵魄里，那些黑色的气息不停地涌向我的身后，终于，又一次凝聚出了那黑色火焰的模样。

同时，我也看到，谢濯灵魄里，那些黑色的部分减少了。

邪神在向谢濯借力量？

我仔细打量着面前谢濯的灵魄。

他的灵魄里有些混沌，可白色的部分明显多过黑色的邪祟之气。

虽然谢濯处在疯癫的边缘，但他之所以没有疯癫，一定是因为他还在坚守自己的底线。

既然邪神可以借谢濯的力量，我为什么不借谢濯的力量，把邪神完全赶出谢濯的身体呢？

虽然……我俩相斗，最后耗干的是谢濯的力量，但……这不好吗？

把他熬干，都省得杀了。

今天晚上，他还有力气去拿盘古斧劈开时空？

一想到此处，我抱着谢濯的灵魄，当即开始调动他身体里所有的力量。

邪神见状，却并未做任何动作。

我用谢濯的魂力，将空气中能清除的所有邪祟之气一举清除。

这空间里唯一还有邪祟之气的地方就是谢濯的灵魄之上。

我不敢真的攻击谢濯的灵魄，所以只能听着邪神的声音从谢濯的灵魄里面传出来。

"你以为，清除这一点邪祟之气便可以救他？只要他灵魄里的混沌不除，我便永远与他同在。外面的邪祟之气也多的是。"

是，现在我只能清除谢濯身体里的邪祟之气，但真正的邪神还在外面。还得靠谢濯。

我看着面前的灵魄。

圆圆的灵魄上，邪祟之气犹如湍急的水流，在他的身体里面纠缠，谢濯他现在，应该很痛苦吧。

他应该也在挣扎，他也不想这样……我再次轻轻抚摸他的灵魄，而就是这轻柔的触摸，恍惚间，我倏尔觉得经络相连。

下一瞬，四肢沉重的感觉袭来，我一眨眼——我的眼睛便已经是谢濯的眼睛，我已经完全契合了谢濯的身体。

原来要契合谢濯的身体，不仅需要他现在的绝望、不甘与挣扎，那只是"入门券"，要真正地与他神魂契合，还要共情他内心最深处的温柔与悲悯。

他……

我看着"自己"的手掌，一双粗粝的手，布满了老茧，而硬壳之下，掌心却永远温暖柔软。

真的和他的人一模一样。

"要不……"我呢喃开口，"就从打断这只胳膊开始吧。"

我并不是疯了。得到这副身体的那一刻，我知道，我肯定是下不了杀手，真的搞个"自裁"的。但我又不能得到这副身体却什么都不做。

我理智地推论了一下。

我不知道在别的时空，是不是有很多别的伏九夏的灵魄走到了我这个关口。

或许她们有很多早在前面几个节点的时候，就被邪神给杀掉了。我能走到现在，其中有自己的选择，也有机缘的促成。

比如说抚摸谢濯的灵魄，然后被谢濯的身体完全接纳，最终掌控他的身体。

我也不知道别的伏九夏的灵魄若是走到我这一步，接下来会怎么去选，我更不知道哪一条路是能走通的，哪一条是走不通的。

我唯一知道的是，我曾经经历过的事情。

我知道的是一条被验证过的错误道路。

即——

我与谢濯在月老殿和离，剪断红线之后，我去了蒙蒙的府邸，与她睡到了一张床上，然后到了晚上，外面就传出了巨响，我一出门便看见了昆仑之巅上出现了一个黑色的窟窿，明月星辰似乎都被那窟窿吞噬了。

然后一群仙人火急火燎地往那边赶。那时我才知道，谢濯疯了，动了盘古斧。

我赶去昆仑之巅，一个人走进了谢濯布下的结界，紧接着看到了谢濯像拿玩具一样拿着昆仑的神器盘古斧。最后他劈开了时空，我要去抢盘古斧，于是跟他一起回到了五百年前。

我不知道别的"我"走的那条道对不对，反正我知道我走的这条道一定是错的。

那么，只要我做任何一件与我记忆里"错误道路"不相符合的事情，那我就是打开了一个新的可能。

而这个"可能"就是我现在要求的转机。

比如说，那天晚上，谢濯是用右手在把玩盘古斧，也是用右手拿着盘古斧劈开的时空。

那我在这里卸他一只胳膊吧。

打断，不砍。

万一这次成功了，以后还能长好。

我看了一眼天色，已经快黄昏了。

我当即没有耽误，左手握上了右胳膊。我深吸一口气，心一横，牙一咬，"咔"的一声。

一开始的麻木之后，剧痛传来。

我咬牙忍住，任由满头冷汗落下。

我现在唯一感到庆幸的是，还好不是谢濯感受到这疼痛。

弄断了胳膊，我也没有包扎。

我又看了一眼天色。但见远方有丝丝缕缕的邪祟之气开始在空气中升腾。

是邪神。

他操控昆仑的邪祟之气往我这边来了。

他想夺取我对这副身体的控制权。

或许我在这副身体里待不了多久，而对现在的我来说，转机只有一个，显然是不够的，转机越多越好！

当天晚上，谢濯动了盘古斧之后，昆仑的仙人们才找过去。那些人对谢濯来说，不够打。但西王母总能将谢濯拖上一拖！

我得把谢濯的身体交到西王母那里去！

我当即驾云而起，又看了一眼远方追逐而来的邪祟之气。

我生怕路上被他们耽搁，出了意外，于是立即咬破手指，脱下外面的衣裳，一边飞，一边用血在谢濯的衣服上写下一行人人都能看见的大字——明镜林纳邪祟之气，归还山河，可除邪神！

我看了一眼被我写得像对联一样的外衣，满意地点了点头，然后又穿了起来。

我的记忆里，谢濯的衣服上可是没有血书的！

又是一个转机！

而就在我从月老殿飞向西王母所住的主殿之时，身后的邪祟之气已经追上来了。

我明显感到谢濯的身体开始变得有些不对劲。他灵魄里面残留的邪祟之气在和外面的邪祟之气相互呼应。

我看了一眼还离得很远的主殿，当即心头一狠，那就在这里先引起昆仑仙人的注意好了！

我对准天空，调动身体所有的力量，对着身后追来的邪祟之气便是狠狠一击。

这个动静远远超过了收拾那丝丝缕缕的邪祟之气需要的魂力。

昆仑高空当即爆发出一声巨响。

这声巨响足以吸引足够多的人过来了！

我以为我一箭双雕，正想继续往前赶的时候，忽然，我的胸口一阵绞痛。

我微微拉开衣襟，往里一看，是之前谢濯被那蜘蛛邪祟穿心而过的伤疤处开始冒出了邪祟之气。

而与此同时，天空之中突然伸来一条巨大的黑色触手，那触手宛如一条巨蛇，在昆仑结界之外，疯狂地攻击昆仑结界。

邪神知道我在衣服上写字了，他现在也是拼了命地在阻止我！他还被封印在渚莲的身体里，如今搞出这动静，怕是已经掏空自己的家底了吧！

我看着那邪祟之气，心中不知是该哭还是该笑。

这些动静足以引起昆仑所有人的关注了！

“我”和西王母都会被吸引！

这些在我的记忆里都是没有的！

在这个时空里，我和谢濯的故事真的被我改写，开启了另外一个篇章！

我还没来得及多高兴一会儿，忽见下方地面猛地射出一道黑色的邪祟之气！气息缠绕着我的脚踝，将我狠狠地从空中拉拽下去。

我猛地砸到地上，径直落到雪竹林间。

盛夏时节，雪竹林里是没有雪的，一地的泥土摔了我满脸。邪祟之气很快就将谢濯上半身的衣服撕了个粉碎。而那只本就被弄断的右胳膊，此刻更是传来剧痛。

我咬牙强忍，嘴上却不停地道歉和安慰："对不起！忍一忍！这时候挨打是为了更美好的以后！"

我话音未落，地上的邪祟之气仿佛在与这副身体内外呼应，那邪祟气息猛地灌入谢濯这身体的胸口。

我只觉眼前一黑，下一瞬间，我就被强行从谢濯的身体里甩了出去。

谢濯的身体倒在地上。

此时此刻，他胳膊断了，脸也摔花了，狼狈不堪。

我试图再次进入谢濯的身体，但那邪祟之气却仿佛能看见我似的，竟然开始攻击我的灵魄！

没有谢濯的魂力可以借用，光是靠我的灵魄调动身体周围的魂力，肯定是不足以与这么强大的邪祟之气相抗衡的！

我只得抛下谢濯的身体，开始疯狂逃窜。

邪神弄不死谢濯，我相信他！

如今事情完全被我搞乱了！天上地下一顿鸡飞狗跳，跟我的记忆没有一点点相似之处！

昆仑众人见到外面如此凶猛的邪祟之气，当即慌了，昆仑守备军立即冲上结界的各个阵法点位，压住阵法。

"我"的身影赫然在列！

"我"顶在昆仑结界上空，在结界之内，调动结界的力量，不停地攻击外面的邪祟之气。

昆仑集市里，所有人都在仓皇奔逃。

追杀我的邪祟之气被慌不择路的我引到了昆仑集市前，我看到仓皇的人群，立即掉头往没人的地方跑。

而就在我掉头的一瞬间，我看到了一张略熟悉的脸。

一个女狐妖。

一个差点掺和我和谢濯之间感情的女狐妖。

我看着她在人群之中仓皇逃命。

一时间，一个念头冲上了我的心头。

我看了看天空中的"我"，又看了看逃命的女狐妖。

然后，我故技重演，借着她逃命时的惊恐与仓皇，一头闯进了她的身体里面。而与此同时，我也感到在她的身体里面，我的灵魄生出了一点点邪祟之气。

但这不重要。

我仰头看向空中在抵御邪祟之气的"我"。

我又看了一眼四方阵法。

昆仑的阵法我再熟悉不过。

如今，哪怕没有"我"，昆仑也足以抵御外面邪祟的攻势，支撑三四个时辰。

我立即御风飞向了空中，停在了"我"的身边。

"我"正专注地看着外面的邪祟之气，见一女狐妖前来，匆匆扫了一眼女狐妖的打扮，皱眉呵斥："翠湖台的人就回翠湖台，这里不是你该来的地方！"

"我不过是来看看谢濯公子的前妻到底有什么本事。"我盯着"我"的脸，一脸挑衅，"而今看来，不仅容貌比不上我，连这调兵遣将的本事也不过如此。无怪乎谢濯公子终于想通了要与你和离，我与他这几百年情谊终于算是有结果了。回头我们婚宴，我给姐姐发个请帖。"

我看着"我"从专注对抗外面的邪祟之气到慢慢把目光落到这女狐妖脸上，然后依次露出震惊、不敢置信和怒不可遏的表情。

我心想：对不起我自己，除了老夫老妻能疯狂踩对方的雷点以外，我自己也可以！

"你……翠湖台……"

我没等"我"多言，当即奋力一挣，跳出了女狐妖的身体。

女狐妖立即从空中落下，她在半空中清醒过来，尖叫着施术法，让自己稳稳地落到地上。

而"我"还站在空中。

牙关紧咬，唇色苍白，双目赤红，愤怒、耻辱——我瞬间共情到了"我"所有的感情！

我借着这股羞辱的情绪，一头撞进了"我"的身体里面！

一道白光几乎将我的灵魄灼伤。

你好啊，伏九夏。

我看着面前自己纯白的灵魄，情绪有几分激荡。

这个灵魄洁白无瑕。

在与谢濯成亲的五百年里，虽然在感情上有些煎熬，但这个灵魄依旧被保护得一尘不染。

而反观现在的我的灵魂。

在世间流连千百年，我这个灵魄斑驳、破损，混着一些邪祟之气，带着灰色，沾染尘土。

若是以女子的肌肤来论，以前的我细嫩白皙，而现在的我便如谢濯的手，是布满老茧的沧桑。

可是，在见面的这一瞬，这纯白无瑕的灵魄便灰飞烟灭了。

"我"死了。

可我也重生了。

我终于夺回了自己的身体。

在我从未设想过的地方，以没有料到的形式，再一次进入了我这副肉躯。

血液、灵气以我熟悉的方式流淌在我的四肢百骸。

我睁眼看着熟悉的昆仑。它正以我不熟悉的模样呈现在我面前。

昆仑的空中亮起了平日里不会亮起的阵法，阵法外还有聚拢为黑蛇一般的邪祟之气，在疯狂地攻击结界。

昆仑地面上的人们仓皇失措，还有丝丝缕缕的邪祟之气在逃命的人群里面穿梭。更有一缕冲着我攻了过来！

我调动身体魂力，挥手斩断邪祟之气，耳边的声音也开始变得清楚。

喧嚣、混乱，尖叫声不绝于耳。

声音、画面，让一切变得真实。

我在短暂的混沌之后，终于确定，这不是我的一场梦，飘荡数千年，我终于达成我的目的了！

而就在这时，忽然，空中昆仑的阵法剧烈地闪烁了一下。

所有人都在此时发出了惊呼：

"结界要破了?！"

"有人动了盘古斧！"

"你们看昆仑之巅！"

我顺着结界颤动的光芒看去，果然，在昆仑之巅看到了一团熟悉的黑雾。

谢濯，你不会在这样的情况下，还想要回五百年前去斩那劳什子姻缘吧？

还是说……谢濯现在真的被邪祟之气控制了？毕竟我刚才离开他的时候，可是有不少邪祟之气缠着他的身体的。

我心头暗恨，却没有莽撞地冲过去。

昆仑之巅，不管是不是谢濯在动盘古斧，此时我独自一人去绝对是下下策。

我思索片刻，决定先去找西王母。

我赶到大殿时，西王母不在，昆仑的一众上仙都被昆仑之巅的动静吸引过去了，殿中空无一人。

而我在外面明明没有看到西王母，外面闹出这么大的动静，西王母不会不知道，更不会躲起来。

我唯一能想到的地方……

我看向了西王母的主位，没有犹豫，立即踏上了主位的台阶，直接伸手触碰了主位的背后。

下一瞬，一阵光芒闪耀。

我进入密室时，正听到有人说："……他忽然在昆仑闹出如此动静，定是有所图谋。"

我定睛一看，果然，在那昆仑的石镜之中有九个身影飘浮，都是主神们的影子！

而西王母此时正一个人站在石镜前。

见我前来，西王母微动眉梢："九夏？"

"我知道自己突然来这个地方有点奇怪，但西王母，我没时间与您解释清楚这前因后果了。"我告诉西王母，"您一定要相信我，这一次，邪神是真的没有准备，没有图谋，他现在唯一的想法就是杀了我。"

西王母皱眉。

我不知道邪祟之气会不会跟着我来到这里，只得抓紧时间继续说："邪神归来，是雪狼族长以明镜林整片大地为祭，提取那方土地中的所有浊气，换来了他一缕灵魄出世。杀死邪神的办法是将天下邪祟之气尽数还于那片土地之中！这件事只有谢濯能做到！"

此言一出，所有主神皆是一愣。

西王母愣怔地望着我："你为何……"

石镜中，有一主神立即道："如今昆仑被邪祟之气侵扰，当心她被邪祟入体，此前，你昆仑的上仙荆南首便是前车之鉴。"

我看了那主神一眼："我知道您的顾虑。"

我在石镜中一扫，看见了主神霁的身影，虽然他如今的模样已经跟以前完全不一样了。

"霁神君，不死城建立的那晚，我就挡在您身前，使昆仑心法，以灵魄之体，入了鹊山少年军士之身，您当记得我。"

主神霁一愣："你……"

我躬身一拜："恳请诸位神君一定信我！"

我直起身来，望着西王母，恳切地说着："如今谢濯在昆仑之巅要动盘古斧，他若不是想带我回五百年前斩姻缘，那便是当真被邪祟操控了，想要破坏昆仑的阵法。西王母，如今只有您能帮我，我们必须唤醒谢濯。"

西王母沉默片刻："我如何帮你？"

"帮我引渡谢濯身体里的邪祟之气。"

镜中主神哗然，唯有主神霁没有动。

"不是用您来引渡！"我知道他们误会了，立即道，"我的灵魄曾在世间飘浮数千年，我知道花朵、山石也可承载灵魄，这邪神的邪祟之气与灵魄之力极为相似，西王母您只需帮我把谢濯身体里的一部分邪祟之气引渡到昆仑山石之中即可。只要谢濯能恢复一点神志，我便笃信，我一定能把他拉回正轨，或者说……"我目光灼灼地望着西王母："他一定能把自己拉回正轨。"

众主神都沉默下来。

西王母思索了片刻，她转过头看向了石镜之中的主神霁。于是所有主神的目光便落在了主神霁身上。

主神霁望着我，只在须臾的打量后，点了点头："我愿信她。"

我心头一松。

主神霁又道："对于你所说之言，我虽处处能想到印证，但仍旧觉得惊诧，若此间事了，还望姑娘能给众主神一个解释。"

"没问题！"

我不敢耽误，冒死一把拉住西王母的手："真的不能耽搁了，西王母，咱们快些吧！"

在术法一事上，主神西王母带着我，那叫一个快，我们可谓是瞬间便落到了昆仑之巅。

如今，昆仑之巅没有谢濯的结界，只有黑气在旋转。

昆仑的上仙们也如我所料，都不够谢濯打的，此时已经东倒西歪地昏迷在了地上。

西王母带着我落下之时，黑气旋涡中心，衣衫破败的谢濯左手正放在昆仑神器盘古斧上。

我没时间感慨，再次看到谢濯，心中只有一句欢呼与呐喊！

这斧头他还没有拔出来！

"谢濯！"我大喊他的名字，测试他的清醒程度。

他看着我，却一言不发，什么也没回答我。

谢濯上一次劈开时空之时，他还是有理智的，能沟通，会交流，虽然充满了怨念，但不是像现在这样。

现在的谢濯……明显被昆仑的邪祟之气影响得更多了。

他的一双眼睛已经变黑了。

邪神也是拼了命地将自己的邪祟之气往谢濯身体里灌。

或许邪神也知道，今日就是背水一战。

谢濯若清醒了，再转过头来对付他，他就真的完了。

西王母见到这样的谢濯显然也是一愣。

她沉下眉目，手中掐诀，将神力灌入盘古斧中。

这盘古斧本是我昆仑的神器，西王母又是昆仑的主神，两相契合，神力激荡，霎时将谢濯从盘古斧边震开。

充盈的神力也由盘古斧的斧身直冲天际，不仅补充了空中的阵法，还将昆仑结界内所有的邪祟之气霎时涤荡一空。

不愧是主神！找她来的我可真聪明！

我转头看了西王母一眼，心想，谢濯上一次劈开时空的时候，她不会也在跟其他主神开会，所以才来晚了吧？还好这次我去找人在先，要不又来不及了……

"西王母，您站到盘古斧边上去。"我告诉她，"无论如何，不要让谢濯碰到斧头……"

省得坏了我昆仑结界，还会给他机会劈开时空。

西王母当然是靠谱的。我话音未落，她身形一闪便过去了。

高贵的女神一把抢起了开天辟地的斧子。画面有些狂野，而我看在眼里，别提有多安心了。

这才对嘛！

就该是这样的才对呀！

我还没有交代下一句话，西王母就万分上道地将盘古斧背在身后，一只手掐诀，口中吟咒，开始了对谢濯身上邪祟之气的引渡！

不愧是我昆仑主神！

我爱了！

谢濯皱眉，身体微微一颤，邪祟之气便源源不断地从他身体里被引渡出来，没入昆仑之巅的山石之中。

这邪祟之气引渡之快、气息之汹涌，是我这样的上仙完全无法企及的。

我看着一切都在向好的方向发展，心头更是欣喜。

然而，就在这时，出乎意料的是，那些被西王母引渡到山石之中的邪祟之气并不能留在山石之中！

它们四处乱窜，甚至开始聚拢起来，攻击西王母。

这时我才想到，我的灵魄之所以能够进入花朵草木，是因为我想进入，才会在里面停留。

而这些邪祟之气遵从邪神意识，它们可完全不想在山石里面停留，西王母可以把它们从谢濯身体里引渡出来，却无法让它们听话地待在石头里。

然而，这些不过是被封印的邪神经年累月在昆仑存下的邪祟之气，我倒不担心它们能伤了西王母，但它们却影响到了西王母继续引渡邪祟之气。

我看着谢濯一只眼睛中的黑色已经褪去，而另外一只还是如同野兽一般漆黑。

我又看了一眼守着盘古斧，一边抽取邪祟之气，一边与之缠斗的西王母。

我心想，或许够了。

如今他是无法徒手撕开时空的。那我还怕什么呢？

我走向谢濯。

他站在原地，捂着漆黑的眼睛，神色有些挣扎。

似乎听到了我靠近的脚步声，他抬眼瞪我，双目里露出了恨意与不甘。

他不想让我靠近他，于是，他手一挥，掌心出现了一柄剑。

我看他使过这柄剑，在不死城，他背着我带我突破重围，用这剑杀了那么多拦路的人。

"九夏！后退！"西王母担忧我，挥手一记术法朝谢濯打了过去。

我抬手，以上仙之力挡住了主神一击。

西王母愣住，混沌中的谢濯似乎也有些愣神。

我继续走向谢濯，丝毫没带怕的。

他不拔剑倒有些难办，如今他拔剑了，我更加肆无忌惮了。

为什么？

因为……我们的姻缘不是还没斩吗？

我们的血誓，在这个时候，不是最该发挥作用吗？

我迎面走向他直指我的剑尖，没有半分躲避，直到他的剑尖抵在我的胸膛上。

"谢濯，"我唤他，也专注地看着他，"和离是我的错。"

他站在原地，那只清明的眼睛和那只混沌的眼睛都死死盯住我。

"现在我知道你的过去了，也知道你为什么隐瞒了。"

他没有收剑，我却看到他的唇角在颤抖。

我趁他不注意，突然上前一步。

剑尖立即刺破我的衣裳与皮肤，轻轻的一声，鲜血从我的皮肉里流了出来，染红了我的衣衫。

苦肉计。

我自然是痛的，但我看到他也痛了。

他后退一步，剑尖移开，他神色动摇，另外一只混沌的眼睛开始晃动。

黑色渐渐褪去，难过、疼痛与不可置信的情绪都在他逐渐清明的眼底浮现。

"谢濯，我很爱你。"

我更紧地追上前一步。

谢濯有些踉跄地后退一步，眼中更添震惊。

他握剑的手垂下。

我乘胜追击，三步并作两步，直接跨到了他面前，一把将他的左手握住。

因为他的右胳膊断了……我舍不得握。

我握住了他的左手，他左手的剑便落到了地上，然后转瞬消失。

"我们不和离了，"我提出要求，凑到他面前，问他，"好不好？"

谢濯彻底愣住了，他望着我，不管那边的邪祟之气是不是还在跟西王母缠斗，昆仑结界外那条巨蛇一样的黑气还在"哐哐"砸结界。

他只望着我，眼神清明，面上、脖子上的黑色痕迹一点点收缩、消失。

"红线，剪了。"他的唇颤抖了半天，说出这四个字。

"续上。"我说。

"昆仑的红线断了便续不上。"

"从今天开始，昆仑的红线断了，必须能给我续上。"我说，"规矩，我来改，西王母批准了。"

我的灵魄陪着他走了那么长的时间，不是为了在这儿败给一根红线的。

"不和离了，"我继续问他，"好不好？"

他只盯着我，像是失语了一样。

而我看着近在咫尺的谢濯，不想再说任何话了。我揪住他被邪祟之气撕开的衣襟，将他的身体轻轻往前一带，做了好多好多年以来我一直想对他做的事情——

我亲吻了他的唇。

他没有反抗。

他似乎惊呆了，做不了任何反应。

我却在想，等这事了了，我得告诉谢濯，肌肤相亲当然要在清醒的时候。别像这四百年来的他一样，只悄悄地、默默地做，连我也不告诉。

我专注地亲吻他，就像品茶、品酒、品世间的欢愉和美好。

就在这一瞬间，谢濯身上所有的邪祟气息仿佛都被驱赶了，从身体上飞快地消失。

被我拉拽着的破碎衣服下，他的肌肤上那些黑色的邪祟之气全然退回了他身体的伤疤里。

昆仑之巅，与西王母缠斗的邪祟之气也似偃旗息鼓了一样没了踪影。

和离 <ruby>完结篇<rt></rt></ruby>

邪神的邪祟之气与谢濯心中的情绪本是相辅相成的，如今，谢濯再次恢复清明，本就被封印起来的邪神自然无法兴风作浪。

昆仑结界外，那条巨大的黑蛇也在阵法的攻击下，被逐渐击碎。

一切似乎平静了下来。

而我还吻着谢濯，甚至不介意当着西王母的面，让这个吻更深入一点……

就在这时，我倏尔被谢濯推开。

我一愣，还没反应过来，谢濯反客为主，左手擒住我的手腕，将我一拽，把我揪住他衣襟的手拿了下来。

他拽着我，清朗的双眼却情绪复杂地看着我。

"你……被邪祟之气入体了？"

"我？"

我愣愣地看着他："我没有啊。刚才你被邪祟之气入体了！我是来救你的！你怎么能一抹嘴就不认了！"

我觉得震惊。

谢濯皱眉，打量着我。

我心想，也是。对我来说，用了几千年才走过了这山一程水一程的心路历程。

而对谢濯来说，我就是一个前几天还疯狂喊着要和离的暴躁妻子，一晚上忽然就平静了，甚至说了爱他。

这前后衔接得太过紧密，有些过于奇怪了。

"无论如何……"西王母的声音从另外一边传了过来，"九夏，你有很多事需要与我们解释。"

我转过头望了西王母一眼。

方才她已经很配合地没有打断我，如今，也是我该配合他们，把这些事都说清楚的时候了。

我一把拽住谢濯的手。

"你把你断了的右胳膊包一包。"我道，"这件事情很复杂，我只说一遍，你一起来听怎么样？"

谢濯当然不会拒绝。

谢濯包好了胳膊，我们一起去了西王母主位背后的密室里。

石镜里，九位主神身影悬浮，已经在静候我们。

此时此刻，自然没有什么需要遮掩的了。我将自己灵魄的记忆大大方方地讲了出来。

随着我的讲述，我记忆里的画面也投射到了石镜之上，每个画面都既熟悉又陌生。

我与谢濯和离，到穿梭五百年时空，二次穿越，去不死城，经历谢濯身故，昆仑毁灭，我又回到数千年前，到了谢濯幼年的时候……

每进一步，谢濯与主神们的神色便更沉一分。

当镜中的画面显出我融入冰雪、烛火与夏花时，我身旁的谢濯身体微微一颤。

及至"小狼"出现又消亡，我都没敢看谢濯的神情。

将这些事情当着他的面细数一遍，我其实是有点不好意思的。

我讲完了鹊山的事，便飞快地略过了后面的事。

"然后便是现在了。"

一席话说罢，十位主神皆陷入了沉默之中。

过了好半晌，西王母走到了我身边，她轻轻地将我抱住："九夏，昆仑与这洪荒都该多谢你。"

我被她抱进怀里，没有说话，却越过她的肩，看到了一直沉默地站在后面的谢濯。

他漆黑的眼瞳似乎在看着我的眼睛，却又似乎在凝望着我的灵魄。

他不说话，可我却觉得他此时已经说了千言万语。

我好像听到他在说爱恨、生死、誓言。

他的话语好像跨过时间、山海，从曾经一直说到了现在。

我拍了拍西王母，她松开了我。

我走到了谢濯身边，用食指钩住了他的小拇指，我感受到了他身体传递到指尖的颤抖。

他依旧沉默着，将我的手整个握住。

"谢濯，邪神必须除。"此时，我开了口，将他从情绪中拉了出来，"而且，现在就是最好的时间。"

谈及此事，主神们的神色也肃穆起来。

"今日他在昆仑闹出如此动静，想控制谢濯也没有成功，这一战，他定是耗损极大，元气大伤。现在就是让他的灵魄滚回深渊封印的最佳时间。"

我说罢，但见主神们纷纷点头。

西王母道："事不宜迟，片刻喘息也不该给他。今日，我便动身前去明镜林。"

众主神也相继呼应。

我握着谢濯的手："咱们一起去，这一次有主神在，他们也能帮你分担，你一定不会像那次一样……"

"你不能去。"谢濯却打断了我。

我愣住："为……"

"此去明镜林，除了主神与我，其他任何人都不能去。"谢濯望着我，黑瞳之中全是我的身影，"不能再给他任何可乘之机。"

一如之前的渚莲……

或者说，谢濯还怕"小狼"那样的事情再次发生。

我沉默着，找不到任何反驳的理由。

石镜里，主神霁轻声道："九夏将军，如今，你的灵魄里面有零星邪祟之气，恐怕此行不宜同去。"

邪祟之气是有的，这是我抢夺身体，杀死我自己的时候产生的……

"你留在昆仑，先将自己身体里的邪祟之气清除干净吧。"西王母也劝我，"我们去，定帮你守好谢濯。"

我不自觉地将谢濯的手紧紧拽住，纵使万般不愿，可我还是克制住了心里的情绪。

"好，"我理智地点头，"你们去。"

"现在便动身。"西王母与其他主神说罢，一挥手，石镜的光芒隐没。

密室变得幽暗，她回头看了我与谢濯一眼："谢濯，我在外面等你。九夏，我们回来之前，你便在此处静心调理打坐，此处比外面更安全。"

我点头答应。

西王母转身离开，将空间留给了我与谢濯。

我转头盯住谢濯。

我没说话，他也没说话，四目相对良久，他倏尔一伸手，近乎蛮横地将我直接抱住，扣在他怀里，手臂与胸膛将我紧紧环绕，似乎不想给我呼吸的空间。

"伏九夏，"他声音嘶哑，近乎咬牙切齿地在我耳边呢喃，"你怎么走过的这些年？"

"不言不语，不为人知……

"你怎么……"

他似乎在心疼，甚至说不出一句完整的话来。

他将我抱得越来越紧，像要揉进身体里。

过去很多年，那么多时间里，我似乎从来没有想过他说的这个问题。

怎么走过的这些年？

陪着他就走过了。

能在危机里笑骂、绝境里拼命。

因为……

"我不是陪着你吗？

"你只有我了。

"雪狼族、鹊山都是你的过去，不明了前因后果的我才会剪断红线。所以，在重新见你之前，我不能死。我必须活着见你，活着爱你。我得像现在这样站在你面前，我……"

谢濯的手按住了我的后脑勺，急切地、近乎歇斯底里地吻住了我。

没有克制，也没有沉稳。

这一刻的谢濯像是要将我吃了一样，情绪汹涌、激荡。

我从未感到这些年的苦。

此刻谢濯炽热的唇却让我所有的坚强瞬间分崩离析。

我的眼泪不停地从眼角落下。

我明明已经说清楚了一切，终于能直白地告诉他，我是多么赤诚地、热忱地爱着他，从以前到现在。

可这眼泪却根本停不下来。

这一瞬间，我好像把心里所有的委屈、隐忍，以及最柔软脆弱的情绪都翻了出来并铺展开来。

数千年，多少颠簸坎坷、蹉跎流离，才换来了此刻的相拥。

可这短暂的拥抱之后，我知道，他又要扛起自己的命运，去做最后的搏斗。

"谢濯……"我带着哭腔推开他，"你必须回来。红线还没续上，我们的事也还没讲完。"我狠狠地在他背上捶了一下，仿佛是要留下个烙印。

"你必须回来！"

终于，在喘息中，他在我耳边说："我一定会回来。"

像是怕再留就无法离开一样，谢濯松开我，离开了密室。

我看着他的背影消失，然后盘腿坐下，吟诵昆仑心法。

仿佛又回到了不死城建立前的那一夜。

我在心法流转中，不知时间逝去的快慢。不知过了多久，忽然，我感觉灵魄里一直缠绕着的那缕邪祟之气开始往我体外流动。

我睁开眼看着邪祟之气飘飘荡荡，开始往密室外流动而去。

意识到这是什么，我立即追着邪祟之气出了密室。

昆仑主殿上空无一人。

我追到了主殿大门外，看见了从我的身体里出来的那缕邪祟之气越来越快地往空中飘去。

而此时，昆仑上空有许多邪祟之气在飘浮汇聚，速度变得越来越快，最后霎时消失不见。

天下的邪祟之气消失了……

谢濯他们成功了？

我站在昆仑主殿外，不敢挪动脚步。

邪祟之气消失了，西王母他们还没归来。

不停地有上仙见到异状，想来主殿找西王母汇报，但他们只看到了我，奇怪地问了几句，见我也不搭理他们，便各自回去了。

反正，邪祟之气的消失又不是什么坏事。

只有我一直站在主殿大门外，望着天空，等着。

从白日等到日落，又等到星辰漫天，最后等到了次日白日。

一天一夜，我没挪地方。

我是知晓主神们的神力的，他们若想回来，瞬息之间便可回来。可邪祟之气已经消失一天了，他们还没回来。

时间便这样一点一点地过去，及至第二日夜里，秦舒颜来了。

他看着我，神色十分严肃："九夏，随我去明镜林吧。"

在去明镜林的路上，老秦告诉我，主神们与谢濯在明镜林中成功地布了阵法，将天地间的邪祟之气都吸纳了过来，谢濯压在阵眼中心，主神们帮他分担邪祟之气。

然后所有的邪祟之气都被引入了明镜林的大地之中。

明镜林开始恢复色彩。

阵法结束，所有的邪祟之气都消失了。但谢濯却一直坐在阵眼，没有醒过来。

他像是阵眼上隔绝邪神与这个世界的最后一扇门。

主神们说，他现在正在身体里与邪神争斗，将最后的这扇门关上。他们用了许多办法，但是未能帮助谢濯分毫。

我赶到明镜林时，这个谢濯的故乡已经恢复了本来该有的色彩，外面颜色绚丽的夏花飘入这片林间，便变得没有那么惊艳了。

我跟着夏花寻到了林中阵眼上的谢濯。

主神们围绕在他身边，不停地将神力注入他的体内，就算不知道他的身体里是什么情况，但哪怕仅有一点微末作用，他们也不愿放弃。

"谢濯。"我轻声唤他的名字。

我没奢望会得到回应，可是下一刻，我看到谢濯紧闭的睫羽微微一颤。

我心头一惊："他动了。"

送我来的老秦在一旁看着我，面带同情："他已经这么长时间没动了，或许是你看花眼了？他若是真的醒了，那这世间的邪祟祸患就算是完全控制住了，没那么轻易……"

"不是的，他动了！"

我说着，疾步向谢濯走去。

"九夏！"老秦要拦我，但我挣开了他的手，提着裙摆，裹挟着飘过身侧的夏花与林间的风，奔向谢濯。

我知道，他从来没有输给过邪神，以前不会，现在也不会。

而且，他答应过我，一定会回来。

"谢濯！"

我呼唤着他的名字，扰乱了为他输送神力的主神。

老秦在后面喝止，可我没有听到他的声音，我只看到了，在我奔向前方时，坐在原地的谢濯慢慢地睁开了眼睛。

他黑色的眼瞳里映入了我的身影。

我带着风和花，一头扑进他的怀里。

我将谢濯紧紧抱住。

而谢濯却没有反应，就好像我刚才看见他睁眼只是我的错觉……

而当我都开始怀疑自己时，一双温热的手轻轻抚上我的后背，掌心是那么灼热，能从我的后背一直传递到我的眉眼之间，让我红了眼眶。

"九夏，"他说，"起来，地上凉。"

这一刻，在阳光里，微风中，我抱着他，又哭又笑了起来。

"回去……"我含混不清地在他耳边说着，"复婚……开席，我要宴一百桌！宣告天下！"

回应我的是谢濯认真的一句回复。

"我们都没有那么多朋友，一桌就够。"

其实，一桌都不用。

有你就够。

"那这次，洞房花烛，我要十天十夜。"

"……行。"

存在的意义

明镜林里，当所有色彩被还于山河时，站在阵法四周施术的主神都松了一口气。

伏九夏说的方法是有用的，天下邪祟之气真的被成功地吸纳过来，归还于天地了。

主神们将自己的神力缓缓聚集于地面法阵的线条上，推着最后一点邪祟之气行去阵眼。

谢濯压着阵眼，双目轻合。

待最后一点黑色的邪祟之气彻底隐没，所有主神都屏息望着谢濯。

彩色的林间，唯有风声窸窣。

主神们看不见，只有谢濯能感受到。在阵法之下，邪祟之气汹涌澎湃，连带着他身体里残余的邪祟气息，在叫嚣、嘶喊。

忽然，谢濯只觉身体里有一阵剧痛传来，宛如有一只布满荆棘的巨手从他的心脏里面伸出，然后钻入他的四肢百骸，最终侵入他的神魂，擒住他的灵魄。

是邪神。

他还在，他尚未放弃。

一如谢濯所知道的，这是封印邪神的最后机会，邪神也知晓，这是阻拦他重回世间的最后一道禁锢。

邪神拼尽最后一丝余力，将谢濯的神志一同拉入了深渊之中。

一阵死亡一般的寂静之后，谢濯睁开了眼睛，四周却是比死更静默的漆黑。

在过去很多年的夜里，谢濯的梦境之中就是这样的黑暗。他会在这样的黑暗里，与邪神不死不休地鏖战，一次又一次，仿佛永远无休止。

只是这一次似乎与以往有些不同……

黑暗里，没有令人厌恶的黑色蛛丝穿透他的灵魄，也没有纷扰的声音扰乱他的心神，只有一团黑红相间的火焰飘在空中，停在谢濯的面前轻轻跳跃。

在谢濯漆黑的眼瞳里映出了点点赤红的光芒。

伴随着跳动的细碎声音，这黑红相间的火焰越来越大，越烧越旺，直至将谢濯包围其中，仿佛要用这一片炼狱般的大火，把他焚烧干净。

谢濯没有动，他眸色沉静，因为他知晓，这一切不过是幻象，不畏惧、不退缩、直面它，才能让它畏惧、退缩。

千百年来都是如此……

但火焰幻象中却渐渐生出了一些不一样的东西。

谢濯在幻象中看见了一个小孩，小小的自己，长着雪狼族的尾巴与耳朵。这是他记忆中的自己，只是除了他以外，在他身边飘荡着的还有一个灵魄。

是伏九夏。

圆圆的一团，半透明的，跟在小小的自己身后。

谢濯目光轻柔下来。

此前他已经在伏九夏的记忆当中看到过这个画面了。只是在伏九夏的记忆里，她眼中看到的画面几乎全都是他，小小的他，孤独的他。

而此时，在邪神用火焰描绘出的幻象里有完整的画面，小小的谢濯在前面走，伏九夏的灵魄便跟随着他，像是挂在他身后的小气泡，飘飘摇摇，比他更小、更脆弱。

但她却一点也不在意，也像感受不到天地间只有她如此孤独似的，灵魄只顾跟着小谢濯。

跟着他跑，围着他绕，因他的活泼而跳跃，因他的失落而低沉。

散发着薄弱微光的灵魄，把自己所有的关怀、热忱与真心都付与他。

她进入雪花、木桩、烛火，又变成雨滴、清风、月光……

她在他不知晓的时候，一直在他身边，从未离开。

火焰勾勒着、描绘着，将他刚才看见的伏九夏的记忆更清晰、更真切、更全面地展现在了他的面前。

她陪了他好多年。

无声无息，不言不语。

谢濯眸中水波微漾，心中更有难言的酸软。

但当火焰将故事描绘到了和离那日时，忽然，黑色的火焰猛地一烧，直接将灵魄状态的伏九夏吞噬。

谢濯似乎在这一瞬间听到了那灵魄的痛呼，心尖撕裂般猛地一疼，他双目微红，意识到这个画面在描绘什么——邪神杀了伏九夏的灵魄。

但不对……

谢濯稳住心神，他告诉自己：九夏的灵魄明明还在的。

正是因为陪伴着他的这个灵魄还在，所以他现在才有机会在这里与邪神鏖战。

可是……为什么出现了邪神杀了九夏的灵魄的画面？

"你想用这莫须有的画面乱我心曲。"谢濯沉静道，"我不会被迷惑。九夏还在。"

"只是，这个九夏还在而已。"

黑暗中，火焰里，终于出现了邪神的声音，一如既往地神秘又混沌。

谢濯眉头微微一皱，但见面前的火焰晃动着，描绘出了更多的画面——和离之后的自己与剪断红线的九夏分开，然后……

谢濯看见自己生了邪祟之气，他的情绪在压抑之中慢慢崩溃，然后他去了昆仑之巅，拿起了盘古斧……

不对……又不对了……

火焰里描绘的这个谢濯衣服好好的，双手也好好的，不像他之前亲身经历过的那样，断了一只胳膊，衣衫也褴褛不堪。

邪神用火焰描绘的画面里的人是他却又不是他……

恍惚间，谢濯好像明白了。

这火焰里的确实不是自己。

而是……

"这是你们的另一种可能，是伏九夏成为伏九夏的原因，也是你现在能在这里的原因。"邪神说着。

谢濯也反应过来，这是伏九夏在昆仑的石镜上，让他看过的一闪而过的画面。

之前时间紧迫，他与主神都急着离开，未曾深思这个"归来"的伏九夏到底做了什么，如今，这个火焰所描摹的画面让谢濯清楚地看到了这一切的发生……

邪神让火焰继续燃烧，讲述——

火焰中的谢濯带着伏九夏回到了五百年前，他们开始斩姻缘了。

谢濯看见了他们做的离谱又好笑的事，也看见了他们重回当初时，感慨又悲伤的模样，更看见了……另一个灵魄模样的伏九夏。

一个陪在五百年前的谢濯身边，同样温柔又坚韧的灵魄伏九夏。

不管在哪个时间、哪个片段，都有一个灵魄在一个名叫谢濯的人的身边静静陪伴着。

没人知道这个灵魄是用什么样的心情看待这一切的。

她只是沉默地陪伴着。

在这个时间里，这个伏九夏的灵魄看着谢玄青与夏夏相爱、成亲。

在来捣乱的和离二人组第二次劈开时空离开的时候，伏九夏的灵魄依旧陪伴在这个时间的谢玄青身边。

在五百年的时间里，这个灵魄一直在试图钻入夏夏的身体里，但一直没有成功，直到五百年后，那个和离的节点，她再次被邪神吞噬。

然后这个变成了谢濯的谢玄青和变成了伏九夏的夏夏便像是踏上了宿命的道路，又一次劈开时空，回到过去。

看罢这一幕，谢濯愣住。

他还未来得及细想，火焰描绘的画面又变了。

这一次讲述的却是"二次穿越"的他们。

第二次劈开时空，谢濯来到了谢玄青与夏夏相遇之前，他干涉了谢玄青封印渚莲的事。他打晕了谢玄青，让想要逃走的渚莲有机会使用了邪神的术法！

就是这个契机，谢濯参透了原来邪神的术法就是炼化山河中的浊气为自己所用。

谢濯当即便想要将渚莲带回明镜林，彻底杀死邪神。

但是，他受伤了，很重的伤，甚至给了渚莲反杀他的机会。

而就是在这时，属于这个时间的伏九夏的灵魄蓄积了自己所有的力量，化为一道银光，为谢濯挡住了混杂着邪神力量的致命一击。

灵魄又一次消散了。

站在火焰中间的谢濯看着火焰描绘出的这一幕，愣在原地，久久未曾回神。

这个伏九夏的灵魄竟然……是这样消失的……

像是胸口被冰针刺穿了一样，谢濯几乎停止了呼吸，身体里唯一的软肋在提醒他，这一幕比过了千军万马，比过了神佛一击。

这一幕足以令他心碎，刺痛难言。

然而火焰却没有停，客观又冷漠地继续讲述着。

伏九夏的灵魄用尽了自己千百年来积蓄的所有力量，挡住了渚莲的致命一击，她被击得粉碎，可依旧有力量穿过她，打在了谢濯身上，谢濯扛下这一击，他没有意识到灵魄的消失，他只以为是渚莲伤重，未能将他击杀。

谢濯趁机反制渚莲，将他封印了起来。

一战罢，谢濯已经精疲力竭，他甚至连御风术都用不了了，浑身鲜血，凭着最后的一股执念，一步一步走到了雪竹林里。

他在竹林间坐下。

寒风吹过他的鬓边，日光偏洒，伏九夏找来了。

带着她的算计、她的心思，她找到了他。

只是这一次，同样的阳光下，伏九夏却再也没有等来那宿命一样的银光。

唯一值得庆幸的是，在这个时间里，互相作死的谢濯与伏九夏还是让谢玄青与夏夏相遇并相爱了。

这是他们的宿命。

谢濯带着伏九夏去不死城的时候，这个时间的谢玄青与夏夏相爱了。

不一样的是，这个时间里没有那个灵魄了。

直至五百年后……

和离，回到五百年前……

火焰跳跃灼烧，继续描绘，讲述了谢濯与身染邪祟之气的伏九夏在不死城中的挣扎，又讲到那个谢濯在明镜林里净化了邪祟之气，但邪神卷土重来。

最后再一次讲述了伏九夏炼化肉身，成为灵魄，回到了谢濯生命最初的时候。

这也是他们的轮回。

"只有当她选择了唯一正确的道路时……"伴随着邪神的话语，火焰描绘出了更多的画面，无一例外地，画面里都是伏九夏灵魄消失的原因。

她被吞噬、被击碎，在无数个选择里，只有这一个伏九夏的选择让故事走到了此时此刻。

"也是到了此时此刻，我才能推演出这万般变化。"

邪神话音一落，周围的火焰瞬间一收，再次化为小小的一团，停留在谢濯面前。

"谢濯，你与我很像，可你与我之间总有一线之差。你自己说过，你幸运，被天地万物偏爱。我猜，这天地万物便是你我之间这一线之差的缘由。

"可你现在知晓了，给你这一线之差的不是天地万物，而是跨越时空而来的一人。"

谢濯仿佛心魂被邪神的言语击中，他的眼神微微一闪。

邪神说得没错。

拉住他的那一丝希望不是天地，无关万物，仅是那一人。

"但这一人总是会死的，岁月总会带走她。"

谢濯浑身一紧，眼瞳似因愣怔而有一瞬的失神。

邪神的声音像毒蛇，带着危险的嘶嘶声缠绕在谢濯耳边，甚至心上："昆仑、洪荒，哪怕修为主神，也依旧会身销魂殒。世间万物终有一死，包括伏九夏。"

这话中意味似毒液，包裹了谢濯，使他愣在原地。

就在这时，蛛丝凭空而来，瞬间粘住了谢濯的手腕。

而也是在这一瞬间，谢濯抬手将蛛丝擒住，随即一反手，击碎面前的火焰，转而在蛛丝上注入力量。

力量顺着蛛丝攻击到了黑暗之中掌控蛛丝的那人。但听远处一声闷哼。

邪神受伤了，在这么多次的争斗后，他本也是强弩之末。但他还是站在黑暗之中，未曾走出，只是黑暗里，一双带着寒光的眼睛盯着谢濯。

蛛丝连接着两人。这"一线"仿佛是他们的差别，也仿佛是他们的关联。

火焰熄灭后，四周响起了水涌动的声音。

谢濯低下头，看见脚下带着咸味的海水开始在整个黑暗的空间里漫延。

邪神的本体是被封印在极渊海底的。

这海水象征着封印的力量，一寸寸地从谢濯脚下往上漫延，像是要洗濯所有的污秽。

而邪神的声音依旧："世间万物皆会湮灭，唯有我，谢濯，唯有我，不死不灭，信奉我，你与她，方可得永恒。"

海水越来越往上，邪神已经失去了挣扎的力量，但他的蛊惑却从未停止。

谢濯一直低着头，微合眼睑，不知在思索些什么。过了许久，及至海水没过了膝盖，谢濯才开了口："你便是以此蛊惑了族长。可我不是他，伏九夏也不是他。"

谢濯言罢，转身望向头顶，就在他抬头的瞬间，一缕天光破开黑暗，照在了他的眼瞳里。

天光似乎打开了他的记忆，这一刹那，谢濯想起了很多模糊的面孔与画面——

有雪狼族教习小孩的父母，有鹊山卖饼的大爷，有艰难中相互扶持的母子，还有后来的昆仑、昆仑热闹的集市、讨生活的小贩，最后……

他还是想起了伏九夏，与军士痛饮的伏九夏、和好友闹脾气的伏九夏，还有为钱财困扰的伏九夏、和别的上仙斗嘴的伏九夏……

谢濯的嘴角不由得扬起了一个弧度，他的目光变得柔软，神色也轻快了许多。

"拉住我的一线希望是她，可她的存在并非无关天地。有天地、人间、众生，才有她。"

谢濯迈出一步，一级阶梯便在他脚下出现，第一级，第二级，阶梯还没在水里，第三级，第四级，谢濯慢慢离开了水。

"我们不需要永恒，我们也不必不朽。"

而邪神还站在原地，任由海水淹没他。

随着他们的距离越来越远，谢濯手上的蛛丝越拉越长，但蛛丝没有阻碍他离去的脚步。

"谢濯。"

海水淹没到邪神的眼睛下面，水面上的倒影让邪神仿佛有四只眼睛，他盯住谢濯，水面没有丝毫波动，但他的声音却无孔不入，钻入谢濯的耳朵。

"最后，送你一段未来。"

随着他的话音一落，蛛丝通过他的手臂传来了纷乱的画面。

画面瞬间占满谢濯的意识。

他看见了死亡……

伏九夏的死亡、昆仑众人的死亡，还有……终将走向死亡的自己。

他还看见了主神的陨落、昆仑的湮灭、沧海也变成了桑田……

不需要战争、对抗，仅仅只是时间就会带来毁灭。

他看到了宿命轮回、岁月无情、天地不仁。

所有的一切都被时间淹没、抹去。

最后他看到了一朵花。

当年明镜林里，伏九夏钻入的那朵夏花。

花被装在瓶子里，从盛放到枯萎凋谢，最后化为尘烟。

"你所守护的都会像你瓶中的夏花，凋败、腐朽。

"你的守护没有意义。"

画面消失，谢濯的身形未有分毫的偏移。他继续坚定地迈出了脚步，向上而行。

"期待着美好的来临，守住其来时这瞬间便是我的意义。"

手背上，黑色的蛛丝终于被彻底扯断，谢濯迈上了阶梯的顶端，踏入了天光之中。

黑暗消散，彩色的明镜林出现在他的视野里。

而同时出现在他视野里的还有伏九夏。

奔向他、呼唤着他名字的伏九夏。

她带着灼灼阳光而来，一如幼时扑到他怀里的那朵最大、最艳丽的夏花，为他带来幸运、美好与那难以言喻的、所谓的……

意义。

在腐朽了夏花的土地上，总有新芽会破土而出。

和离

（一）在生活

伏九夏把谢濯从明镜林带回来后，他们没有第一时间成亲，原因很简单，谢濯的身体并不能支撑那么久。

与邪神的最后一战似乎耗光了谢濯的魂力。

似乎在那宿命的最后时刻，邪神强迫雪狼族人天天喂给谢濯的魂力被谢濯以决绝的方式还了回去。

他被带回昆仑后，又昏睡了许久，久到所有人以为他可能醒不过来了，以为明镜林里他睁开眼睛，回应伏九夏的那个拥抱只是他生命最后的回光返照。

只有伏九夏坚定地守在谢濯的身边。

她说，谢濯从不食言，他答应过她会回来，那就一定会回来，完完整整地回来。

随着时间的流逝，一天，两天，一个月，两个月，她守着谢濯，守到昆仑漫长的冬日来临，又悄悄过去。

蒙蒙和伏九夏的其他朋友常来看她，他们以为她会消沉，会郁郁寡欢、闷闷不乐。

但伏九夏没有。

蒙蒙来找伏九夏的时候，最常看见的就是伏九夏坐在谢濯的床边，她并不是只守着谢濯，她还会做自己的事。

她将餐桌搬到床边，在上面做吃的，喝茶。换个书桌，她就在上面看书，抄经，偶尔看到一些好笑的话本，她也会笑得前仰后合，然后用自己的话讲给谢濯听。她也没耽误修行，有时还会去基本没什么事的昆仑守备营里转转。

甚至在这段时间里，伏九夏还在院里种上了瓜果蔬菜，她经常向已经离开军营回家务农的吴澄请教种地的学问。

虽然她悉心照料着蔬果，但它们长得并不好。

伏九夏确定自己不是个当农民的料，但还是日复一日地浇水、施肥，认真地对待日出日落，开花结果。

她面对朋友热情得体，甚至比以前更加健谈开朗；面对生活积极乐观，甚至比以前更加繁忙。

一开始，蒙蒙以为伏九夏只是在强撑，但时间久了，蒙蒙发现，伏九夏好像真的跟自己想的不一样。

伏九夏……她是真的在认真地生活。

她笃定谢濯会醒来，笃定未来会更好，以蒙蒙没见过的、无法理解的热忱在生活。

"九夏，你好像真的有点不一样了。"蒙蒙给九夏送来昆仑的新话本时，如此说。

而伏九夏只是接过话本的时候笑了笑，轻描淡写地回了句："当然啊，人都是会成长的嘛。"

蒙蒙理解不了伏九夏的成长，只是挠了挠头，问了一句："那你是不是吃了很多苦头啊？很煎熬吧……"

因为成长不都是伴随着磨砺和痛苦的吗？

伏九夏愣了愣，思索了片刻，然后看了一眼谢濯。

伏九夏说："不煎熬。"

蒙蒙总觉得九夏的这双眼睛也变了，不再像邪神消失之前那样，总是亮闪闪的、清澈透明的，一眼就能看到底。

现在九夏的眼睛好像蒙了一层雾，更神秘了，更深邃了，也更坚定温柔了。

就像……

蒙蒙看了一眼床上的谢濯。

就像以前的谢濯一样，他看向九夏的时候，也总是以这样的目光。

伏九夏留蒙蒙吃了个饭，聊了一会儿她送来的这几个新话本，然后蒙蒙就回去了。

就像一个寻常朋友到家里做客，过了再寻常不过的一天一样。

日复一日，年复一年，昆仑的所有人都习惯了伏九夏家里躺着一个昏睡不醒的人，甚至习惯到，所有人去拜访伏九夏，都懒得再问一句"谢濯醒没醒"。

时间太久，久到足以遗忘一个英雄。

全天下似乎只有伏九夏一人还记得照顾他，与他说话，等他苏醒。

而就是在这样的时候，谢濯在一个日光照常洒落窗棂的早上醒了。

这天早上，伏九夏趴在谢濯床边睡着了，不是因为照顾了谢濯一晚，而是因为她看话本时睡着了。

谢濯转过头看见的便是伏九夏近在咫尺的脸。

她在梦里微微颤动的睫毛，被晨光照得有点透明的脸颊。

谢濯没有叫醒她，只是静静地看着她，直到伏九夏被朝阳唤醒。

她咂巴了一下嘴，迷迷糊糊地看见了同样在看她的谢濯。

伏九夏眨了两下眼睛，像平时早上起床那样。

"谢濯，"伏九夏唤了他一声，声色平稳，"你醒了。"就像他们每天都见一样。

"嗯，"谢濯平静地回答，"我醒了。"

就像他们每天都见一样。

晨光中，两人静静对视了片刻，伏九夏像想起来什么一样，忽然一抬手捂在了谢濯的嘴上。

谢濯被搞得一愣。

他有些不明所以地望着伏九夏，却听见她紧张兮兮地开口小声问："说话……还会疼吗？"就像她自己说话也在疼一样。

谢濯笑了笑，他摇了摇头，拉下了伏九夏的手，熟练中带着些笨拙地把她的手握在掌心。

谢濯轻声告诉她："邪神消失了，不疼了。"

伏九夏松了口气，然后反手握紧了谢濯的手："那身体还有什么不舒服吗？"

"没有。"

"那能起了吗？"

"嗯。"

"那快起来洗漱一下。"

伏九夏熟练地从旁边拿来一直给谢濯准备着的衣裳，柔软干净的布料被谢濯捏住，他一摸就知道，这衣服一定是常常换的，干净、清洁，每天都准备着。

谢濯望向伏九夏，伏九夏却在把衣服递给谢濯之后，已经挽袖子忙活起来，嘴里絮絮叨叨："我在院子里种了好多蔬菜瓜果，虽然长得不怎么样，但今天正好有可以摘下来吃的，我给你做顿好吃的。谢濯，你今天有口福了。"

谢濯穿好了衣服，应了一声："好。"

"对了，我还可以去挖点雪笋！"伏九夏转头，笑眯眯地望着谢濯，"一起吗？"

晨曦里，伏九夏的笑被笼罩了一层薄光，他看着她，一如很多年前，他们在雪竹林里的初遇和重逢。

"一起。"

谢濯应着，下了床榻，踩在熹微的阳光中。

这一切似新也如旧。

谢濯心想：真好。

（二）十天十夜

在伏九夏的好友蒙蒙眼里，苏醒了的谢濯和伏九夏，行事有点让她这个养花种草的小仙看不懂了。

照理说，谢濯从那个明镜林回来后，昏迷了那么久，现在好不容易醒了，九夏应该好好照顾他才对吧。结果这个心大的姑娘第一天就把谢濯带去雪竹林里劳作了……

挖雪笋！那么冷的地方！谢濯要是再昏过去可怎么好。

偏偏谢濯真的跟着她去了。两个人挖了一兜雪笋，冻得手冰凉地回来了，伏九夏笑嘻嘻的，谢濯也弯着眉眼一直笑。

蒙蒙听说后，把自己种的姜拿去给他们熬了汤，送与他们喝了。

她觉得，这夫妇二人真是胡闹。

不过……也很般配就是了。

谢濯醒的第二天，伏九夏也没闲着，直接找到了西王母，她说，虽然时间过得有些久，但她与谢濯的婚宴还是要再办一次。

西王母当然应允。但伏九夏好奇怪，她还说，她要宴十天！

哪儿有婚宴办十天十夜的，蒙蒙可害怕伏九夏被西王母训斥了。可没想到，西王母高高兴兴地允了，还主动要求给伏九夏主婚。

后来，蒙蒙才知道，哪里是西王母主动要求主婚，其他山的主神也都来凑这热闹了。这世间仅余的十位主神都凑了过来，抢着时间，算着日子要给伏九夏和谢濯主婚。

八方诸神，天下上仙，几乎都来了。

蒙蒙看呆了。

不仅蒙蒙看呆了，昆仑很多女仙都看呆了。有的人难免嫉妒，口出妒言，说伏九夏闲了这么久，配不上这天下同祝的盛世婚宴。

蒙蒙听到这话，也没有客气，沉默地给说这话的女仙用了点腹痛的香，让她未来十天都参加不了这个她不配参加的婚宴。

蒙蒙更没想到，当她在家里准备给伏九夏的结婚礼物的时候，九夏却主动跑来，让她接下一个活——伏九夏要她做自己的引婚女仙！

这个职务很重要，要给伏九夏引路，提醒伏九夏礼仪流程，蒙蒙怕自己不细心，但因为是伏九夏主动来找她，她想了想还是应下了。

蒙蒙打起了十二分精神。

这一次，九夏的十日婚宴，八方诸神齐聚，每天换一位主神主婚。

第一天，西王母为他们主持了昆仑的婚礼，让伏九夏和谢濯把红线续上了，这是最特别的一根红线，以昆仑主神之力蓄积而来，再加上仙人们的丝缕魂力，象征着整个昆仑对他们复婚的祝福。

西王母说："我与昆仑众仙不同意，这红线可断不了了。"

蒙蒙在一旁看了伏九夏与谢濯一眼，她看见他们相视一笑，眼神中有复杂又缱绻的柔光。

"再不会有那么一天了。"

蒙蒙离得近，所以听到了九夏的这一句呢喃。

声音虽小，却那么笃定。

她似乎坚信自己说的每一个字，坚信未来的每一个时刻，她把这句呢喃说得像一句承诺。

然后蒙蒙便听到了谢濯同样的呢喃："再不会有那么一天了。"

也同样平静、坚定，不是什么海誓山盟，就是如此平凡却有力。

蒙蒙不懂他们言语中、眼神里那些复杂的情愫，但她觉得，他们彼此肯定是懂的。

可能这就是传说中的两心同。

第一天的婚宴结束，伏九夏和谢濯被昆仑众人热热闹闹地送入了洞房。

待闹完洞房后，众人麻利地退了出去。

西王母将婚宴完整地主持完了，带着昆仑的仙人离开，蒙蒙便也收拾离开了，再没人去打扰二位新人。

第二天晨光微亮，主持第二日婚礼的主神霁来了。

身为引婚女仙的蒙蒙也早早地就到了，但这一日，新人迟到了。

因为伏九夏和谢濯起晚了。他们离开房间的时候，蒙蒙看见谢濯精神很好，伏九夏却似乎有些疲惫。

蒙蒙问九夏："你怎么了？"

伏九夏清咳一声，红着脸闷闷地说："问题不大。"

第二天的婚宴，伏九夏还是打起了十二分精神，参与完了由主神霁主持的、依照以前鹊山礼仪完成的婚宴。

主神霁为他们主婚，给他们送上祝福。

然后二位新人又被鹊山来贺礼的仙人们送入了洞房。

第三日，又换了一位主神来主持婚宴。

伏九夏更疲惫了一些。

谢濯本想说算了，但伏九夏很坚持，她说，说宴十天就宴十天，怎么都得宴十天。

谢濯听了她的话，默默地看着她，一双黑色的眼瞳里全是她。

伏九夏迎着谢濯的眼神，不知道想到了什么，她的脸慢慢地就红了起来，她转过头不看谢濯，拿了一杯凉水喝了两口。

谢濯本来没感觉到什么，但见伏九夏红了脸，他不知想到了什么，竟然也有点脸红了起来。

谢濯也转过了头，故作淡定地轻咳一声，然后在宾客的欢呼之中，又被送入了第三日的洞房。

是以，十天的婚宴办完，伏九夏和谢濯不仅复了昆仑的婚，从某种意义上说，还多结了九次，用不同的礼仪接受同样的祝福。

只是这让伏九夏有点疲惫。

婚宴之后，昆仑的日子还是照常地过。只是蒙蒙很奇怪，有好几个月，伏九夏都跟消失了一样，既不逛街了，也不去守备营了，不知道每天和谢濯都在忙些什么。

再后来，伏九夏和谢濯开始偶尔离开昆仑，去洪荒之间游走。

偶尔伏九夏回来，会与蒙蒙说起他们在昆仑外见到的事。

洪荒好大，除了昆仑，原来外面还有那么大的世界，还有没有被主神庇护的山，还有不知仙人存在的人间。伏九夏还会和她聊到这天下的好多人，奇怪的人、有趣的人，在她嘴里，好像这个世界全是有趣的事。

蒙蒙也开始向往起了外面的世界，她也想出去走走，但她还是有些顾虑。"万一遇到危险怎么办？万一……"蒙蒙充满担忧地看了九夏一眼，"邪神又回来了怎么办？"

伏九夏一边吃着果子，一边说道："我也问过谢濯。"

蒙蒙忍不住凑上前，好奇地望着伏九夏："他怎么说？邪神不会回来了吗？"

伏九夏摇摇头，吐出了口中果子的籽："谢濯说，邪神寄居人心沟壑，不死不灭，还有机会卷土重来。"

蒙蒙的脸都吓白了："那……那岂不是外面还不能去？"

"就像危险永远都在，蒙蒙，别怕。"伏九夏笑着站起身来，将手里的籽种到了蒙蒙院子里的土里。

她说："我们离开了，也有后来人能送他归去。"

图书在版编目（CIP）数据

和离 . 完结篇 / 九鹭非香著 . —— 长沙：湖南文艺出版社，2024.4
ISBN 978-7-5726-1588-7

Ⅰ.①和… Ⅱ.①九… Ⅲ.①长篇小说—中国—当代
Ⅳ.①I247.5

中国国家版本馆 CIP 数据核字（2024）第 017444 号

上架建议：畅销·青春文学

HELI.WANJIE PIAN
和离 . 完结篇

著　　者：九鹭非香
出 版 人：陈新文
责任编辑：匡杨乐
监　　制：毛闽峰
项目支持：恒星引力传媒
策划编辑：张园园
特约编辑：赵志华
营销编辑：刘　珣　焦亚楠
封面设计：@Recns
版式设计：潘雪琴
书名题字：一勺酸橙汁
插图绘制：一天然呆　米粒谷粒都是饭　秃颓颓　凌零叽
出　　版：湖南文艺出版社
　　　　　（长沙市雨花区东二环一段 508 号　邮编：410014）
网　　址：www.hnwy.net
印　　刷：三河市百盛印装有限公司
经　　销：新华书店
开　　本：640 mm × 915 mm　1/16
字　　数：257 千字
印　　张：17.5
版　　次：2024 年 4 月第 1 版
印　　次：2024 年 4 月第 1 次印刷
书　　号：ISBN 978-7-5726-1588-7
定　　价：52.80 元

若有质量问题，请致电质量监督电话：010-59096394
团购电话：010-59320018